訪美見聞

元自題

科学普及出版社
· 北京 ·

图书在版编目（CIP）数据

访美见闻：回溯李元科学文化之旅/李元著；李星燕，李兆星，李星玉整理.
—北京：科学普及出版社，2017.7

ISBN 978-7-110-09218-7

Ⅰ.①访… Ⅱ.①李…②李…③李…④李… Ⅲ.①游记－作品集－中国－当代
Ⅳ.①I267.4

中国版本图书馆CIP数据核字(2017)第092736号

策划编辑：杨虚杰
特约评注：卞毓麟
责任编辑：汪晓雅 赵慧娟
封面设计：林海波
装帧设计：马术明
责任校对：杨京华
责任印刷：马宇晨

出　　版：科学普及出版社
发　　行：中国科学技术出版社发行部
地　　址：北京市海淀区中关村南大街 16 号
邮　　编：100081
发行电话：010-63583170
传　　真：010-63581271
网　　址：http://cspbooks.com.cn

开　　本：787mm×1092mm 1/16
字　　数：400 千字
印　　张：19
版　　次：2017 年 7 月第 1 版
印　　次：2017 年 7 月第 1 次印刷
印　　刷：北京利丰雅高长城印刷有限公司

书　　号：ISBN 978-7-110-09218-7 / I · 487
定　　价：68.00 元

写在前面

李元是我国著名的天文科普作家，一生致力于科普研究和科普写作。本书汇编了他多年前陆续发表在《知识就是力量》月刊“访美见闻”专栏中的系列文章和若干篇同期另外发表的相关文章。此外，作者还收入了两篇家人所作的游美散记。出版前，作者仅对收入的文章做了一些内容上的修订和文字上的加工。但是保留了原稿中的统计资料、年代计算和当时的感受。作者特别说明，文章中的见闻、陈述、数据引用和感想都是基于当时的年代。

不同于其他游记以叙述旅游地的风景、文化、地理和历史为主，作者在文章中着重于科普考察中的见闻和感想。作者在访美过程中，处处留意美国的先进科技和科普手段。很多的篇章更像是随笔或随想。作者试图把他的见闻、感想和多年积累的对于美国科学和科普方面的知识呈现给读者，从而推动我国科学普及事业的发展和全体国民素养的提高。

在过去的二十年里，中国发生了巨大的变化，但是作者在书中介绍给读者的知识并没有过时。尤其是考虑到我国在全民科学文化普及和教育上、在公众科学素养的培养上与发达国家间存在的差距，作者在本书中提供的内容仍有很大的现实意义和积极意义。同时，读者又可以从原汁原味的文章中体味出些许二十年前中国的生活水平，感受到中国改革开放以来，国家在各方面所取得的长足进步。

编 者

2016年6月

九五～九六年

訪美見聞

元自題

前言

这本书主要的部分是我在20世纪90年代末访美一年间的见闻，但是这几十篇文章中所涉及的内容要比我一年间的访美见闻更广阔。

从20世纪40年代起我就开始阅读美国的科普书刊，50年代因筹建北京天文馆来到北京后，我更是在藏书丰富的国家图书馆（前北京图书馆）和中国科学院图书馆翻阅并获取了大量的美国天文学以及大众科学方面的图书和资料。也正是因为这么多年的积累，使我以后在短短一年的访美过程中更具有针对性。我把有限的时间主要投入到了参观考察美国的天文台馆、科研科普机构、博物馆和科普娱乐一体的主题公园之中。这不但给了我许许多多美国科普事业方面的新见闻，也大大充实了我多年以来在科普研究上的积累。因此，我在写访美见闻时很自然地扩大了范围，而不仅仅限制在访美那一年。

我要感谢《知识就是力量》杂志，特别要感谢主编曹嘉晶女士当年对我的鼓励和推动，使我有机会与广大科学爱好者分享我的科普访美见闻和我对美国科普的考察研究心得。我更要感谢科学普及出版社此次将我发表在《知识就是力量》杂志上的这几十篇系列文章汇集成书出版。我还要感谢我的家人在此书出版之前对文章内容和文字的修订，对此书的插图所做的工作，以及为弥补我在内容上的缺憾而增补的两篇文章。

李元

2016年6月11日91岁生日于北京

目录

写在前面 I

前言 III

第一章 | 通向宇宙的窗口

从帕洛玛到洛杉矶——访问美国天文台的科学游记 002

我看美国天文台——美国天文台百年回顾 009

小行星之家——访国际小行星中心 016

哈勃看宇宙 021

星星之友——美国的天文学大众化 026

从这里飞向太空——访问美国肯尼迪太空中心 032

漫游天地科学奇境——引人入胜的亚利桑那 038

第二章 | 知识波传遍全球

知识波传遍全球——访美国国家地理学会 046

征服太空——美国太空知识的科普 052

山野的呼唤——山野俱乐部的自然保护事业 059

走进自然 走近科学——为自然爱好者服务的公司 064

第三章 | 传播科学的殿堂

博物馆 · 博物馆 · 博物馆 072

探索大自然的125年——访纽约美国自然博物馆 082

探险者的乐园——参观美国国家地理学会展览厅 090

第四章 | 自然与科学的画廊

相会在太空画廊——访美国太空画家 098

宇宙的桥梁——怀念太空美术大师C. 邦艾斯泰 103

麦考尔的太空世界 109

动物艺术促环保 114

看鸟儿自由飞翔——美国的爱鸟活动 119

恐龙时代 重返人间——美国的恐龙热和恐龙美术 125

生命进行曲 132

第五章 | 丰富多彩的科普出版物

美国自然杂志剪影 140

从1000册到1100万册——美国《国家地理》杂志 145

美国《国家地理》的四大特色 150

地图文化与挂图科普 157

我爱天空和望远镜——纪念《天空和望远镜》50周年 164

20世纪的缩影——漫谈美国《时代-生活丛书》 169

第六章 | 充满知识的乐园

迪斯尼世界——全球最大的游乐园 176

让人类拥抱海洋——美国的海洋科普 187

旅游名城奥兰多 194

漫游迪斯尼乐园——纪念迪斯尼乐园50年并祝贺香港迪斯尼乐园开幕 202

第七章 | 自然、文化、社会掠影

美国公路万里行 212

加州小镇访友——访香港太空馆创建人廖庆齐 218

波士顿——美国的文化科学名城 223

漫步在哈佛大学 229

汉字石碑中华情——记在美国的两座著名中国石碑 234

读者之家——漫谈美国的书店和图书馆 239

圣诞文化与科普 243

在先进与保守之间——美国计量制度琐谈 247
漫谈美国音乐 253
难忘的得克萨斯 258
冰雪归程——跨越阿拉斯加和西伯利亚的归途 265
黄石公园之旅（张大欣） 269
冰火两重天——美国阿拉斯加、夏威夷之旅（李星燕） 276

李元先生手迹 287

第一章

通向宇宙的窗口

从帕洛玛到洛杉矶
——访问美国天文台的科学游记

作者 1925 年出生，此时正好 70 岁。

帕洛玛 (Palomar) 天文台举世闻名，它位于美国西海岸加利福尼亚州的南部，距名城洛杉矶约 150 千米。它是我几十年来向往已久的地方。1995 年我到达美国之后，第一个访问的科学圣地便是它。

旅途风光

在一个风和日丽的早晨，我和好友乘车去帕洛玛天文台参观。

沿海的 5 号州际公路是美国西海岸联通南北的大动脉。汽车先是在这条公路上向南行驶，我们一路饱览南加州的海滨风光。行约半小时到达海滨城(Oceanside)，从这里转向东行，上了 76 号公路，沿此路可直达帕洛玛山顶。路旁是牧场和农村，不时可看到低头吃草的牛群，远处还有不少村舍，周围一片鲜花盛开的美景。在上山之前，我们途经一片极大的橘林，果香扑鼻，黄橙耀眼，不由得停车观赏。加州甜橙也是世界闻名的。我虽然在四川江津著名的橘乡居住过多年，但也从未见过这么广大、一眼望不到边的橘林，这当然是现代化农林业的产物。加州甜橙和帕洛玛天文台都是世界级国宝，我真庆幸能和它们同日相遇。这橙子又黄又大，味道鲜美。

从小迷恋宇宙奥秘，一生情钟天文科普，古稀之年如愿“朝圣”。作者此时心境，读者自可想见，又岂能完全想见！

告别橘林继续上路，一路柑橘林、葡萄园、樱桃园比比皆是，不禁令人赞叹，加利福尼亚不愧是美国的“天府之国”。车行不久开始爬山，不知不觉中我们已进入森林，满眼翠绿，巨树参天，在蓝天白云衬托下，风光极美。过去山区还有狮豹出没，自从天文台在这里安家之后，人来人往，已经很少看到它们的踪影。盘旋而上，那农场橘林已远远落在我们的脚下。车子越爬越高，我的心也越跳越快，这倒不是什么高山反应，而是由于不同于一般游客，我是带着一种虔诚的朝山进香般的心情来到这里的。在一个转弯处，我忽然看见天文台的巨大圆顶已经闪现在眼前时，我是多么激动啊！过去从书刊照片上多次看见过的图景，今天终于真正地出现在我

作者在帕洛玛天文台

面前，那么真切，那么生动！

5 米巨镜

到达海拔约 2000 米的帕洛玛天文台，我们首先来到一间科普大厅，墙壁四周挂满了由天文台口径 5 米望远镜拍摄的天体照片。有绚丽多姿的猎户座大星云、马头星云、仙女座星系、猎犬座旋涡星系等，都是一流的天文照片。它们为我们展现了宇宙的壮丽景象，揭示了遥远的星球世界的秘密。还有不少图片介绍这架大望远镜的构造和使用方法。大厅中央的银幕上正在放映帕洛玛天文台史话的录像，由当代最著名的天文科普专家穆尔（P.Moore）讲解。穆尔是英国人，不但著作等身，而且因为几十年来在 BBC 电台上口播“天方夜谭”节目，成为英国家喻户晓的天文明星。他极善言辞，口若悬河，难怪这里也要邀请他来讲解。当然，这位鼎鼎大名的天文明星不可能每天都在这里服务。我们的不期而遇只能说是运气好。游客先在这里接受了科普解说，再去观看天文台的望远镜才更易于理解，也会有收获。

帕特里克·穆尔（1923—2012）的许多天文科普作品已有中译本，李元先生是翻译出版这些书的名副其实的“推进器”。

帕洛玛天文台有好几个大圆顶，其中最大的一个是最为著名的 5 米（200 英寸）海尔望远镜的观测室。因其有名和壮观，所以成了帕洛玛天文台的标志性建筑。那

海尔铜像

天，我终于来到了这座巨大的白色圆顶建筑之前。当你亲身站在这里时，你才能切身感到一种科学和技术的震撼。这的确是一座科学的殿堂。它的直径为 45 米。这个圆顶比北京天文馆的 25 米直径的圆顶大了几乎一倍，高度大概相当 12 层楼。进门处陈列着一座铜像，为该台创始人海尔（G.E. Hale, 1868–1938），其上刻铸着这样的词句："200 英寸望远镜是以海尔命名的，他的远见卓识和领导才能使它成为现实。"这位令人敬仰的天文学家，为创建世界三大天文台和三架天文巨镜奉献了一生。向海尔铜像致以敬意之后，我们进入一个参观走廊，从这里就能目睹这架观天巨镜的全貌。这架巨镜于 1928 年开始筹建，到 1948 年落成启用。此后近 30 年，它一直是世界上最大的天文望远镜。若以工作量计，它至今仍堪为世界第一。

让我们从以下一些数字来了解这架望远镜的情况：

是啊，研磨和抛光这块反射镜。磨料就消耗了 31 吨！

反射镜镜面直径 5 米（200 英寸）；

反射镜镜面质量 14.5 吨；

反射镜镜身质量 530 吨。

镜面的聚光能力相当于 100 万只人眼，可以看到 2000 多千米处的烛光（如同从北京看到海南岛上的烛光一样）。

整个望远镜由一个巨大的马蹄形钢座支撑着，可以向各处灵活转动，指向星空中的天体。观测时只要按动电钮，打开天窗，对准目标就可进行了。不同于我们平常的经验，用大望远镜观测星空，不是用眼睛去看，而是给天体拍摄照片。因为拍照的对象十分遥远（远到上千万光年，一光年约 95000 亿千米），所以光度微弱，照相需要几个小时甚至十几个小时的曝光。天文学家就是从天体照片上探讨和研究宇宙秘密的。

有时观测者要坐在镜筒上方的一个可坐一人的小筒笼架内工作。用升降机把人送到高处观测筒旁，这使人联想起马戏团的空中飞人节目，那多半是由妙龄女郎去演，而在天文台里的主角大多是年长学者。

镜面 5 米的反射望远镜（直立的镜筒直径 7 米，高 18 米，镜面在镜筒底部）

巨镜图解

面对这架巨型科学仪器，人们除了赞叹之外，也许还会感到茫然。其实通过图解，它的构造和用法便可一目了然。

这架望远镜使用之初，发现镜面曲率还有些缺陷，所以又重新磨修，直到 1949 年才正式投入使用。46 年来，在探索遥远的星系世界方面它做出了重大贡献。今天，过去需要人操作的部分大都由电脑代劳了。

巨型相机

帕洛玛山上，离海尔望远镜的大圆顶不远处有一个较小的圆顶观测室，直径 15 米，内装一台口径 1.2 米的施密特型照相望远镜，在当时也是世界第一的。这架望远镜好比一架广角大照相机，用它可以拍摄大范围的星区照片。如有所发现，再用 5 米镜去对准小范围内的天区进行深入研究。在美国国家地理学会的资助与合作下，这架 1.2 米的望远镜拍摄了系统的巡天星图。其拍摄到的恒星和其他天体达 5 亿之多，成为当代最有用的摄影星图。

这架施密特望远镜的主镜口径 183 厘米，改正透镜口径 122 厘米，于 1948 年建成。这里所说的“帕洛玛天图”是用此镜拍摄的北天蓝红双色深空照相天图，历时 10 年，于 1958 年末完成并公布。

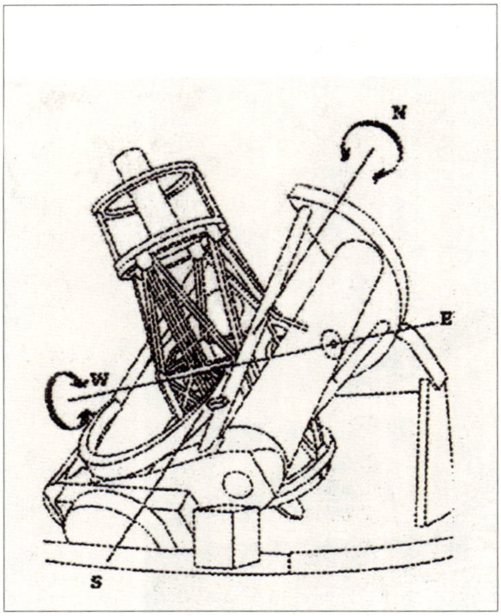

5 米反射望远镜运转示意图

通过东(E)西(W)耳轴可使望远镜南北向旋转;
通过南(S)北(N)轴能使望远境东西向旋转,
因此可以对准星空中的观测目标。

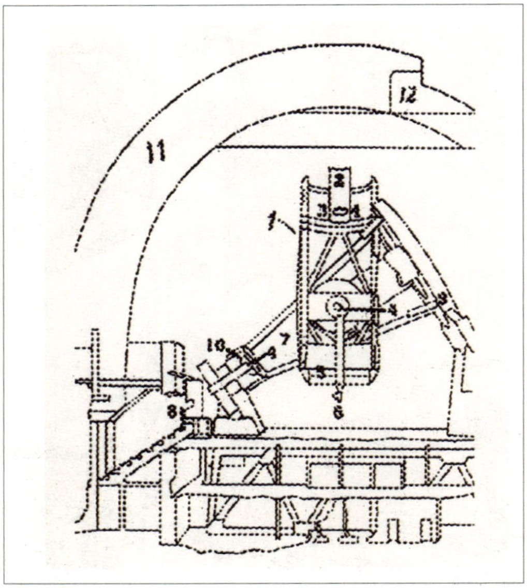

5 米反射望远镜结构图

1 望远镜镜筒(从底端观测)
2 主焦点
3 盖赛格林式镜面(从侧端观测)
4 顾特式镜面
5 主镜面
6 盖赛格林焦点
7镜架(从上端观测)
8 顾特焦点
9 马蹄形镜座
10 极轴南端(直径5米)
11 观测室圆顶
12 天窗

“玩具”小镜

尤金·舒麦克(Engene Shoemaker)生于 1928 年,曾梦想能登上月球,但因疾患未果。1997 年死于车祸,他的部分骨灰于 1999 年被带到了月球上。

帕洛玛天文台还有一架口径 45 厘米的施密特望远镜,圆顶直径只有 5 米。比起 5 米巨镜,它好比是一架“玩具”小镜,可是它的资格最老,1935 年前后它已经在这里落户,开始使用了。近些年来,著名的地质天文学家舒麦克夫妇定期用它来寻找小行星和彗星,探索这些星体可能和地球碰撞的问题,因而引起人们的关注。特别是他们和列维共同发现了 1994 年 7 月和木星相撞的那颗舒列 9 号彗星之后,更成为全球名人,为帕洛玛天文台又增添了光辉。

缅怀先驱

在帕洛玛天文台我自然会想起大名鼎鼎的天文学家哈勃(E.Hubble,1889–1953),他早在 1924 年就发现仙女座大星云也是由千亿颗恒星组成的另一银河系——河外星系。那时他使用的是洛杉矶北面威尔逊山天文台的当时最大的 2.5 米（100 英寸）望远镜，他的工作使人类对宇宙的看法大大推进了一步。后来他是 5 米海尔望远镜的第一个也是主要使用者。为了纪念他的功绩，现在飞行在太空的望远镜就叫做哈勃望远镜。

全名“哈勃空间望远镜”（Hubble Space Telescope）

在帕洛玛天文台度过的这几个小时是难忘的，下山途中仍不免屡屡回头看看那巨大而逐渐缩小的银白色圆顶。再见吧，科学的殿堂，祝你为人类探测宇宙带来更多的信息。

洛市名台

告别帕洛玛天文台几天之后，我从海滨度假村返回旧金山途中，又登上了一座小山头去访问了著名的洛杉矶天文台。它座落在好莱坞影城对面的小山上，以捐赠者的名字命名，叫做格利菲斯天文台。它由五大部分组成：门厅、展示厅、天象厅、折射望远镜室和太阳望远镜室。从外面看，天文台有三个大圆顶。在三个大圆顶中最大的是天象厅圆顶，直径 25 米，是向几百位观众表演星空的场所。另外两个圆顶中一个是折射望远镜室，其中的 30 厘米的折射望远镜是供广大群众观测星月的。

格利菲斯天文台

格利菲斯天文台远景

在世界天文科普场所中，这架望远镜是同类型中最大最好的。另外一个圆顶则是太阳望远镜的家。当天的太阳影像由这架望远镜投射在展示厅内，让人们细看太阳表面的太阳黑子和其他太阳活动现象。门厅里的长摆显示地球自转的规律，顶部和四周有科学史壁画。展示厅里有物理学、地质学和天文学方面的模型和表演。门外广场上还有哥白尼、伽利略、牛顿等六位天文学家的塑像塔碑，塔南还有一个日晷。这个天文台实际上是一座集天文台、天文馆、科学馆三位一体的建筑，造型优美，世界闻名。它虽然已建成 60 年，但仍然观众盈门，久盛不衰。有趣的是，就在离这三个圆顶不远的山麓还有一个半球形的建筑，不过那个半球背山侧立，是一个著名的露天音乐厅。每逢晴朗之夜，星空下的音乐会在这里演出，听众上千。这两个半球形建筑相映成趣，面向大众传播科学和艺术，是洛杉矶的著名旅游景点。

“门厅里的长摆”即所谓的“傅科摆”。

富翁捐赠

回顾访问这两个美国天文台已经一年了。想来这两个天文台各有专长。帕洛玛台处于科研前哨，但兼顾科普；而洛杉矶台则专门从事科普，却也兼顾科研，真是取长补短，互相配合，都为科学研究和普及做出了巨大贡献。此外令人深思的是，这两个天文台均为亿万富翁捐赠，并非政府投资。我们期待着新时期的中国富有者也能为科学事业捐赠巨款，那将是功及当代、流芳百世之举。

是的，我们仍在期待。其实，这不只是“钱”的问题。

我看美国天文台
——美国天文台百年回顾

位于美国加利福尼亚州的帕洛玛天文台曾被誉为世界天文台的顶峰，因为它拥有20世纪中叶世界最大的5米光学望远镜，对探测深空天体和遥远星系有过不朽功勋。在访美期间，我第一个访问的天文机构就是帕洛玛天文台（请参阅本书“从帕洛玛到洛杉矶——访问美国天文台的科学游记”一文）。当我站立在帕洛玛山顶5米望远镜观测室巨大的圆顶旁时，极目远望，一个个银白色的圆顶呈现在我眼前。那不是一个两个或三个，而是很多。一时间，我仿佛看到了众多的天文台：芝加哥大学的叶凯士天文台、加州大学的立克天文台、哈佛大学的史密松天体物理中心、亚利桑那州的基特峰国立天文台、得克萨斯州的麦克唐纳天文台、夏威夷州的莫纳亚克天文台等。美国是天文台最多的国家，也是现代天文学最发达的国家，我之所以有此联想应该是很自然的。今年是美国著名的叶凯士天文台建立百年大庆，从而回顾一下美国天文台的百年历程，也相当具有纪念意义。

海尔博士（G.E. Hale，1868–1938）

手建三台的海尔博士

帕洛玛天文台口径5米（200英寸）望远镜是以海尔来命名的，台内有海尔铜像，并刻铸着这样的词句：“200英寸望远镜是以海尔命名的，他的远见卓识和领导才能使它成为现实。”不仅如此，洛杉矶附近的威尔逊山天文台从 1970 年起就改命名为海尔天文台。然而海尔的起步却是从百年前建成的叶凯士天文台开始的。

海尔是美国天体物理学的先驱者，从少年时代起就爱好天文并能自制天文望远镜。他在麻省理工学院读书时就为邻近的哈佛大学天文台照管仪器，并且利用这些仪器进行最初的天文观测实习。不久后，他就创制成功了世界第一台太阳单色光照相仪。24 岁时，他的朋友哈珀任芝加哥大学校长，请他担任天体物理学助理教授，并由此开始了筹建大天文台的计划。

芝加哥大学的首任校长系威廉·雷尼·哈珀（William Rainey Harpers，1856-1906），任期是 1891-1906 年。

叶凯士天文台的诞生

海尔听说一个透镜制造家有两块直径 1 米的玻璃镜正要出售，于是他认为建造大天文台的机会已经到来。但是怎样才能弄到造镜建台的巨款呢？光造镜的玻璃起码就要 2 万美元，这使海尔发愁。他马上想到了芝加哥最有钱有势的巨商叶凯士。老天有眼，让他有幸在一个宴会上遇到了叶凯士，又正巧坐在他的旁边。海尔不失良机，与他大谈特谈天文学之奥妙和探索宇宙的伟大意义。叶凯士听得入神，果然被说动了。出乎意料的是，他还告诉海尔，他从小就希望能建造一架最大的望远镜。席散时，海尔的口袋里已经有了一张叶凯士所签的 2 万美元的支票，供海尔购买制造巨镜的玻璃。叶凯士还承诺为他的天文台提供更多的资金。结果叶凯士总共捐赠了近 40 万美元，在芝加哥大学 120 千米之外，日内瓦湖的威廉湾畔建成了著名的叶凯士天文台（Yerkes Observatory）。台内装有直径 102 厘米的折射望远镜，镜筒长约 17 米，直到现在它还是世界最大的折射天文望远镜。叶凯士天文台于 1897 年 10 月建成。

这位叶凯士全名查尔斯·泰森·叶凯士（Charles Tyson Yerkes，1837-1905），当时控制着整个芝加哥的交通。

叶台宏伟 名人荟萃

在风光秀丽的日内瓦湖畔，一座宏伟的天文台拔地而起。台中最大的安装 1 米折射望远镜的圆顶直径为 27 米，比北京天文馆的圆顶还大。另外两个较小的圆顶内分别安装了 30 厘米的折射望远镜和 60 厘米的反射镜。3 个观测室连在一起，构成一座宏大的罗马式建筑，里面装备了许多优良仪器。叶凯士天文台 100 年来在天体物理学的观测研究上做出了重大贡献。许多著名学者都曾云集于此。1921 年爱因斯坦还特地访问过叶台，并摄影留念。从比利时来的樊比博教授勤于观测，曾被誉为天文观测的王子。他在此曾对 3 万多颗恒星进行过精密测量。他也是我国著名天文学家张钰哲的导师。1928年，张钰哲用叶台的60厘米反射望远镜发现了1125号中华号小行星。原籍印度的钱德拉塞卡对白矮星、黑洞、相对论的研究都是世界闻名的。他获得1983年诺贝尔物理学奖。他也是张钰哲的好友。在20世纪40年代，钱德拉塞卡还热心地为李政道和杨振宁讲过课。从张钰哲发现中华号小行星到李杨二位获得诺贝尔奖受益于钱教授，都说明了叶凯士天文台和中华学者之间的亲密关系。张钰哲在他80多岁时还故地重游，重返叶台，和钱德拉塞卡教授重叙友情。

叶凯士天文台

世界最大的102厘米折射望远镜

斯特鲁维的时代

说到叶台，不能不提O.斯特鲁维，他原籍俄国，祖孙四代都是天文学家。他是最后的一代，但成绩更为显著。1932年他接任叶台台长。除了领导叶台在天体物理学上做出许多贡献外，他还完成了在南方建立大天文台的工作——领导芝加哥大学的叶台与得克萨斯大学天文系合作在得州建立了麦克唐纳天文台。该台是用麦氏100万遗产所建。那里新造的一架2.1米反射望远镜是当时世界第二大镜。斯特鲁维兼任麦台台长，叶、麦两台紧密合作，也使得州大学天文系的水平迅速提高，成为美国又一个天文中心。我1995年访美时就住在得州大学所在地奥斯汀，经常去该校天文系，从而对这一段历史更加了解。这架2.1米望远镜后来就以斯特鲁维来命名。张钰哲在20世纪40年代也曾用这架望远镜做过分光双星的观测研究，并有所发现。斯特鲁维在他的名著《恒星演化》一书中还引用了张钰哲的研究成果。斯特鲁维还

张钰哲是钱德拉塞卡的好友，今天年轻的中国天文学家应该了解大半个世纪前的这段佳话。

奥托·斯特鲁维（Otto Struve,1897-1963）于1952-1955年任国际天文学联合会主席。

主编过海尔创办的《天体物理学期刊》，且担任过国际天文联合会主席，对国际学术交流起到很大的促进作用。他为《天体物理学期刊》写的学术论文就多达2390多页。斯特鲁维对科普工作也特别重视，曾为世界著名天文科普月刊《天空和望远镜》（Sky and Telescope）写过152篇、深入浅出涉及广泛的科普文章，

麦克唐纳天文台

威尔逊山天文台

连载 10 多年，不但天文爱好者们受益匪浅，连天文学家也不时要参考。这种情况，在世界科学家中并不多见，足见其知识渊博，才华过人。

真是难得！这又令人想起曾任普林斯顿大学天文台台长达35年之久的亨利·诺里斯·罗素（Henry Norris Russell,1877-1957），在40多年间为《科学美国人》撰文500篇的惊人纪录。

海尔博士再建新台

海尔手创的叶凯士天文台只能说是海尔事业的开始，经过不懈努力，在 20 世纪初，他又在洛杉矶西北 32 千米处建成了威尔逊山天文台，海拔 1742 米。在苍松翠柏的衬托下，几个天文台银色圆顶在阳光下闪现光芒。它们是当时世界最大的 2.54 米反射望远镜，1.52 米反射望远镜，还有高达 18 米和 46 米的太阳观测塔。在20世纪前半叶，该台进行了大量基础天文工作，积累了大量恒星和星系光谱资料，并且进行了长期的太阳观测和研究。威尔逊山天文台风景绝佳，目前还成了旅游者朝拜的科学圣地。

用威尔逊山的 2.54 米（100 英寸）望远镜可以窥测到大约 5 亿光年远的宇宙深处，海尔却认为这个深度还不够。于是，一个更大的望远镜和天文台又在他的筹划之中，那时他已年近花甲。他终于得到纽约洛克菲勒基金会 600 万美元的资助，最后在 1948 年建成了帕洛玛天文台。那里安装的世界最大的 5 米（200 英寸）望远镜，可以探测到 10 亿 ~ 20 亿光年的远方。但是海尔已经在 10 年前逝世了。世界三大著名天文台——叶凯士天文台、威尔逊山天文台和帕洛玛天文台成为海尔一生的纪念品。

这不过是着重回顾了海尔创建三台的百年史话，其实比这更早的天文台还有立克天文台、洛威尔天文台等，他们在研究太阳系天体上做过大量工作。我们从加州圣何塞就能看到立克天文台，它拥有全球第二大的 91 厘米的折射望远镜，后来又建立了一架 3 米反射镜。

60 年代后新台林立

从 20 世纪 60 年代起，美国天文台有了新的发展。最引人注目的是在亚利桑那州建立的规模宏大设备齐全的基特峰国立天文台，海拔 2134 米。那里拥有当今世界上研究恒星、太阳、行星的最多的仪器设备，还具有最佳宁静度的观测条件。该台共有 11 台光学望远镜，包括一台 4 米口径的反射镜，其观测室有近 20 层楼高；还拥有最新式的太阳观测塔。

夏威夷州海景如画。那里的莫纳克亚高山天文台，海拔 4205 米，是世界最高

帕洛玛天文台

夏威夷莫纳克亚山天文台

的天文台。它于 20 世纪 70 年代开始工作，是国际合作的天文台。该台近年来建成的 10 米直径的组合望远镜又成为世界之最。

即两架口径全为 10 米的“凯克太空望远镜”（Keck Ⅰ和 Keck Ⅱ）。

打开更广阔的天窗

自从 17 世纪用望远镜观天以来，人类都是通过光学窗口去瞭望宇宙。20 世纪中叶逐渐发展起来的射电天文学和射电天文望远镜，从更广阔的无线电（射电）窗口去探测宇宙，使我们对宇宙的认识更加深入和广泛。

1957 年，美国建立了国立射电天文台。之后 20 世纪 80 年代又在新墨西哥州建立了世界最大最灵敏的巨型射电天线阵，27 台 25 米口径的碟形射电望远镜以 Y 字形分布在 21 千米长的地面上，蔚为壮观。此外建立在山谷中的阿雷西博 305 米直径的巨大射电望远镜可以看作当今最大的探测宇宙的仪器。

阿雷西博天文台口径 305 米射电望远镜保持了半个多世纪之久的世界纪录，已于 2016 年被中国的口径 500 米射电望远镜（简称 FAST，坐落在贵州省平塘县）大幅度超越。

天文台从地面到太空

为了摆脱地球大气对天文观测的干扰，20 世纪 70 年代以来，各种类型的天文仪器被陆续发射到太空中，组成天上的天文台。这些太空中的望远镜把天文观测从窄小的光学波段窗口扩展到全波段的全景窗口。其中最著名的是美国于 1990 年发射升空的哈勃太空望远镜，据估计它能瞭望到 100 多亿光年的宇宙深处。它不但已经发现了许多前所未见的奇妙天体，更可能揭开宇宙大爆炸之谜，它的能力已远远超过了海尔当年的梦想。哈勃也是受到海尔影响最大的几位天文学家之一。他是天文观测能手，是宇宙边疆的开拓者。哈勃在海尔创建的 3 个天文台都曾做过观测和研究工作，对星系研究做出了巨大贡献。太空望远镜因此用哈勃来命名。100 多年来，美国的天文台和天文学蓬勃发展，从光学到射电，从地面到太空，不断有所发现，有所前进。

不仅如此，由美国天文台的发展史，我们还清楚地看到，美国许多天文台都是富商巨贾捐助修建的，而天文台和望远镜也用捐助者的名字来命名。这种做法是非常值得我们学习借鉴的。

我们还可以看到海尔博士为科学献身的精神。在他的一生中，不断地给自己树立新目标。每一个成就之后，即刻开始为迎接下一个更大的成就而工作。海尔博士用他所创建的越来越大的望远镜，将人们带入深远无边的宇宙，愈带愈远。

小行星之家
——访国际小行星中心

“中华”星发现70年

自从1928年我国天文学家张钰哲在美国叶凯士天文台发现了1125号“中华”号小行星之后，中国就和小行星结下了不解之缘。那是中国人发现的第一颗小行星，到现在已经整整70年了。目前我国天文台发现的小行星总数已有2000多颗。近年来谈论小行星的文章很多，也算掀起了一场不大不小的小行星热。5月份“北京大学星”的命名和以后的科普双星等的命名，引起了人们对小行星的极大的兴趣和关注。人们不禁要问：什么是小行星？小行星来自何方？家住何处？这令我回忆起1995年夏，我对美国波士顿国际小行星中心的访问。

小行星有两个家

小行星是太阳系里的小天体，像金木水火土和地球等大行星一样，围绕太阳运行。太阳系中的小行星很多，数以万计。虽然多，但是以前受限于观测手段，全凭观测者以肉眼用望远镜在茫茫星海中寻找，加上它们的体积很小且光线微弱，所以被发现的少之又少。现在知道，众多的小行星大多位于火星与木星轨道之间，形成了一个小行星带。在地球人看来，它们是一群规模庞大且安静有序的小山或巨石，那里就是小行星的家。可是在这个家里，它们互不相识，也无名无姓，没有身份号码。虽说它们在运行中井然有序，但也可能有个别出轨之事，或是两星碰撞或是撞击在别的大行星上。看来这个小行星世界还不能无人过问，放任自流。40多亿年以前，在太阳系中大行星出现的同时，小行星就已经诞生了。但是一直到40多亿年以后，地球公元1801年的新年之夜它们中的一颗才被地球人发现。从此，小行星才开始有了编号，有了名字。例如，第1号小行星被命名为Ceres，是希腊神话中的谷神的名字，故叫谷神星。以后小行星的发现越来越多，又是编号，又是命名，又是确定轨道的各种数据（轨道根数），又要验证哪一些是重复发现，哪一些才是新发现的等，这些事情都要有专门的机构来管理。于是小行星就有了第二个家，那就是“国际小行星中心”。

这位谷神也是西西里岛的保护神。第 1 号小行星就是西西里岛上巴勒莫夫天文台的创建者、意大利天文学家皮亚齐发现的。

国际小行星中心

有些国家有自己的小行星中心，它们观测、发现和计算小行星轨道，发表小行星的消息，出版小行星的星历表。这种星历表就是关于新的一年中，各个小行星在一定日期、时刻在星空的位置、亮度以及各小行星的其他有关数据。例如，二战前的德国曾有一个小行星中心。二战后，前苏联的科学院所属的理论天文研究所也是一个小行星中心。它受国际天文学联合会的委托，每年编算出版小行星星历表。

在美国，小行星中心也随业务的发展而变迁。国际小行星中心就设在哈佛大学天文台，位于与波士顿隔查尔斯河相望的坎布里奇（Cambridge）。20 世纪 70 年代，哈佛天文台和史密松学会合作成立了史密松天体物理天文台（或称天体物理中心），人们经常习惯地叫它为哈佛 – 史密松天文台，地址在花园街 60 号，离我的住处仅一箭之地，车程不足 10 分钟。我从过去的天文学杂志上知道，在 20 世纪 40 年代，国际小行星中心的《小行星通报》（Minor Planet Circulars）是由在俄亥俄州的辛辛那提天文台（Cincinnati Observatory）负责编印，由它首先通报新发现的小行星，之后才由国际天文学联合会主席琼斯和秘书长奥尔特联名正式在权威性的《大众天文》杂志上发表。若干年后国际天文学联合会把小行星中心迁移到哈佛大学，就落脚在此了。

我去哈佛天文台访问的时候，正值暑期，人们大多休假，只有不多的几个人在工作，看上去很忙。尽管在此工作多年且颇有成就的邵正元先生远道从佛罗里达州给我寄来介绍信，我还是不愿打扰他们。好在大门敞开，随意进出，我便信步而入，随走随看，以此也更为自由一些。

在哈佛大学天文台的图书馆里悬挂着百多年前老哈佛大学天文台的木版画，那时门前还停着四轮马车，尤显哈佛的古老。另一面墙上是著名天文学家、老台长沙普利的肖像油画，令我肃然起敬。沙普利在银河系的研究上对人类的宇宙观做出了重大贡献。他指出银河系也是一个恒星系统，太阳系距银河系中心约 5 万光年，从

又见本书第七章之《波士顿——美国的文化科学名城》一文。

作者在哈佛大学天文台

而否定了太阳是银河系中心的说法。

国际小行星中心就在台内，在这里，最重要的是它的资料库。迄今世界上发现的所有的小行星资料全部汇集在这里。在这里工作的天文学家们不仅自己观测、发现和研究小行星，而且还要给全世界汇集在这里的小行星建立历史资料和科学资料档案，并对新发现的小行星进行再观测、计算和研究，核实是否是重复的发现。此外还要审核发现人对小行星命名的申请书，评估并审查命名的理由。遇有较大的问题时还需要听取小行星命名委员会的讨论意见，最后才是发布《小行星公报》，将新命名的小行星的临时编号与新的名称以及发现者，发现经过和名称授予者的情况一并加以介绍。现在这个通报的编号已超过 3 万。小行星中心的资料库里储存着地球上许多城市地名和命名理由的资料，存有许多希腊神话中神名的资料，也存有世界各国值得纪念的学术和文化团体的资料。例如，授予中国的紫金山天文台的小行星名字为“Purple Mountain（3494）”、北京大学为“Beijingdaxue（7072）”等。小行星资料库里还有众多的科学家、文学家、音乐家、艺术家以及各式各样的人物的命名资料。这里完全称得上是一个国际社会，而且还是一本史册，因为它包括古今中外的人物在内。但是在这些人物中很少见到近代和现代的政治家和军事家。对于这类人物的命名非常慎重，必须在他们逝世 100 年之后才能命名，并且要经过国际小天体命名委员会的确认之后方能公布。

热爱祖国的邵正元

邵正元（1928-2006）故乡是老子的故里——河南省周口市鹿邑县。他发现的一颗小行星即 4776 号已命名为“鹿邑星”。

在美国哈佛大学天文台工作了数十年的邵正元先生，发现了许多小行星，将一生献给了小行星和彗星事业。他曾数次回国和紫金山天文台的行星研究室合作，为祖国的天文事业贡献了自己的力量。他为了表示对我国小行星事业的创始人、紫金山天文台张钰哲台长的敬意，特别把他于 1976 年 10 月发现的 2051 号小行星命名“张”（Chang），这是在国际《小行星通报》1978 年 8 月发的 4420 期上发表的。

后来邵正元又把 2240 号小行星以台北天文台蔡章献台长的名字命名为“蔡”，以表彰他对台湾天文普及教育的贡献。

中国现代天文事业的奠基人之一，紫金山天文台的创建人余青松（1897–1978），后来在美国的哈佛大学天文台及其他天文机构工作到去世。他生前和邵正元来往颇多，为了纪念余青松的天文学成就以及对中国天文学事业的贡献，邵正元把他发现的 3797 号小行星命名为“余青松”。在 1989 年 4 月出版的第 14481 号《小行星通报》上有这样一段话：“余青松于 20 年代留美期间，曾在加州大学的利克天文台对 91 颗恒星进行了光谱光度观测，其成果是现代恒星能量分布研究工作的重要里程碑。余先生在 1927 年学成返回中国后，曾在南京创建了紫金山天文台，并担任第一任台长。日本侵华战争期间，他又在后方昆明凤凰山开发了一个天文台，成为今日的云南天文台。此外，他还曾担任过中央研究院天文研究所所长和中国天文学会会长的职务。”邵正元还把他发现的 4760 号小行星以他的好友张家祥的名字命名。张家祥是紫金山天文台行星室主任，曾为新中国的小行星事业进行了大量艰苦细致的工作，成绩卓著。大约是在 20 世纪 90 年代初期，邵正元再次回到祖国时，在紫金山天文台的一次会议上突然宣布了这个消息。这不但使张家祥感到突然，就是在座的人们也为之震惊，因为当时张家祥还是中年科学家，他成了中国科学家中获得小行星命名最年轻的人。可以说，邵正元是尊重个人贡献，而不是论资排辈，这种求实的科学精神是难能可贵的。

1976 年，国际天文学联合会将第 1881 号小行星命名为 Shao（即邵正元），此星起初是德国的海德堡天文台于 1940 年发现的。

小行星号码不断流向中国

小行星的发现者有小行星的命名权。但是，任何国家任何人发现的小行星，都必须通过国际小行星中心的这一国际通道才能流向世界各方。新中国成立以来，我国小行星科学得到很大发展，先后有紫金山天文台和北京天文台成为中国研究和发现小行星的两大中心。我国已拥有上百个的小行星命名权。已经命名的有几十个，如北京（2045）、上海（2179）、南京（2078）、天津（2209）、台湾（2169）、新疆（2336）、西藏（2344）、太原（2514）、延安（2693）……古代科学家张衡（1802）、祖冲之（1888）、一行（1972）、郭守敬（2012）、沈括（2027）等。现代科学家有王绶琯（3171）、叶叔华（3241）、戴文赛（3405）、周光召（3462）等。紫金山天文台还将两颗小行星的命名分别授给两位著名华裔美籍科学家吴健雄（2752）和杨振宁（3421）。由中国发现的小行星的命名正不断地通过国际小行星中心流往中国。

外国发现的小行星，也从美国和日本等国穿过国际小行星中心的通道流向中国，除了前边提到的，最近的 6741 号和 6742 号“科普双星”就是这样。我相信我国小行星的科学工作必将有更大的进展，也必将和国际小行星中心有更加密切的合作。

“科普双星”即 6471 号小行星“李元”和 6472 号小行星“卞德培”，它们的发现者是日本人。因钦佩李元、卞德培对中国天文普及事业的贡献而命名。

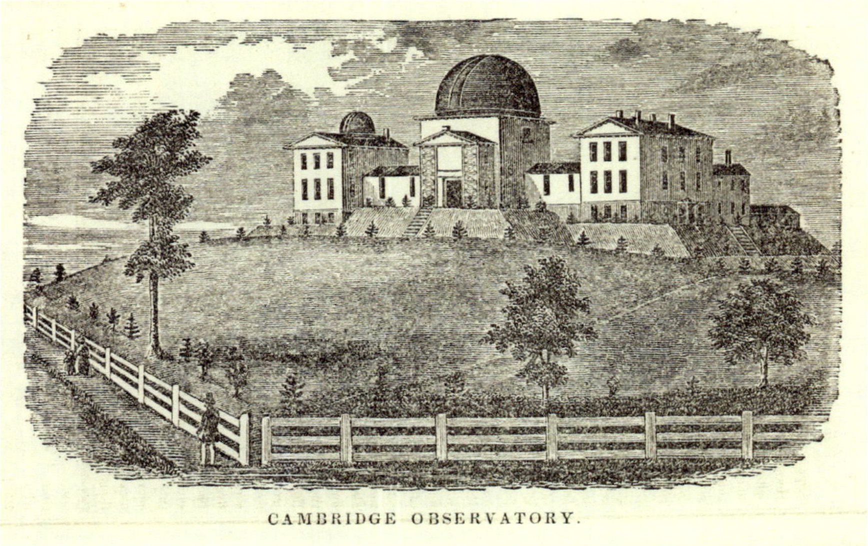

古老的哈佛大学天文台

哈勃看宇宙

1990 年 4 月 24 日哈勃太空望远镜在美国肯尼迪太空中心发射升空。5 年以后我有幸到那里访问，在超大银幕剧院的银幕上重睹哈勃望远镜升空的壮丽场面。今天，说起哈勃，多数年轻人首先想到的是哈勃太空望远镜。其实，半个世纪之前，哈勃就已经鼎鼎有名了。

50 年前的哈勃

整整 50 年前，1948 年 2 月 9 日一期的美国《时代》（TIME），把天文学家哈勃作为封面人物，这不但在《时代》周刊过去 25 年的历史中是第一次，就是在世界其他非科学期刊中把天文学家印作彩色封面可能也是绝无仅有的。这件事给我留下了深刻印象，也使我在 50 年来不断注意有关哈勃的动态。

关于沙普利又见第七章之《波士顿——美国的文化科学名城》一文。

为什么哈勃会被《时代》周刊选为封面人物呢？这是因为哈勃是宇宙边疆的开拓者，他把人类对宇宙的认识又向宇宙深处大大地推进了一步。1543 年哥白尼宣布了太阳中心说以后，把人类对宇宙的看法从地球中心说中解放出来。1918 年沙普利又提出太阳并不是宇宙中心，我们的太阳系不过是银河系（现知直径约 10 万光年）中的一员，这又一次扩展了人类的宇宙视线。1924 年哈勃宣布在银河系之外还有更远的银河系，著名的仙女座大星云（现知距离约 220 万光年）就是另一个银河系（星系）。1929 年他更指出宇宙是在膨胀中，

天文学家哈勃作为《时代》周刊封面人物

还发表了阐明越远的星系退行的速度越大的哈勃定律。为了进一步探索大宇宙的奥秘，50 年前在美国加州的帕洛玛天文台 5 米（200 英寸）望远镜建成并投入使用；哈勃则是用它进行观测研究的首位天文学家。这就是《时代》周刊把哈勃搬上封面的主要原因。封面画的背景是宇宙星空，哈勃头像的旁边是 5 米镜的观测室，一只巨手直指星空，图下的两排字是：

天文学家哈勃

200 英寸望远镜将会看到膨胀的宇宙吗？

40 年代的焦点新闻

1945 年二战结束后，核物理和原子弹一时成为世界性的普遍话题。可是，从 1946 年开始，美国的 5 米望远镜和哈勃就成为了 40 年代的焦点新闻。各著名报刊，如《纽约时报》《生活》周刊、《国家地理》月刊、《时代》周刊、《幸福》月刊以及许多科普杂志，都以大量篇幅和图片报道 5 米望远镜和哈勃，一时间哈勃成为了科学明星。1948 年 6 月 3 日，5 米望远镜举行了隆重的落成典礼，成为 20 世纪科学界的又一件大事和里程碑。1947 年 1 月号的《幸福》月刊，以“天体物理学”为专题，用大量的彩色版介绍了人类认识宇宙的史话，这在天文科普史上还是第一次。1949 年 5 月 7 日的一期《柯里尔》周刊发表了“帕洛玛天文台 200 英寸（5 米）望远镜的首次天文摄影”纪念专号，详细介绍了哈勃的科学工作和利用这架世界最大望远镜对遥远天体进行摄影观测的初步成果。从许多照片上可以看出，5 米望远镜对遥远的星系看得更远、更多、更清楚。实际上它可以观测到约 10 亿光年远的宇宙深处。

帕洛玛的历史使命

主持拍摄和制作《帕洛玛天图》的是哈勃的同事、美国著名德裔天文学家明克夫斯基（Rudolph Leo Bernhard Minkowski，1895-1976）。

20 世纪 40 年代耗资 600 万美元建立的帕洛玛天文台位于美国南加州，它的 5 米反射望远镜在以后近 30 年的时期中都是雄踞世界第一的大望远镜。再加上它的助手 1.2 米的施密特折射望远镜，帕洛玛天文台展开了对遥远星系的探测以及巡天星图的拍摄。在最初的十多年中，5 米望远镜拍摄了许多天体照片（太阳系、恒星、星云和星系等）。这些资料对科学研究、科学教育和科学普及都有很大的价值。与以往相比，这些照片更清晰、更壮美。1959 年帕洛玛天文台首次彩色拍摄天体成功，使天文普及教育得以将一个更加绚丽更加多姿多彩的宇宙呈现给大众，这更增加了人们对宇宙的欣赏和向往。利用这两架望远镜拍摄的星系照片显示出了星系的更多细节。5 米镜定义了那时人类探测宇宙的极限距离——10 亿光年！

哈勃曾希望 5 米望远镜能解决他在过去的宇宙探测中未能解决的问题，可惜他未能有足够的时间充分利用这架观天巨镜，就在 1953 年逝世了。

90 年代的哈勃望远镜

为了更进一步探测宇宙的深空天体和探索宇宙的起源，一架太空望远镜于 20 世纪 80 年代初在美国开始建造。它可以在约 600 千米的环绕地球的高空轨道上运行。这样可以排除大气的干扰，更深入地观测宇宙。为了纪念哈勃在探索宇宙方面的贡献，这架太空望远镜被定名为“哈勃”。

1990 年 4 月 24 日哈勃太空望远镜在美国肯尼迪太空中心成功发射升空，从此，人类翻开了太空中观测宇宙的崭新篇章。现在，美国的好几个科技馆和太空中心都有这架望远镜的模型，供人参观。人们对哈勃望远镜很感兴趣，在报刊上经常可以看到有关这架望远镜的消息以及它从太空传送过来的天文照片。1995 年我在美国访问时还看到好几本新出版的有关哈勃和哈勃望远镜的图书。一本是《哈勃传》，评述哈勃的一生及其学术贡献。另一本是《哈勃美景》，附有大量哈勃镜拍摄的天体彩色照片。还有一本使我大为惊讶的书，书名居然是《哈勃战争》（*Hubble War*）。实际上这部书谈的是在承制这架投资高达 20 多亿美元的望远镜的过程中，各厂商之间的争夺战。因为这是美国造价最高的太空探测器，又是尖端技术工程，所以承担这项工程者，不但能得到很高的荣誉，当然也有很可观的经济收益。

这部《哈勃传》很有名，出版于 1995 年，作者盖尔·E. 克里斯琴森（Gale E. Christianson）是美国印第安纳州立大学历史学教授。2000 年上海科技教育出版社推出此书中文版。译者为何妙福、朱保如、傅承启，书名《星云世界的水手——哈勃传》。

有关哈勃镜的故事很多，最大的一个是在它正式工作不久，就发现直径 2.4 米的主镜上有些缺陷，致使其不能清楚地拍到遥远天体的照片。为此，宇航员 1993 年在航天飞机上收回哈勃镜加以修理，工程异常艰巨复杂。1997 年宇航员们又一次对哈勃镜进

哈勃望远镜

太空中的哈勃望远镜

行了调整和仪器更换。这项工作还被评为1997年世界十大科技新闻之一。

用"哈勃"看宇宙

7年来，哈勃镜从太空中给我们传回了成千上万张天体图片和信息，为我们展开了一幅幅绮丽多彩的宇宙图景，这是哈勃一代的天文学家从未看到过的。在太阳系中，它拍摄了土星的美丽照片，特别是拍摄到可能30年才会发生一次的土星巨大风暴。它拍摄了1994年彗星和木星震惊世界的撞击。它还拍摄到1987年A超新星爆发后向太空喷射的气壳，这些都是过去未有过的。它还拍摄了许多令我们欣赏不已的猫眼星云、车轮星云等奇异天体。哈勃镜拍摄的许多天体照片，一再显示出它的特殊功能，大大开阔了我们的视野。它在太空所接受到的天体光线要比地球望远镜接受的暗50倍。因此它能更细致地考查过去在地面望远镜上所见的天体图景，如天鹅的网状星云、猎户座星云等。

为庆贺哈勃空间望远镜服役25周年，美国国家地理和国家航空航天博物馆于2015年出品了一部极为精美厚重的读物《Hubble Cosmos》，中文版书名《太空之眼：哈勃望远镜25年太空探索全记录》，孙正凡译，北京联合出版公司2016年10月出版。遗憾的是，李元先生已于3个月前仙逝，未能亲眼目睹。

1998年新年刚过，新华社就从海外发回来一则哈勃太空望远镜拍摄到的宇宙美景的消息（见1月6日《人民日报》）："色彩缤纷的风火轮、流光溢彩的高脚杯、展翅的蝴蝶、洒水机喷溅出的水花——美国哈勃太空望远镜首次拍摄到的这些形态各异的星云照片，引起了天文学家的浓厚兴趣。这些最新的星云照片不光是好看，天文学家们说，它们还提供了关于恒星等天体演化的新知识。"

在遥远的宇宙深处

1997年5月号的《科学美国人》（中译本是《科学》9月号），以"年轻宇宙中的星系"为题发表了一批哈勃镜拍摄到的极为遥远的星系照片。1995年12月，哈勃镜对准北斗七星附近的大约有满月面积1/140大小的一片星空进行10天的拍照。之后它把所有照片拼合成完整的图像，揭示出大约3000个微暗的遥远星系，他们显示出一系列的不寻常的形状和颜色。许多星系都比我们用肉眼看到的星系（如仙女座星系）要暗 10 亿多倍！天文学家希望通过对遥远的原始星系以及更古老星系的观测，弄清星系是如何成长的。

50 年前帕洛玛天文台落成之时，哈勃作为第一个用当时最大的 5 米望远镜观测遥远星系的人，他希望能看到他以前用 2.5 米望远镜（离此不远的威尔逊天文台）未能探测到的深空领域。虽然有所进展，但还远不能满足人类对宇宙起源和星系演化方面的求知欲和好奇心。哈勃望远镜正是为此而建立，它可能探测到更加深处的宇宙，它把人类观测宇宙的极限距离又延伸了 10 倍——远达 100 多亿光年！人们对它寄予深切的希望，期待它能揭示出星系演化的特征和秘密。

哈勃启用 5 米望远镜已经整整过去 50 年了，回顾这段历程，人类对宇宙的探测比以前是大大地推进了。但科学是无止境的，当 1998 年到来之际，一架综合口径为 16 米的巨大望远镜将从今年起逐步安装在智利北部海拔 2633 米的帕纳尔山上，预计到 2001 年全部完成，这将是天文望远镜的又一里程碑。

此镜英文名为 Very Large Telescope，中文名“甚大望远镜”。由 4 架全同的口径 8 米反射望远镜组成。4 架 8 米镜既可分别独立使用，亦可综合为一台等效口径 16 米的巨镜。

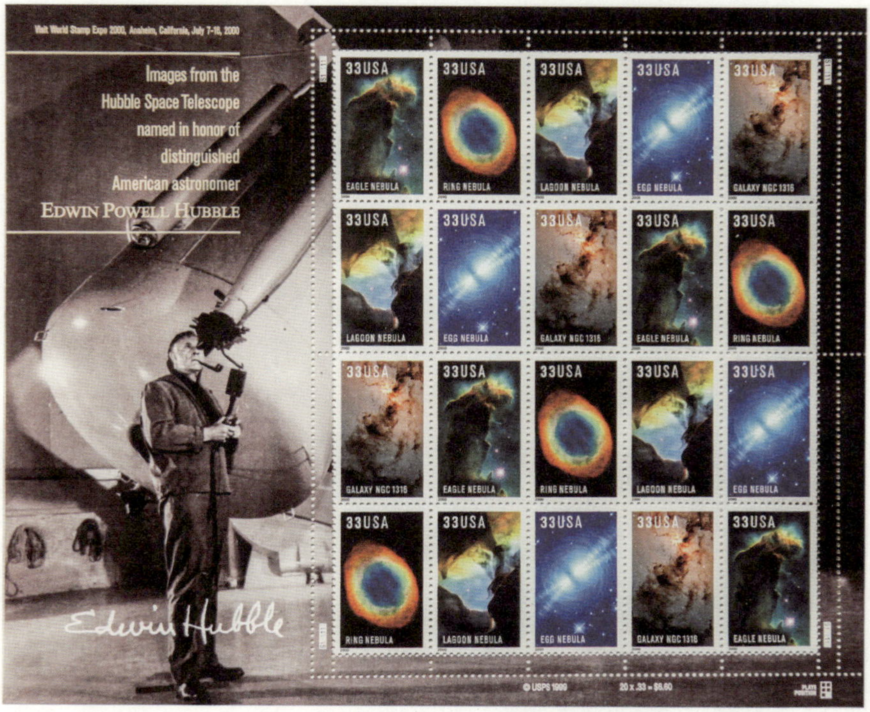

哈勃纪念邮票

星星之友
——美国的天文学大众化

美国是现代天文学的大国，具体表现在：天文台多、大天文望远镜多、天文学家多、天文成果多、天文科学出版物多；美国也是天文科普的大国，表现在天文社团多、天文爱好者多、天文普及出版物多、天文馆多、普及型望远镜多等。通过多年来对外国科普的研究，尤其是这次访美的亲身经历，我看出天文科普工作在美国天文事业中占有很大比重。天文学大众化不但提高了国民的科学文化素质，也促进了美国天文科学的发展。

天文科普刊物的作用

在美国天文学大众化的历程中，有三大天文科普刊物起了重要的作用。

19世纪末创刊的《大众天文学》(*Popular Astronomy*)，文章多为名家执笔，全面叙述天文学的成果与发展，并且较详细地报道小行星、彗星、流星的观测，曾是美国乃至世界的权威性通俗天文杂志，出版长达半个多世纪。但它图片不多，未能吸引更广大的初级天文爱好者，加上其他一些原因，于1951年停刊。即便如此，此刊早年间对美国天文科普的贡献也是功不可没。

20世纪30年代，先后问世了《每月星图》(*Monthly Sky Map*)、《望远镜》(*The Telescope*)和《天空》(*The Sky*)。后两本杂志是哈佛大学天文台与纽约天文馆分别创办的。这些杂志版面大、纸张好、图片多，立刻受到广泛的欢迎。1941年11月两刊合并为新刊《天空和望远镜》(*Sky and Telescope*)，逐步发展为今天世界最权威的天文科普刊物，迄今已有半个多世纪的历史。它对天文科普和天文学的发展有重要贡献。

值得提及的是，从2007年起《中国国家天文》（本书作者李元和点评人卞毓麟都是它的编委）已成为美国《天空与望远镜》杂志的“中国独家合作伙伴”。

1973年创刊的《天文学》(*ASTRONOMY*)全部彩印，全面生动地反映出天文科学的现状，吸引了广大天文爱好者，成为当前最漂亮的天文科普刊物。访美期间，我在奥斯汀的得克萨斯大学天文系图书馆查阅了以上所说的几种期刊的大部分，深感它们在美国天文学大众化活动中所起的重要的主导作用。

天文馆的兴起

75 年前，德国蔡司光学仪器厂成功制造了世界上第一台光学天象仪，实现了人造星空表演，与之配套的天文馆也随之诞生。美国第一座天文馆于 1930 年在芝加哥建成。随后纽约、洛杉矶等大城市也相继建立了天文馆。1976 年美国建国 200 周年时，德国还把一架蔡司天象仪送给美国作为礼物，因此华盛顿国家宇航博物馆建立了爱因斯坦天象厅。

作为国礼很上档次！

在美国时，我访问了洛杉矶、波士顿、纽约和华盛顿的天文馆，它们的节目精彩，观众很多。随着航天事业的发展，公众对天文学的兴趣日益增加。热门的话题是：到月球和行星上去旅行，外星人的故事，天体大碰撞，宇宙大爆炸等。天文馆不仅表演天象，也是天文爱好者活动的中心，是天文普及的中心。美国天文馆出售的天文书刊、图片、音像出版物都很畅销，可以让观众把“宇宙”带回家。

美国大城市的天文馆都已经有 60 年以上的历史，有丰富的工作经验和众多的资料收藏，并且在表演和仪器上都不断创新。我在波士顿科学博物馆访问时，其附属天文馆刚刚修整一新。知道我是从北京天文馆来的同行，馆长于是特地为我专场表演，把他们自己创制的几十种表演仪器一一介绍给我。运用这些仪器，他们表演了宇宙大爆炸、流星雨、星系运行等。这些新内容使星空表演更为丰富，形态更为逼真生动。这些特别表演正是天文馆馆际交流的重要项目。后来我在纽约和华盛顿天文馆中也看到了各有特色的表演，其中把激光技术引进天文表演中是极大的成功，再加上球幕电影的配合，星空表演更是生动异常。观众坐在天象厅里欣赏星空，谈天说地，却好像正在太空中遨游。精彩的表演使人的眼界、思维大大开阔，感觉到人类已经不止是地球人，而是太阳系人、宇宙人和太空人了。

不唯同行，更是知音。

从天文馆接受的科学洗礼，使人们对宇宙、太阳系和地球有了更为形象的认识和了解。当人们看到我们赖以生存的、美丽的、蔚蓝色的地球载着我们，孤独地旋转在茫茫宇宙中自己的轨道上时，有谁能不为之所动呢？热爱我们的地球，保护我们的环境，自然而然地深深植入了人们的心中。人们对地球和环境的热爱加强了

作者夫妇在纽约天文馆

保护环境、爱护地球的认识和行动，也增加了人们对天文现象的了解和关注。像1994 年彗星碰撞木星的事件，曾引起人们对近地小行星和地球碰撞的可能性进行探讨。这些新的课题也是美国天文馆最常被问到和讲到的。美国影片《天地大冲撞》正是由此而来。

天文馆还是破除迷信的场所。美国虽然是科技之邦，但迷信活动仍然很多，就以占卜算命为例，占星学在美国相当流行。在一些书店中，竟然有占星学专柜，宣扬人和星座的关系。出生时，太阳所在黄道 12 星座的位置，便是此人的星座了。比如某人是金牛座人，某人是双鱼座人（有点和我国的 12 生肖相仿）。各个星座的人，性格、前途等都不一样。据说，连美国前总统里根的一些活动，事先都要请教占星学家预卜凶吉。所以天文馆普及星座和天体的科学知识，破除人们对占星学的迷信，也就显得很有必要了。

洛杉矶天文馆的友情

洛杉矶天文馆是美国最活跃的天文馆之一，位于好莱坞电影城对面的山岗上，名为格利菲斯天文台（Griffith Observatory），那里设备齐全，风景秀丽，不但是洛杉矶的一个科普中心，而且还是一个旅游景点。1954 年我在筹建北京天文馆

1954 年李元才29 岁。

作者在美国洛杉矶格利菲斯天文台

时就以洛杉矶天文台（馆）为主要参考，定下了北京天文馆的主要格局。谁知 40 年后我才有机会访问该馆。那里的著名科技史壁画发表在《知识就是力量》1998 年 3 月号上。1995 年 5 月是该台（馆）60 周年，届时我向他们发去了贺信和祝词，用毛笔题词“加州名胜、美天明星”以及说明我们在建立北京天文馆曾多方参考了他们的资料。不久我在奥斯汀收到台（馆）长克鲁普（E.C. Krupp）博士热情洋溢的来信，他还说在纪念会上宣读了我的祝词。我的毛笔题词后来被刊登在 1996 年 2 月号的他们出版了 50 多年的月刊上。1997 年 3 月他率领加州大学友好代表团来访，我们在北京古观象台又重叙友情，探讨业务。1998 年 10 月号的该台月刊《Griffith Observer》（格利菲斯观察家）上发表了卞德培、李元获得国际编号 6742 和 6741 号小行星命名的专文，更体现了中美两国科普工作者之间的友情。

可见“科普双星”有着广泛的国际影响。

美国的天文馆很多，有些老馆正准备更新换代，以新的面貌迎接 21 世纪。

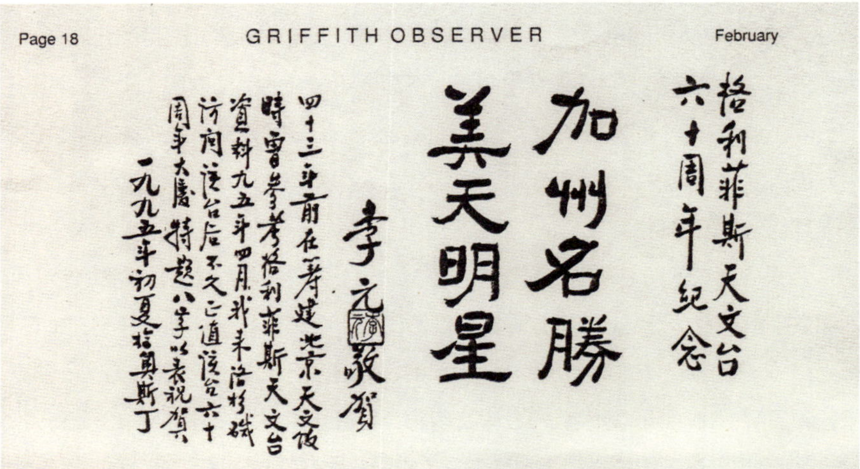
Page 18 GRIFFITH OBSERVER February

格利菲斯天文台
六十周年纪念
加州名勝
美天明星
李元敬賀
四十三年前在籌建北京天文館
時曾參考格利菲斯天文台
資料九五年四月我來洛杉磯
訪問該台后不久正值該台六十
周年大慶特題八字以表祝賀
一九九五年初夏於奥斯丁

刊登在《格利菲斯观察家》上的作者为格利菲斯天文台 60 周年所书祝辞

精彩！

太平洋天文学会会刊，其上注："将天空带到大地逾一百年"

天文学会的科普工作

美国的天文学会都有从事天文普及的部门。其中有百多年的太平洋天文学会，成绩尤为突出。

太平洋天文学会总部设在旧金山。美国的几个著名天文台都在加利福尼亚州，其中立克天文台、威尔逊山天文台、帕洛玛天文台都由北向南沿太平洋一线建造，因此是天文学家荟萃之处。学会出有学报，但为了普及天文，学会另外出版了一种袖珍式小册子，每个专题一册，已出版数百册。20 世纪 60 年代起学会又发行了《Mercury》（墨丘利）版本通俗双月刊。刊名用的是希腊罗马神话中通信之神的名字，表示传递天文信息的意思。

事虽不大，为之不易。

学会除了举行科普活动以外，还发行图书、图片供给学校、天文社团进行科普教育之用，每年编印精美目录，广为散发。就以 1997 年的目录来说，中间是信封式的入会邀请信，醒目的标题是"扩大你的宇宙！请参加太平洋天文学会"，下面介绍学会的活动内容、出版的期刊和定价等。还有 24 小时服务的天文信息热线电话。凡爱好天文、愿意参加学会的就可以加入学会，成为会员（美国有众多学会，大都如此，只要愿意参加就可入会，并无其他条件的限制）。

目录中刊载的图书和电子出版物共有 14 类：1. 天外来客：彗星、陨星、外星人；2. 课堂宇宙：教学资料；3. 天空导游：观测图表；4. 第三行星：地球科学；5. 日月极光；6. 行星旅游；7. 趣味星座；8. 大科学家：爱因斯坦和霍金；9. 太空深处：星系、星云和黑洞；10. 少年观星者；11. 天文画廊：科普挂图；12. 录像带；13. 幻灯片；14. 桌面宇宙：电子出版物。全本目录彩色印刷，本身就是一本科普读物。

大天文台的公众服务

美国的大天文台都有科普性的公众服务。虽然是世界一流的天文台，都设有面向群众的服务和设施：专设展览厅，定期夜间开放望远镜供群众观星，定期举行科普报告会，发售天文教学与科普用的照片和幻灯片，发售或出租天文影片及录相带等。天文台的售品处供应天文明信片、挂图等。著名的基特峰国立天文台还每年编印一本《宇宙奇观》的彩色天文挂历，享誉天球。

天文台和公众的密切联系不但能使科学家与科学单位和群众沟通，而且也培育了人才，从而促进了科学的发展。因受到天文科普教育，肯捐巨资兴建天文机构的巨富，也不乏其人。

美国天文大众化的事业仍在蓬勃发展，我了解到的仅仅是一小部分，而值得我们借鉴和学习之处很多，这篇简短的随感也正是为推动发展我国的天文科普事业而作。

20 多年来，我国的天文台已日益重视科普性的公众服务，但与“国际先进”尚有不小的差距。

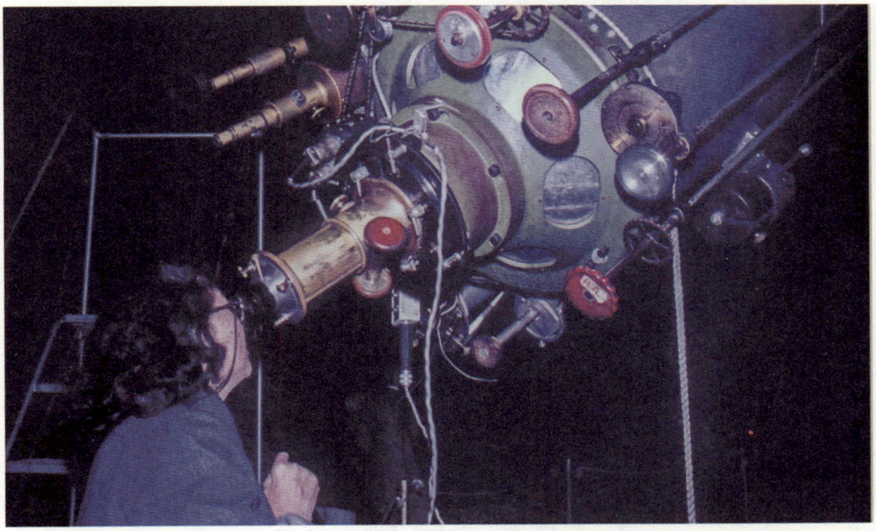

天文爱好者在观星

从这里飞向太空
——访问美国肯尼迪太空中心

从幻想走到现实

“如梦方醒”一语用得极妙，十分生动、真切地描摹出了作者从“幻想走到现实”的情境与心情。

1995 年 5 月，刚刚在美国佛罗里达州参观完著名的迪斯尼世界和环球电影城之后，我们又踏上通往大西洋海岸的道路。我们是从两个世界第一流的游乐场，也可以说是从幻想世界中走出来的。因为那里的太空旅行，寻找外星人等都是用现代科技模拟一种亦真亦假的环境，使你仿佛在太空中飞行，仿佛去和外星人会面，而现在我们要去访问的是一个飞向太空的真实世界。从佛罗里达州中部奥兰多开车到位于东海岸梅里特岛的肯尼迪太空中心，只有一个多小时。当我从远处看到那林立的巨大火箭时，真是如梦方醒，因为许多宇宙飞船都是从这里飞向太空的。

NASA 肯尼迪太空中心

NASA 肯尼迪太空中心之二

宏伟的太空中心

我们在中午以前到达，停车场已经停满了各种车辆，可见来此旅游观光的人很多。首都华盛顿的宇航博物馆虽然很大，展品很多，但它有很大的局限性，仿佛展品和人都被关在一个大鸟笼里；然而在这个航天中心，不但可看到很多真实的东西，而且大部分都是露天陈列，宽敞宏伟。入口处有一个NASA的图案和“肯尼迪太空中心”的金属字镶在水泥墩上。

中文呢？迟早也会有的。

航天飞机发射升空 –1981

进入太空中心，用英、法、德、西文编印的导游图随意取用。图虽不大，但极为详尽，从上面可清楚地看到室内外展览陈列的内容和名称及生活、购物场所的详细位置，说明书其实也是“招牌”“窗口”和“包装”。做得美美的，何乐而不为呢？

并说明开放时间和服务项目等。这里除了乘坐大型汽车去火箭发射场以及到超大银幕影院需购票以外，完全是免费的。导游图编印得非常清楚，节省了旅游者许多时间。在别处也一样，美国的科技馆、博物馆的说明书都编印得精美实用，这一点很值得我们认真研究学习。

室外火箭飞船林立，室内图表展品丰富，展厅、影院、商店众多，远处座落在大西洋海滨的飞船发射太空港和控制中心更显宏伟。

纪念品、图片、书刊

为了更好地了解太空中心的详细情况，我们首先到购物中心。这里的纪念品各式各样，引人入胜。我拿起一架航天飞机模型，上面印着中国制造。这种情况在美国到处都可碰到。各种航天书刊、图片极多，特别是明信片印制精美，反映了美国航天事业的面貌和太空中心发射飞船的种种镜头。从一本导游书中可以让我们进一步了解到肯尼迪航天中心的历史、任务和成绩，更便于有效地参观。

人怎样飞上太空

人类自从发明了飞机，可以在离地面约 10 千米的天空中飞行已经是一个了不起的飞跃。但是人类又从天空飞上太空，失重条件下在距离地球几百千米的太空中绕地球飞行，甚至飞往近 40 万千米以外的月球，这更是一个辉煌的飞跃。在好几个展厅中用模型、图表、实物展示了宇宙航行从梦想到实现的道路。那宇航员穿的、用的、吃的和他们乘坐的飞船都在你的面前，大多是真的，可以看，也可以摸，形象真实。

太空画廊和太空影院

又可参阅本书第四章之《麦考尔的太空世界》一文。

描绘宇宙飞行技术和展望星球风光的太空美术在普及宇航知识和推动宇航事业发展方面有十分重大的作用。这里有几十幅太空美术作品，在专设的画廊展出。其中有航天飞机的发射、宇宙天体风光等。我久仰美国著名太空画家麦考尔的太空美术作品，这次得以亲眼欣赏，深感不虚此行。

这里还有超大银幕的太空影院，当时正在上映《蓝色的行星》（*Blue*

Planet）。近一个小时的放映使我大开眼界。画面之精美，光线之清晰是我一生中看到的最好影片。影片主要是从航天飞机上拍摄的，仿佛我们也坐上了航天飞机在地球上空飞行。那棕色的大陆、湛蓝的海洋、飘浮的白云是那么美丽动人。影片也记录了地球上人类社会的形形色色，一再提醒人们要去爱护自然，保护环境。影片具有极大的趣味性、科学性与欣赏性。看这样的影片真是一种享受。

作者在火箭陈列场

漫步在火箭飞船之林

室外是火箭广场，美国从这个太空中心发射的登月飞船、太空实验室、飞往行星的“旅行者”、航天飞机用的助推火箭大多在这里陈列。它们一个个矗立着，仿佛立刻就要起飞。此外还有登月舱、航天飞机，都可随意进入参观。其实它们的体积都很有限，但安排巧妙，真是“螺丝壳里做道场”，神通广大。平常只能在图片和电视上看到的宇宙飞行器，一旦自己也进入其中，就颇有飞上太空的感觉，自然是别有一番滋味在心头。这里还设有一个少年儿童游乐室，天地不大，却也是浓缩了的太空中心。

对先驱者和捐躯者的怀念

人类认识宇宙和探索太空走过了漫长的道路，几千年来，人们起初把地球当作宇宙的中心，后来又把太阳当作宇宙的中心，又把银河系当作宇宙中心。许多先驱如哥白尼、伽利略、牛顿、爱因斯坦、哈勃都先后为认识宇宙做出巨大贡献。齐奥尔考夫斯基、戈达德、加加林、阿姆斯特朗又先后为人类的宇宙航行做出重大贡献。这些探索宇宙太空的先驱，由美国最著名的太空画家麦考尔绘成巨幅彩画来供后人纪念缅怀。

在这个航天中心还有一个纪念碑，是专为那些为发展美国宇航事业的捐躯者们建立的。它由一块约 14 米 ×17 米大小的方形金属板制成，如同向日葵那样在太阳能的驱动下，晴天总是向着太阳转动，人们把它叫做“太空镜”。它建于 1991 年，成为美国的国家级纪念碑（镜），上面刻着 16 位为太空事业捐躯者的姓名、飞船名称和殉难日期。其中有阿波罗飞船 1 号中的三位宇航员（1967 年 1 月 27 日）和挑战者号航天飞机上的七个人的名字（1986 年 1 月 28 日）等。当我们走近这个纪念物并且了解它之后，无不肃然起敬，对他们表示深深的怀念。

科学事业的先烈永垂不朽。

太空教育中心的服务精神

航天中心有一大排平房，那里是该中心的太空教育服务部，专供接待教师和学生在这里进行太空科学的教学活动。在参观访问快结束时，我来到这里。工作人员了解到我来自中国，而且是从事科学普及与天文馆工作之后，立刻给我拿出一个大的纸袋，里面装满了参考资料，另外还送给我许多月球和行星探索的彩色图片。特别使我感兴趣的是哈勃太空望远镜拍摄的许多展示宇宙奇景的照片。我在图书阅览室中迫不及待地打开这些有用的科普资料，首先看到的是致学校教师的一封信。信中邀请教师能和该教育服务部合作进行太空科学教育活动，让学生增长知识，将来加入到美国的太空事业中去。学校可以利用这里的一切资料和设备，也可以复制有关的资料、图片、幻灯片、影片、录相带。信中还说明了来太空中心参观的方法以及同教育服务部的联系办法等，还告诉老师怎样组织学生们经常观看太空电视广播。当我把大纸袋中的资料都浏览一遍后，发现这几十本大大小小的资料都编印精美、内容丰富。由此可见，在美国旅游参观已经从走马观花看热闹，深化到了寓教于游的更深层次。

这些事例再次说明，强烈的服务意识，诚挚的服务精神，乃是真正做好服务工作的前提和保障。不是吗？

从这里飞向太空

位于大西洋海滨的火箭发射场真正是一个太空港，所有飞往太空的宇宙飞船、航天飞机等都要从这里发射升空。到这里参观要购票乘特备的大型客车前往。首先引起你注意的就是那个高耸入云的装配大楼，它是这个太空中心最高大的建筑，长 218 米、宽 158 米、高 218 米，有 50 多层楼高，这可能是世界上最高大的科学建

NASA 航天火箭装配大楼

筑之一。离此不远是发射指挥中心，有上千台电脑，是太空中心的神经中枢。

这个太空中心有许多发射台，最著名的是第 39 号发射台，像登月球的飞船、太空实验室、航天飞机等多半是从这里发射的。发射之前，火箭和飞船等都安装在别处的一个巨大的平台上，然后用汽车把它们牵引到发射台，好像是一座大楼在水平移动，极为壮观。但更壮观的是发射升空的场面，如果机会凑巧，人们可以随意从远处观看。只见浓烟四起，火焰喷射，火箭与飞船（或航天飞机）腾空而起，转眼间越升越高，又高又长的云柱久久不散，耳边是一片轰鸣，眼前是众鸟惊散，好一幅人类征服太空的雄伟场面！

在肯尼迪太空中心的所见所闻颇多，无法一一细说。我最深的感受是中心安排的游览使人们对人类太空事业有了具体的、哪怕是初步的了解；使人们对开发太空充满信心；使科学更接近人民，而且是以一种通俗易懂、喜闻乐见的方式。像这样的太空中心，美国还有几个，如休斯敦的太空中心也极为著名。我们十分盼望太空事业已经相当发达的中国，也能为广大群众设立类似的太空展示中心，使中国的太空事业更加普及和发展。

作者“最深的感受”，显然也是无数有识之士的共识。做好此事，功德无量。

漫游天地科学奇境
——引人入胜的亚利桑那

亚利桑那(Arizona)是美国西南部的一个州，虽然没有肥沃的农田和林立的工厂，但她有奇特的地貌和闻名世界的天文台等科研机构，因此成为天文学和地球科学的奇境。

探测宇宙的圣地

旗杆镇（Flag Staff）系曾译名，今译弗拉格斯塔夫。

亚利桑那州是一本巨大的地质科学的教科书，她有着雄伟奇特的地貌，每年吸引着几百万世界各方的游客来此观光旅游。同时，她还是一个世界探测宇宙的圣地，百年以前，在该州旗杆镇就建立了闻名于世的专门观测火星的洛威尔天文台。20 世纪 60 年代又在这里的基特峰建立了美国国家天文台。该天文台规模宏大、设备优良，成为世界的天文观测研究中心之一。与这个天文台以及美国航空航天局（NASA）紧密合作的还有位于图森的亚利桑那大学。该校的月球和行星研究室在研究太阳系天体方面做出了很多贡献。亚利桑那州还有一个巨大的陨石坑，是研究天地大碰撞的最好标本。

观测火星的天文台

这架口径 33 厘米的折射望远镜是 1928 年为搜索冥王星而特地建造的。如今，洛威尔天文台拥有的最大设备是一架口径 4.3 米的反射望远镜，于 2015 年开始全面运行。

游览大峡谷的人们，只要是对火星、对天文有点兴趣，往往要顺道参观一下不远处的洛威尔天文台，这是 1894 年在旗杆镇海拔约 2200 米高的山岗上建立的天文台。建台人是经营铁路的富商洛威尔（Percival Lowell 1855–1916），他对天文学极感兴趣，因而弃商从科，把资产和精力完全奉献给天文事业。洛威尔天文台有 33 厘米和 61 厘米的折射望远镜，加上当地晴天多，能见度好的得天独厚的观测条件，成了天文学家们向往的地方（难怪在 60 多年之后，国家天文台也设立在亚利桑那州）。洛威尔醉心于火星的观测，当时人们对火星最感兴趣，因为据说许多天文台发现了火星上的运河，进一步推想可能是聪明的火星人开凿的，所以仔细观测火星的运河简直成了最热门的天文研究项目之一。洛威尔在他的望远镜旁度过了 15 年中的无数个不眠之夜，在火星图上画下了无数条交叉如网的运河线路，成为全世界火星观测的权威之一。附近的居民都把这个天文台所在的山岗叫做火星山岗。在 20 世纪初叶，洛威尔天文台还对火星进行了照相观测和研究，并于 40 年代末拍摄出第一批火星彩色照片，有白色的极冠、绿色的“植被”、橙色的沙漠，但是并未看见运河的痕迹。直至 20 世纪 60 ~ 70 年代，美国的火星探测飞船才真正揭开了火星神秘的面纱，火星运河与火星人的争论与幻想才告结束，但这已经是洛威尔去世半个世纪以后了。为了纪念洛威尔对科学探索的精神和贡献，现在在天文台里增建了科学博物馆，馆里悬挂着以他亲手绘制的以火星图为背景的洛威尔在观测火星的巨幅油画。

以洛威尔亲手绘制的火星图为背景的他在观测火星的巨幅油画

洛威尔天文台

洛威尔又译洛厄尔。他以火星“运河”为题材的著述，坚决主张火星上栖息着比人类更先进的智慧生命。这些读物通俗易懂，引人入胜，很受读者欢迎。

在亚利桑那发现冥王星

虽然洛威尔并未找到真正的火星运河，他却是太阳系第九大行星冥王星的积极探索者。1846 年经过理论计算，证明了海王星的位置，随后又从实际的观测中找到了它。这一发现是数学的胜利，是天体力学的辉煌成就，立即轰动了全世界。但是通过对海王星的观测，又发现了可能还有一颗比海王星更远的X行星的存在，因为这颗未知的行星在干扰海王星的运动，使它的位置和计算的位置不全吻合。寻找新行星的课题也引起了洛威尔的极大兴趣，他对新行星的探索工作进行了8年之久，进行了大量的计算，用望远镜拍摄了几千张照片，像大海捞针似地从那些千千万万的恒星背景上去寻找这颗X行星，但是一无所获。过度的劳累和失望使洛威尔一病不起，终于在1916年告别人世。但是他寻找新行星的遗愿一直成为洛威尔天文台务必要去解决的问题。在13年之后，一位年轻人来到了这里挑起了这副重担，他的名字叫汤博。工作是艰苦而单调的，他要用望远镜拍摄一片一片的星区，再从一张一张满布星点的照片上仔细检查X行星在哪里。经过大量的工作之后，汤博终于在1930年找到了太阳系的第9颗行星，后来由国际公认命名为冥王星。这个发现圆了洛威尔寻找新行星之梦，也为亚利桑那增添了科学发现史上的令人瞩目的光辉。直到将近70年后的今天，还没有发现第10颗行星。

克莱德·威廉·汤博（Clyde William Tombaugh，1906-1996）少时因家贫未能上大学。他自幼酷爱天文，与1929年1月到洛厄尔天文台工作。发现冥王星以后，他于1932年获得堪萨斯大学的奖学金，终于圆了大学梦。

［编者按：这是本文成文时的情况。基于以后的探索和研究，2006年，国际天文学会正式将冥王星从太阳系的九大行星中去除。此后，太阳系中的大行星为八颗。但是，人们当年探索宇宙，探索冥王星的精神却常在。］

基特峰——世界天文首都

现在很多人把位于亚利桑那州南部的图森称为世界天文首都，那是因为在它的周围有众多的天文台和天文机构。其中最大的是在图森西南90千米处的基特峰国家天文台，这里有几十架天文望远镜和观测仪器。

美国为了建立一座国家天文台，从1958年就开始选址，最后从150座山峰中选中了亚利桑那州的2000多米高的基特峰。20世纪60年代起，开始投以巨资，之后，建起了世界一流的大天文台。在众多的天文仪器中，有两只巨眼最具代表性，一只是巨型太阳塔，一只是4米反射望远镜。它们在白天、夜晚各守其职地进行太阳和星空探索。这里是国家光学天文台部分，此外，还有国家射电天文台以及设在智利的南美观测站。近30年来，该台对天文学特别是天体物理学的观测研究做出了许多贡献。

亚利桑那大学是国立天文台的合作伙伴，这个大学以研究太阳系的行星和卫星最具权威性。由该大学出版的行星探测丛书有数十册，如火星、金星、木星、土星等都是十余册的大书，小行星的文集竟有两巨册。这些文集大多是国际会议的论文

基特峰国家天文台

汇编，既有广度又有深度，对太空时代太阳系天体的研究做出极大的贡献。

不论是国立天文台还是亚利桑那大学，都和我国科学界有很多国际合作交流项目。

气象万千的大峡谷

如果你从飞机上俯瞰，就会看到在亚利桑那州北部有一个蜿蜒曲折、充满奇山怪石的地区，好像是沙漠地带的一条弯曲的长蛇，它就是举世闻名的大峡谷。大峡谷长达 450 千米，宽约 30 千米，深度为 1600 米。自从 1908 年这里被列为自然保护区和国家公园以后，近百年的开发经营和附近地区的发展，使大峡谷已成为交通最便利的峡谷旅游胜地。不论你是骑着毛驴走羊肠小道，还是乘坐飞机凌空欣赏，或者勇敢地驾驭皮艇在险滩激流中漂流，都可以从不同角度得到不同的感受：或惊讶，或喜悦。你可以听到峡谷的回响与共鸣，使你的身心完全融化在峡谷的一草一木、一山一水之中，使你忘却了都市的喧嚣和人世的冷暖，此时此刻你只愿和大自然对话，倾吐你的喜怒哀乐，诉说你的千条思绪和万般衷情。你可以冒险攀登，也可以静坐沉思；或仰或卧，观千尺飞瀑，看山峰谷底；赏落日奇景，盼日出辉煌。

大峡谷

真是一个切实可行的好主意。

大峡谷的风光本已无限壮丽，更何况在不同时刻从不同角度倾洒的阳光，更把不同层次的峡谷涂染上奇色异彩，产生了更加奇丽迷幻的景观。它使你的心灵产生非常微妙的震荡。也许它会成为心理学家的一个巨大的天然实验室，去分析在复杂变幻的自然环境中，人的思维和情感的反应。

在大峡谷中的览物之情也随天气的变化而沉浮。每当晴朗天气，不少游客一早就来到观景台上，穿着厚装在寒冷的气温中等待日出。先是送走了那一颗颗的星星，东方略现微明，如果巧遇一牙残月映照，或启明星辉耀东方，景致会更富有诗意。当黎明女神把天幕拉开，日神阿波罗驾驶金车即将跃出东方之时，天边明暗交替，色彩变幻，使人目不暇接；突然间，一道金光刺破天际，跟着万丈光芒喷薄而出，先是依次照亮一个个高岗，看上去仿佛是海中群岛；阳光又迅速地洒向山坡、峭壁和谷地，顿时整个大峡谷全盘托出，尽现眼底，眼下一片光明。也有人喜欢在夕阳西下时体会另一种感触。红日西沉前，峡谷景色一幕幕地更换，色彩也由亮黄转向深紫，层层过渡。不多时峡谷已经一片昏暗，间或会碰上月光引路或晚星西照，送你踏上归途。有时一阵狂风和雷雨会忽然间铺天盖地而来，大自然会骤然变色，充满阴沉寒意。这时的峡谷坚挺在雷电风雨之中，更显出它的伟大，它的坚强。

大峡谷因科罗拉多河穿流其间，所以又叫做科罗拉多大峡谷。它的身世也许要追溯到20亿年前，当地球度过了婴儿时代，大地从炽热的火球逐渐冷却，山脉形成，河海出现，从此就孕育了地球上的许多峡谷。大约在6000多万年前，这块地层随海底上升2000多米，形成科罗拉多高地。由于河水不断冲刷，带走了结构脆弱的岩石，再加上寒来暑往，风吹雨打，终于雕塑成了这片壮丽的自然奇景。直到现在，这种大自然的雕塑过程仍然在继续，不分昼夜。

裸露的地层，展现了地球走过的古老岁月。所以大峡谷好比一本展现在我们面前的巨大的地质学教科书，也是一座巨大无比的地质博物馆。当我们欣赏她一层层的地层和一块块的岩石时，我们就像是在翻阅一篇篇地球日记。

亚利桑那集天地科学之大成，在天地科学的交界处自然发展成为一门交叉学科：天文地质学，因为这里有一个当今地球上最完整而外貌清楚的陨石坑。

亚利桑那陨石坑直径1240米，深逾170米，坑沿比附近地面高出约40米。其成因据信是约2万年前一个直径60多米、重10万多吨的铁陨石以20千米／秒的速度撞击地球所致。

亚利桑那州的巨大陨石坑（直径1.2千米）可能是一两万年前天地大碰撞的遗迹

第二章 知识波传遍全球

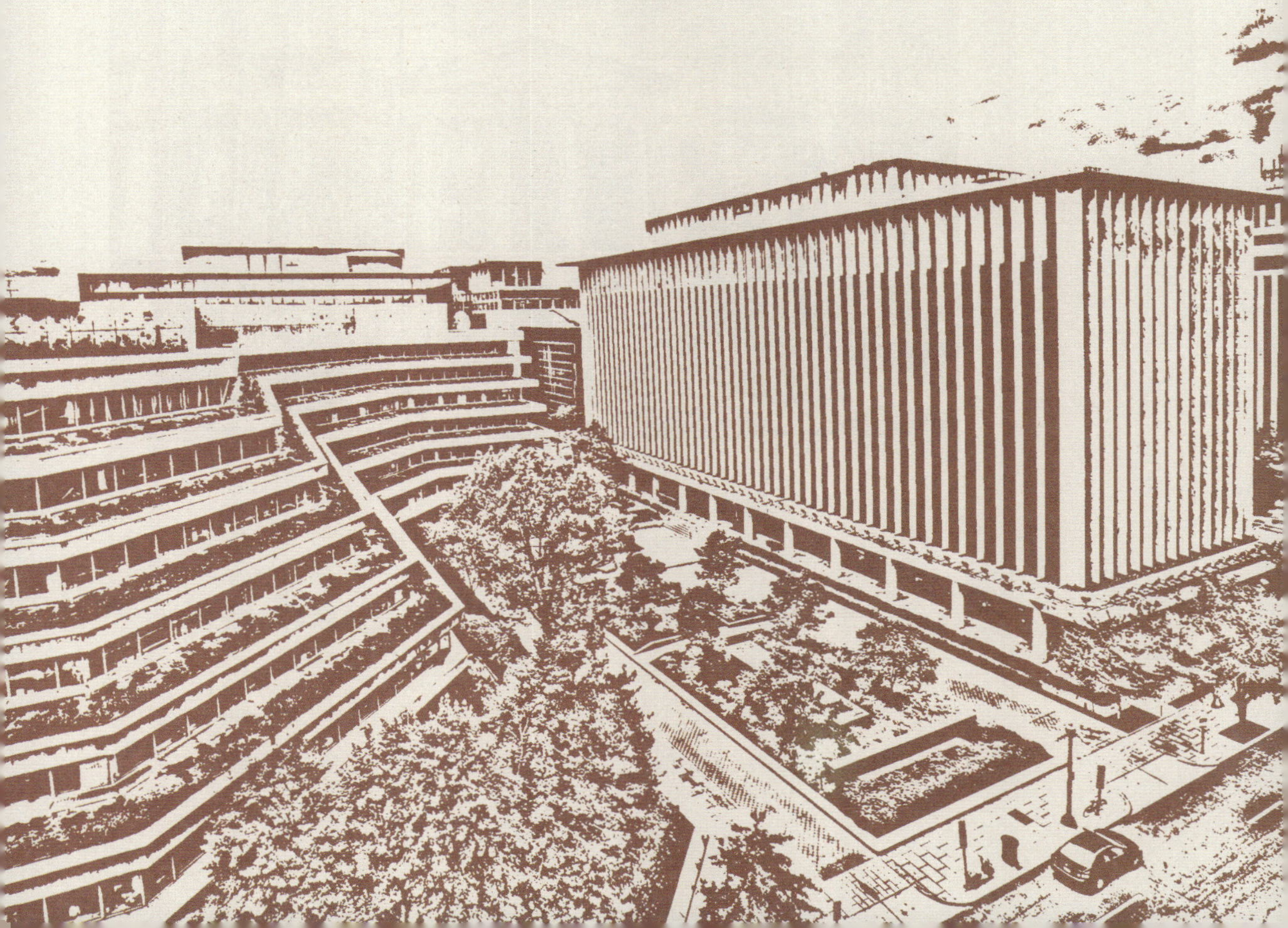

知识波传遍全球
——访美国国家地理学会

NATIONAL GEOGRAPHIC SOCIETY

美国国家地理学会（National Geographic Society）

从这里发出的知识波传遍了全球的每个角落，这就是美国国家地理学会（National Geographic Society）。它建立于1888年，至今已有110年的历史。据我所知，世界上还没有一个科学团体在传播知识上具有这样大的规模和这么高的水平。半个世纪以来，我翻阅过它出版的大量书刊，进行过很多的了解和调研，并和学会的一些部门有过接触，但是一直到 1995 年秋，我才有机会来到这个学会的总部。它位于美国首都华盛顿的中心地区，离白宫也仅仅千米的距离。在 17 街和 M 街的相交处，有两幢高大而漂亮的建筑，这就是学会总部。建筑宏大而精美，可能算得上是世界学会之最了。

学会的诞生和发展

110 年前，在美国首都的宇宙俱乐部里，聚集了 33 位美国杰出的旅行家、探险家、科学家和地理学家。他们经过讨论，认为为了“增进和普及地理知识”，需要建立一个学术团体。那是 1888 年 1 月 13 日，一个寒冷的冬夜。在这一批热烈追求知识和探险的人们的推动下，国家地理学会终于成立了。当初并未预料到在许多年后，这个学会竟发展成了世界上最大的科学和教育团体。

第一任会长 G. 哈伯德曾经说过：“当我们航行在发现的大海上时，不论我们走到哪里，那未知王国的地平线总是在我们周围并且和我们一同前进。我们知道得越多，便更加发现我们的不足，因为我们知道得太少了，所以我们成立了这个为增进和普及地理知识的学会。”

说得何等好啊！平凡的话语中深蕴哲理。

国家地理学会的大门是敞开的，只要你赞成它的宗旨，订阅它的会刊，你就成为它的会员。从而可以参加它的活动，享受会员的待遇，不受国籍的限制。目前会员已达 1000 万人以上，遍及全球 60 多个国家，可以说它是一个超越国界的科普协会。它所进行的学术活动和科学普及，涉及广泛的科学文化领域，早已超出以往人们对“地理”的狭隘概念。

一个多世纪以来，由国家地理学会发出的知识波已经传遍了全世界。这首先要归功于创刊于 1888 年 10 月的《国家地理》（*National Geographic*）杂志，其目前的发行量已达每月千万份以上，估计阅读人数达 4 亿左右。自 1918 年以来，学会印制了大量大幅地图和科学挂图，随杂志送给读者，已出版约 400 种左右，印数超过 10 亿幅。

学会还支持大量的科学考察和地理探险，100 多年来资助了大约 3000 多个研究和探险项目，领域遍及海陆空、南北极。学会也长期致力于环境保护运动。

世界窗口的《国家地理》

《国家地理》（*National Geographic*）月刊是全球最著名杂志之一。它的封面有一个黄色的长方形边框，这已经成为学会的标志，人们也就从这个方框的窗口去瞭望世界和了解世界。虽然从这个窗口所反映的世界未必完全准确，难免带有作者的偏见和学会的观点，但它已为你提供了极为丰富的资料（包括非常多的照片）供人们去研究探讨。这本月刊 100 多年来以其极为广博的知识、富有情趣的文采、美丽多彩的插图和照片、精美的印刷技术和具有长期参考价值的资料积累而闻名全球。在美国这是一本家喻户晓的杂志，在全球几乎任何国家，也都不难看到它的黄色边框。

《国家地理》为何取得了如此巨大的成功？李元先生此文提供了不少线索，而其成功之道的本质，或许还值得我们长久地发掘、探讨。

纵览《国家地理》杂志 110 年来，1100 多期的涵盖的内容，除了一半左右的篇幅是介绍地理知识以外，其余的一半是介绍天文、气象、海洋、动物、生物、科技、宇航等自然科学与技术知识。从蚂蚁到大象，从蜂鸟到天鹅，从金鱼到巨鲸，从原子弹到航天飞机，从穿越极地到登陆月球，从显微镜下的微观世界到望远镜中的宏观宇宙……此外还有桂林山水，戈壁沙漠；从北京的人民大会堂到纽约的摩天大楼，从英国的莎士比亚到俄国的托尔斯泰，从巴黎的卢浮宫到北京的故宫博物院以及中国秦始皇兵马俑的考古发掘等；真可谓包罗万象、无所不有。虽然名为地理杂志，实际上是一本百科知识型的期刊。

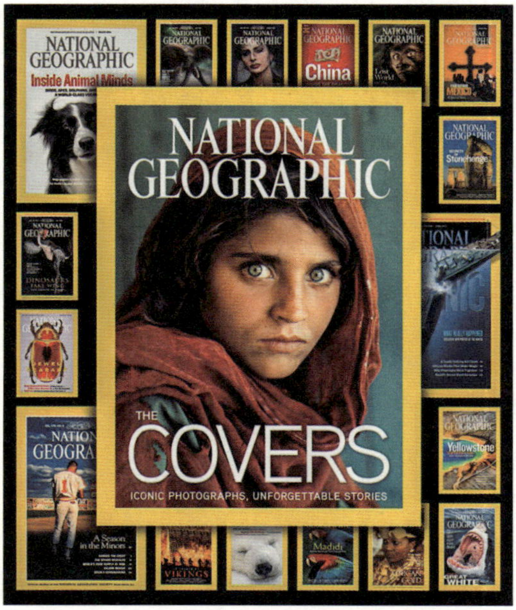

世界窗口的《国家地理》

《国家地理》还是一座巨大的图片库，不论你是科学家或是艺术家，作家还是学者，教师还是学生，都可以从中获取有用的资料。该刊的图片（大多数是彩色的）大多具有长期参考价值。从 1962 年起，该刊已经全部彩色化了，每期约 150 页左右。据统计，学会的图片资料约有 1000 万张！该刊每 2 个月还随刊赠送一大幅精美的专题地图或专题挂图，其中不少已成为科普和教学上的很好辅助教材，有些特别有价值的还有零售。该刊的百年目录索引就有 1000 多页！

该刊每期印 1000 多万份，要用数千吨高级纸张，20 万千克油墨，装订用的铁丝长达 800 千米，把每一期的杂志一页页地连接起来，可以绕月球一个来回，近 80 万千米！

这就是科普语言的魅力，准确而又形象生动，令人难忘！

探险考察走遍天涯海角

人类对地球了解得还很不够。我们虽然在地球上度过了二三百万年的岁月，但面对悠久历史，我们仍有许许多多的不解之谜。美国国家地理学会对自然界和文化历史进行了广泛的探险、考察和研究。100 多年来，由学会组织和资助的这类活动大约近 4000 多项，从而对人类的科学和文化都做出了相当的贡献。学会的蓝、棕、绿的三色会旗，曾跟随宇航员登上月球，随登山队员插上珠峰，与探险队员一同潜到了海底……真是上天入海、走遍天涯。学会所资助的探险考察和研究成果都发表在《研究报告》专辑中。目前世界各国在探测宇宙方面普遍使用的一套著名星图，共拍摄了约 5 亿多颗恒星，名为《国家地理学会 – 帕洛玛天图》，历时 6 年完成；可见学会的科学活动范围的广阔。对于一切科研成果，学会都认真对待。学会自 1909 年来一直保留着罗伯特 · 皮里 1909 年首先到达北极的历史资料。但是根据最近研究的资料，皮里到达的地区离北极还有约 96 千米的距离。为此该会在《纽约时报》发表了更正的声明，这虽然把该会的极重要的世界探险记录抹去了一项，但却为世人展现了其更可贵的严谨求实的科学态度。

把自己原先拥有的“极重要的世界探索记录”抹去了。实事求是，精神可嘉！

图文并茂的出版物

《国家地理》杂志已有 110 年的历史，是学会的最主要的出版物，为该会开创了优美的出版风格和雄厚的出版基础。此外，学会在 1975 年为广大少年儿童创刊了《世界》杂志，发行量为 150 多万份。1984 年春，《旅行家》季刊问世，它专为旅游服务，发行量也在百万份以上。1985 年学会又推出学术性季刊《研究》。

不仅是杂志，地图和地图集的编制和出版，也是国家地理学会最具影响和最有价值的工作之一。学会专门设有地图制图部，聘有高水平的地图学家和画家。其编印的普通地图资料翔实可靠，专题地图选题广泛有趣、信息丰富，而且包涵了大量

《儿童》杂志

《旅行者》杂志

《世界》杂志

的科学知识和历史资料，并配有生动有趣的插图绘画。至于这些地图制作的精美就更不用说了。《国家地理》杂志中，每 2 个月就附有一张大型地图或科普挂图，印数也都在千万张以上。这些地图品目繁多，涉及全球、国家、地区、城市的民族、自然、经济、历史等各方面。1980 年和 1990 年该会都曾出版过大幅的中国地图。在制作过程中他们曾和中国的有关单位进行过协作。制图部主任贾文博士曾告诉过我，那是该会的得意之作。学会出版的大本《世界地图集》从 1963 年首版以来，就成为全球最有价值和最广为使用的地图集之一，其中附有 15 万多个地名索引。1988 年在纪念学会成立 100 周年之际曾出版了第六版。这本图集发行了 200 万册以上。此外，学会还编辑发行了许多精美的专题地图集。

各类质量极高、图文并茂的图书也占了学会出版物的很大比例，它们以描述自然界的居多，例如《鸟类奇观》《人类、船和海洋》《美国奇境》《伟大的探险》《探测我们活跃的行星》《世界大河》《到中国去旅行》等。还有为少年编印的《少年探索者丛书》等数百种。特别为青少年编印的三大册图书尤其值得称赞，它们是：《我们的美国》《我们的世界》和《我们的宇宙》。这些图册是对地球世界和宇宙天体的更广角度的描述。

这些正是李元先生本人和众多科普同仁的追求，因而共鸣自然强烈。

学会的出版物大多具有知识新、趣味浓、资料实、图片多、印刷美、售价廉等特色，这些都是科普出版物所必须具有的要素。由此可见学会对科学普及和科普出

1 国家地理学会出版的《接近火星》

2 国家地理学会出版的《奇葩摄影》

3 作者获赠的国家地理学会百年纪念文集

4 国家地理学会地图部主任赠书题字

5 国家地理学会出版的儿童读物

版所做出的重要贡献。

另外从 1965 年起，学会与时俱进，开始了科普电视片的制作和播映。主要是通过电视专栏《发现》（Discovery）向全美播放，并且将节目制成录相带发售，有数百种之多，其内容丰富多彩极受欢迎。

为了纪念和回顾美国国家地理学会的 100 年，1987 年美国出版了一巨册《美国国家地理学会一百年：探险与发现》，此书是对这个学会的完整的记录和评价。

征服太空

——美国太空知识的科普

《征服太空》护封

《征服太空》（*The Conquest of Space*）是1949年美国出版的一本展望人类宇宙航行的书，它的出版立刻引起轰动，一再重印，并畅销国外，成为美国最著名的宇航科普读物之一。当今美国已是世界宇航大国，也是太空知识科普最发达的国家。1997年10月是人类太空时代的40周年，回顾美国太空知识科普的历史道路，无疑会对我们国家的科普事业有所助益。

科学幻想走在前面

美国著名的史密松学会在1992年出版了一本图文并茂的有关宇航知识的史料书，书名为《*Blueprint for Space*》（太空蓝图），还有一个副标题：Science Fiction to Science Fact（从科学幻想到科学事实）。此书综述了20世纪前后有关宇航的科幻读物以及美国在宇航科技上的发展。书中特别提到了本文开头所说的《征服太空》这本书，着重介绍了《征服太空》一书的作者、太空美术大师邦艾斯泰（Chesley Bonestell 1888–1987）在宇航知识普及中的贡献。书中说：邦艾斯泰的太空美术作品以及其他资料汇集成一本畅销书《征服太空》（1949），由魏利·莱（Willy Ley）著文。随后而来的就是大量的杂志文章、书籍、影片（如《月

可参见本书第四章《宇宙的桥梁——怀念太空美术大师C.邦尔斯泰》一文。

球旅行》《星球碰撞》《星球大战》《征服宇宙》），这一切都为 20 世纪 50 年代太空事业的黄金时代做出了贡献。

我有幸在 1944 年偶然看到了刊登在美国《生活》（LIFE）画报上的邦艾斯泰的成名作《土星组画》（1944 年 5 月 29 日），此画萌发了我从事天文科普的信念。那时我当然未曾想到这套组画竟能孕育出后来的《征服太空》。这本书有幻想，也有科技。后来又陆续出版了一些由邦艾斯泰和宇航专家合作的太空科普丛书：《探测月球》《探测火星》《跨越太空的前哨》等，作者中包括鼎鼎大名的冯 · 布劳恩。其中邦艾斯泰的彩绘太空画成为这些书中最吸引读者的部分。

这里所说的《探测火星》一书，英文名 *The Exploration of Mars* 1956 年出版，作者是维利·莱（Willy Ley）和冯 · 布劳恩，配有邦艾斯泰的 21 幅绘画（16 幅彩色 5 幅黑白）。2008 年 12 月，李元先生将珍藏多年的此书赠送给了卞毓麟。

从 1944 年到 1947 年期间，邦艾斯泰在许多大众期刊上发表的彩色太空科幻组画，在美国激起了广大群众对太空的向往和兴趣。其中有《征服月球》《月球旅行》《漫游火星 18 天》《史密斯先生到金星去》等。组画大多为 8 幅，有的多达 10 多幅，极为精美有趣。

特别重要的是 20 世纪 50 年代初期由《柯利尔》（*Collier' s*）周刊主办的“太空科普系列”，由宇航专家、天文学家和太空美术大师邦艾斯泰等人合作撰文和绘图，对运载火箭、宇宙飞船和宇航实景都进行了科学的叙述和精美的描绘。图片的精确仿佛是为火箭工厂绘制的施工蓝图。1957 年初，美国科普期刊上发表了最初的人造地球卫星图片，人们以为美国即将发射人造卫星了。谁知道前苏联捷足先登，第一颗人造卫星于 1957 年 10 月 4 日发射成功。这使美国大为震惊，于是急起直追，在宇航科普方面也展开了新的一页。

NASA 重视科普

NASA 是 National Aeronautics and Space Administration（美国国家航空航天局）的缩写。NASA 成立于 1958 年。这个机构负责美国的宇宙航行事业，同时也进行大量的科普工作。其规模之大，影响之广是前所未有的。

NASA 对每一项太空探测都及时发布科技新闻，面向全球进行科学普及。像著名的登陆月球、探测火星、旅行者号飞临遥远的行星、伽利略号探测木星、哈勃太空望远镜的宇宙天文观测等都能及时通过广播、电视、电脑网络、录相、图书、期刊、图册、图片详尽而迅速地传播普及。《知识就是力量》杂志上有关 1997 年 7 月探测火星的一组照片就是 NASA 提供的。这次访美，我去肯尼迪太空中心访问

NASA 管理中心大楼

NASA 休斯敦航天中心

时，附设的教育中心送了我一大袋资料，其中就有哈勃太空望远镜所拍的天体照片以及 NASA 出版的影片、录相带的目录（影像产品达数百种之多），以及其他专印成册的航天资料。

大小图片 说明详尽

NASA 的各类印刷精美说明详尽的图片，是最受人们欢迎的高质量科普资料。先从小的说起。例如有一组介绍航天飞机的明信片，包括航天飞机的内外、发射、太空所见、太空飞人、地球照片等，附有简要说明。另有一组太阳和天体的照片也是 NASA 拍摄的。这种小型图片极易普及，很受欢迎。

教学与科普图片

NASA 为教学与科普制作了一种和杂志大小一样的硬纸板的太空图片。例如，1995 年印制的太空望远镜拍摄的遥远天体的彩色照片，背面是对这张照片内容的说明、太空望远镜简史以及为学生在课堂中进行问答而设计的教学资料。有的照片还提醒：可以在电脑网络上找到这类资料。

1976 年 NASA 印制了有关探测火星的彩色图片和许多黑白照片。1979 年印制了有关探测木星和它的卫星的图片，达数十张之多。1980 年又印制了探测土星的许多照片。这些照片在教学、科研、科普上都是很有用处的。

太空新闻图册

NASA 还编印了许多太空图册。例如，1980 年编印的《旅行者与土星相遇》的图册，用近 50 页的篇幅和数十幅的照片显示了绮丽的土星世界的面貌。1982 年又编印了《旅行者飞往木星与土星》大型图册。第一次向人们显示了木星、土星和它们的较大卫星的极为清楚的照片。这些照片传播的知识比伽利略发明望远镜后的 300 多年中所得到的所有行星知识还要多。NASA 发表的这些照片，很快传遍了世界各地，因而各种报刊纷纷刊载，教科书也不断更新，NASA 在科普教育方面做出了巨大的贡献。大量发行的这类图册，比一般正规出版物的流传速度更快。哈勃太空望远镜是 NASA 投资最大的太空项目之一，有关的零星介绍早已在报刊上发表，但比较单薄。在我访美期间，国家航空和航天博物馆前副馆长杜兰特先生特地送我一本 NASA 出版的《Hubble Space Telescope》（哈勃太空望远镜）大型图册，编号 NP-126，内容之丰富，印刷之精美都是前所未见的，这是一本高级科普读物。它也许是为向美国的纳税人说明为什么要投巨资从事这一项目。这自然也是科学普及，而且还需要普及到国会议员中去，否则这一计划在国会就不易通过。

我国的一些大型科学设备，同样很值得图文并茂地广为宣传普及，社会公众对此是很欢迎的。不过目前此类读物并不多见，可惜了。

专著图书的出版

NASA 的每一项太空计划在它实施过程中或已经完成后，必然会有专著图书出版，编号为 SP（特别出版物）。我手头收集到的就有《阿波罗飞登月球》《月球地质史》以及《火星风光》《天空实验室》等。这些图书，除了特别专深的之外，也全都是极好的科普读物。使我惊讶的是 1988 年 NASA 居然出版了一本巨型《星系图册》，有整版报纸那么大，重达 3 千克，收集编印了 322 幅星系的照片。它对研究大尺度的宇宙结构非常有用，也可以用来配合哈勃太空望远镜探测太空深处。

大型太空挂图

为了使学生们在课堂中得到更好的太空教育，NASA 还出版各种大幅的太空挂图。例如，1977 年出版的一幅“美国探测火星”的挂图上写着“NASA 的教学出版物”，全部彩色印刷，有图 10 多幅。另外的挂图还有“光谱的形成”“航天飞机图解”“宇航服”介绍等数十种。这些挂图也是进行科普展览的好资料。

NASA 的科普影片

在电视上经常可以看到NASA制作的科普影片。在许多地方，特别是太空中心、博物馆也可以买到太空科普的录相带和光盘。我在肯尼迪太空中心和国家宇航博物馆、美国自然博物馆等处都看过超大银幕的太空影片（70毫米的》《蓝色行星》《飞行》《太空任务》等，都是既有科学内容，又极为生动有趣，它们的科普效果可想而知。夹在太空中心赠送资料中的NASA影片和录相带目录包括有两三百部的影片名称、规格和内容简介，并注明可以免费提供给学校及其他教学与科普机构使用。可见美国政府对教育和科普的重视。这么多的影片，这么广泛的服务是我以前全然不知的。

太空中心和宇航博物馆

NASA 有好几所太空中心，它们也都是太空科普中心。其中规模最大的是肯尼迪太空中心，在佛罗里达州的中部大西洋海滨。另外一个是约翰逊太空中心，位于得克萨斯州的休斯敦，距墨西哥湾不远。它们都有很多展览馆场。室内有各种有趣的展览、节目和活动（比如亲身模拟航天飞行），以及超大银幕的影片放映。室外有车带你穿梭于巨大的火箭群之间，你还可以下车游览，并亲自登上退役的航天

NASA 展示的阿波罗 11，登月舱的一部分

国家宇航博物馆外景（后面是美国国会大厦）

飞机。在肯尼迪太空中心，还可乘坐游览汽车亲眼目睹宇宙火箭的发射现场。如果机会凑巧，还可以看到宇宙火箭和航天飞机的发射。在纪念品商店可以买到宇宙飞船的模型、各种科普读物和图册、图片、整套的明信片。你还可以套上宇航头盔和宇宙服拍摄一张在太空中飞翔的生动照片，看起来你仿佛已经去过太空一样，脚下是蓝色的地球，背后是深不可测的太空。凡到过太空中心的人，无不受到一次太空科普的洗礼，几乎是终生难忘的。

在美国各处，普及太空知识的图书、图片和展览很多，到处都可以看到 NASA 的字样。科技馆、天文馆更是普及太空知识的所在。位于首都华盛顿的国家宇航博物馆不但是美国最大的，可能也是世界上最大的以航天为主题的博物馆。我曾在 1996 年 10 月号的《知识就是力量》杂志中有过简介。该馆编印的《天空与太空》（*Air & Space*）期刊也是面向全国和世界的重要科普期刊。这个博物馆开馆 20 多年来，观众人数要以“亿”来计算，它肯定是世界上参观人数最多的博物馆之一。由此可见人们对太空的兴趣是多么浓厚和强烈。这一方面是因为太空和宇宙本身的

国家宇航博物馆内景

太空知识的科普把人们对宇宙的求知欲推向了太空深处。说得好！

魅力，另一方面是由于太空时代给人们生活带来的影响。而太空知识的科普正是这枚太空火箭的助推器，它把人们对宇宙的求知欲推向了太空深处。

美国是一个航天科技大国，也是太空知识的科普大国，他调动了众多人才和力量：科学家、技术专家、作家、画家、教师、科普工作者，向广大群众进行太空知识的普及教育，这种科普工作是值得称赞和借鉴的。我相信随着我国的航天事业的快速发展，我国的太空知识科普也必将繁荣起来，在新的世纪成为科普事业中的重要一环。

山野的呼唤

——山野俱乐部的自然保护事业

保护环境，爱护自然，除了政府的法令约束之外，更主要的是广大群众的自发行为和持之以恒的环保精神。要想做到这一点，必须依靠科学知识的普及与民间广泛的环保活动的推动。已经有百年以上的山野俱乐部（Sierra Club）就是美国一个著名的民间环保组织，它和国家地理学会（National Geographic Society）齐名，但是在我国的知名度不高，因此更加引起我的兴趣和注意。

山野俱乐部标志

2012 年，全国科学技术名词审定委员会公布的《世界历史名词》中收有词条 Sierra Club，汉语规范用词定为“赛拉俱乐部”，又称“山峦俱乐部、塞拉山俱乐部、山脉社”，给出的定义是“1892 年成立的美国历史最悠久、规模最庞大的草根环保组织”。

说来也巧，我第一次在美国购买的科普图书就是山野俱乐部编印的，后来就接二连三地接触到由它出版的图册、挂历、图片、图书，内容大部分都是有关自然和环保科普的。

1892 年成立的俱乐部

1892 年成立的山野俱乐部，是由旅行家、探险家和自然爱好者 J. 缪尔（John Muir）创建的。他把自己献身给大自然，一生中不断地从自然中学习和研究，并进一步推动保护大自然的运动。他对自然风光、海洋、高山、森林、原野、江河湖沼都寄于无限的热爱。他认为成立一个环保组织，向广大公众普及自然知识，宣传环保精神才是最有益于大自然的行动。一般的所谓俱乐部仅仅是兴趣相投的朋友们聚在一起吃喝玩乐、谈天说地的场所。再高雅一些的也不过是文化沙龙、

约翰·缪尔像

作者将“Sierra Club”译为“山野俱乐部”，应该说很恰当，这与另外一种意译“山峦俱乐部”可谓异曲同工。

1964 美国发行的约翰·缪尔纪念邮票

学术论坛而已。但是缪尔创建的俱乐部是以大自然为家，以旅游、探险、认识自然、欣赏自然和保护自然为活动的超级俱乐部。它的天地何其广阔，它的志趣多么高尚。正因为这样，山野俱乐部才有了无穷的动力和旺盛的生命力。所以 100 多年来，俱乐部保护环境、爱护自然的事业与活动得以蓬勃开展，久盛不衰。应该说缪尔在 100 多年前就有这样的远见卓识是难能可贵的。

Sierra 虽然是美国加州的一个地名，如果把这个俱乐部译作“希尔拉俱乐部”，必然让人难以理解。而 Sierra 这个词在西班牙语中是山的意思。曾经有人把她译为“野地俱乐部”，其中缺少山的主题，因此我试译为“山野俱乐部”不知是否恰当？

山野俱乐部的任务与活动

俱乐部的总部设在旧金山，在全美国和加拿大设有 65 个分会和 400 多个基层组织，拥有会员 50 多万人。他们的活动从西海岸到东海岸，从夏威夷到阿拉斯加，面向广大公众普及自然知识，进行科普教育，增强人们对保护自然的基本概念和认识。俱乐部欢迎任何人参加，以壮大环保队伍。

俱乐部的主要工作是：以自然环境保护为目的，开展各种群众活动，从而有效地影响政府的环保政策和法令。俱乐部坚定地维护北美洲以及世界各地的自然环境。俱乐部的全体会员都要学习研读各种环境保护法，不论是她的雇员还是广大的志愿者都要为保护自然环境尽心尽力。对俱乐部创建人缪尔当年未曾见过的酸雨、臭氧层被破坏、全球变暖、热带雨林的急剧消失等等灾害现象的防护与治理，已成为全球性的当务之急，是当前环保的最大课题。俱乐部的任务是坚持尊重和保卫所有生命的生存权，使我们的生存环境完整美好。

俱乐部号召并欢迎俱乐部的成员积极参与的活动有：帮助和促进政府的环保

工作；参加俱乐部组织的各种环保活动；参加各地分支机构组织的环保旅游活动；阅读俱乐部出版的各种图书；参加当地组织的物资回收利用和再生工作；从俱乐部期刊上了解怎样去保护热带雨林；观测鸟类在北美洲迁徙的路线（这是从加勒比海到阿拉斯加的漫长途径）和其他一切形式的环保活动。

俱乐部每年都组织300多次到世界各地的自然旅游。这些野外旅游计划都是为了增强会员的环保意识而举办的，发表在每年第一期的俱乐部期刊上供会员选择。会员有权利参加这些野外旅游活动，其中有些旅游项目甚至是由俱乐部资助的。

俱乐部的环保出版物

俱乐部从建立的第2年起就开始出版《年报》，发表会员的文章。从1981年起，《年报》改为《Sierra》双月刊，图文并茂地普及自然风光和环保知识。该杂志很受欢迎并多次获得全美范围的奖励，成为美国风行的自然杂志。

每年俱乐部还出版以自然风光为内容的美丽的挂历供人们欣赏，增强环保意识。

在20世纪的100年中，俱乐部出版了大量的自然图书与环保读物。根据1997年俱乐部的一份出版目录（用再生纸印刷），可看到山野俱乐部出版物丰富多彩的内容。其中大致分为20大类：1. 登山和野外活动；2. 妇女的野外活动；3. 自然图册；4. 缪尔丛书；5.自然明信片系列；6. 自然文学作品；7探险旅游指南；8. 美国自然风光指南；9. 自然科学家（博物学家）指南；10. 国家公园指南；11. 参考手册；12. 野外活动指南；13.自然和自然哲学丛书；14.自然史；15.当代热门话题；16.园艺；17. 保健；18.综合读物；

《山野》杂志

19. 期刊；20. 自然风光挂历。在这大量的自然与环保图书中有不少引人入胜的选题，它们也是环保科普工作值得参考的项目。下面选列一些书名：《喜马拉雅山的攀登者》《描绘自然》《星空观测》《阿拉斯加图集》《亚马逊图集》《北极光图集》《贝加尔湖图集》《花卉怎样改变了世界图集》《母亲地球图集》《鲨鱼图集》《北冰洋鲸图集》《企鹅世界图集》《缪尔的青少年时代》《缪尔著：优胜美地》《1995年美国自然散文选》（还有以后每年的自然文选）《宇宙新闻》（诗集）《重新发现美国》（缪尔的时代和当今时代）《自然演讲集》《我们和动物》《水下探测》《象的命运》《远古的森林》《热带雨林之话》《缪尔在动物中》《鲸与海豚手册》《全球变暖》《潜伏的危险》（环保与战争）《关于水的讨论》……上面的书名具有代表性，几乎包括了环保与自然的各个领域，这些选题都是百年来的经验之谈。宣传环保的读物绝不限于《拯救地球》《环保指南》之类的图书，它们的选题和体裁是多式多样的。揭示大自然之美和探索大自然的奥秘，必能使环保的种子在大众的土地上萌芽，逐渐形成社会风尚。

选题和体裁的多样性，在相当程度上决定了社会效益之巨微。

山野俱乐部的 100 年

纽约的哈瑞 N. 阿伯拉姆斯 （Harry N. Abrams）出版社专以出版大型彩色

《优胜美地的风光》（T. 希尔）

精美图册著称于世，对第一流的科学文化团体都编印了巨型图书。1988 年出版了美国《国家地理学会的 100 年》，1992 年又出版了《山野俱乐部保护自然的 100 年》（SIERRA CLUB——100 Years of Protecting Nature）。后者是一本近 300 页的巨著，记录了山野俱乐部 100 年来保护自然运动的光辉历史，并附有大量自然界的摄影名作。其中一些选登在《知识就是力量》杂志彩页中供读者欣赏。

这家出版社不简单！

由托马斯·希尔（Thomas Hill）绘制的《优胜美地的风光》原画很大，细腻生动地描绘了白种人 1851 年进入优胜美地（Yosemite）以前印第安人生活在这里的情景。这里是一片山谷地带，两匹马驮着刚刚猎取的动物，狗跟随着主人走近用木片搭起的一个小帐篷。近处是茂密的森林，远方是群山和飞瀑，好一幅壮丽的山野景色。俱乐部的创始人缪尔就多年生活在这样优美的自然环境中。一位旅行家曾这样描写："位于旧金山市以东 320 千米的优胜美地国家公园有许多由花岗岩构成的峭壁溪谷，直泻千尺的壮观瀑布和满布巨大红杉的幽静森林，各自展现其独特而优美的丰姿，且交织共融成精心布局的画景。正如博物学家缪尔所说：'没有任何人造神殿能和优胜美地比美。'它不仅是大自然天工巧作的极致，也成为野外活动爱好者们一致推崇的目标。这里的谷地是冰川作用最大的遗迹，今天所见峻岭深谷的多元美景，就是由冰川期蚀刻造成的……"

现在"优胜美地国家公园"这一译名仍在我国台湾地区使用，大陆地区则已改用音译"约塞米蒂国家公园"。

山野俱乐部的 100 年活动经验是值得借鉴的。一个卓有成效的拥有大量会员的环保组织，已经在他们的国家里做出了很大成绩。她是政府环保计划的有力补充和基础。中国民间环保组织不多，目前只有"自然之友"等很少几家，还没有形成气候，会员也不多，但愿其能有更大的发展，能促进中国的环保事业。

自然在哭泣 山野在呼唤

人类是大地哺育起来的珍贵生命，但是人们反而来损害自己的地球母亲，甚至已经威胁到人类自身的生存安全。行文至此，正值以美国为首的北约对南斯拉夫的狂轰滥炸，造成自二战以来最大的战争破坏，剥夺了许多生命的生存权，这正全面暴露了侵略战争的面目。这些都是和山野俱乐部的宗旨背道而驰的。

你听，自然在哭泣，山野在呼唤！让我们坚决反对侵略战争，它是环境保护的最大的祸害与敌人。

走进自然 走近科学
——为自然爱好者服务的公司

首都华盛顿的联合车站

美国首都华盛顿的联合车站（Union Station），也算得上一个旅游景点。门前一排旗杆上迎风招展的美国国旗和高大的白色大理石雕塑，及其背后雄伟的古典殿堂般的车站建筑，都使车站显得格外庄重高雅。

车站大厅高大而雅丽，据说这里重新修建后，刚刚开放不久。这是地铁、火车、长途汽车的联合转运车站。大厅简直是一个商城，内有商店、餐厅、咖啡馆，合起来百多家。我信步走进了一家自然公司（The Nature Company）的连锁商店，里面的一切真是令人欣赏不尽，赞叹不已。

“自然公司”这个名字本身就是平凡中见新奇。

自然公司是小博物馆

商店不大，但商品丰富，充满浓厚的自然科学气息。颜色绚丽的矿物标本中，紫色的大块水晶和橙红色的玛瑙石非常漂亮，价格自然可观。但也有价廉物美的小块、小片，只要1美元就可买到。有的还经过了打磨和抛光，更显得光滑可爱。还有些小块的化石，如三叶虫、树叶等，有些是真的，有些是复制品。爱好大自然的人，来到这里就如同进了一座小型自然博物馆。所不同的是在博物馆，所有的展品只能看不能买，而这里的一切全都面向顾客出售，可以把它们买回家。其他各类动物标本、模型也有很多。仪器、图书、挂图也有不少。不同种类的自然挂图在大型画夹上陈列着，可随意翻阅，可现购也可以委托邮寄。这些天文、地球、生物方面的挂图编印精美，是从美国出版物中精选的。还有许多专为少年儿童设计的学习自然用的成套的小标本、小模型、小型自然玩具。另外，一些相当好的天文望远镜也有出售。还有各种类型的地球仪、天球仪、星图和观测手册。自然方面的书籍和音像制品也很多。最使我感兴趣的是自然公司主编的一套《自然观察指导丛书》（Pocket Naturalist Guide Series），有《天文观察》《观鸟》《自然花园》《自然旅游》《步行者的伴侣》《天气观察》等。这套书完全是为自然爱好者设计的，有知识、有资料、有图表、有指导，使读者接近大自然，观察大自然，欣赏大自然，进而保护大自然。每册约300页，彩色印刷，图片极美。我只选购了其中的天文一册，因为它是全球

可以买回家的小型博物馆。

我国有众多的天文爱好者，但是价廉物美优质实用的天球仪仍不多见。

自然公司的售品目录

自然公司的商品介绍

通用的，而其他几本都是为美国人设计的，全以美国的自然界为主。当时正在出售著名鸟类学家彼特逊的鸟类摄影集和画集的珍藏版，装帧考究，价格昂贵，但是对美国众多的爱鸟者来说，这是求之不得的。自然公司在全国各大城市都开设了门市部，可见其生意之好。

《自然观察指导丛书》中的几册

卡罗来纳科学目录

如果你爱好科学想走进自然；如果你想建立一所学校的（或少年宫的）科学馆、实验室、自然园；甚至于你想开办一所自然博物馆、科学馆，那么请你看看这本《卡罗来纳科学目录》（Carolina Science And Math Catalog ）。这是由美国卡罗来纳生物学供应公司（Carolina Biological Supply Co.）编印的商品目录。该公司成立 70 多年来，几乎每年编印一本。1998 年的目录，为大 16 开，1200 页，全部是铜版纸彩色印刷，照片插图近万张。它是我所见过的世界上最巨大最完备的科学用品目录。科学分类涵盖了生物学、健康医学、解剖学、植物学、遗传学、环境科学、物理学、化学、数学、地球科学、天文学、空间科学、矿物学、动物学、古生物学、古人类学等各个领域，其中生物学大约占一半。商品内容包括各种动植物标本、矿物标本和古生物化石仿制品，人体各部分的模型，生物学、医学、化学和物理学实验仪器、器具、材料、工具和设备，分子结构模型，地学和天文学的演示模型、装置和设备等 20 多种门类。打开目录，首先是新产品目录和专为少年儿童提供的科学用品。在目录的主体部分都有详细的实物照片或图解，介绍各种科学用品、仪器的名称、结构、用途、用法、规格及价格。目录中还有近 200 页的图书出版物，都是美国最新出版的各类科学普及读物、挂图、电脑软件、音像制品、幻灯片等。最后一部分以 160 页的篇幅介绍各类教学、演示设备。可以看出这是一本为大、中、小学以及科普场所提供的有关仪器、设备、模型、标本和出版物的完整目录，可谓一册在手，一览无遗。

真是有点儿难以置信。

揭示人体的内部

在这本科学商品目录中有 30 页是关于人体解剖模型的，专为健康医学教学和生物学教学之用。有人体的综合解剖模型，又有全身的分类模型，包括骨骼、肌肉、内脏、血液循环系统、神经系统等。还有人体各个部位的模型。脑的部分有脑的分层结构，显示脑血管、脑神经等，可以分开，又可以组合。眼的部分详细显示了眼的各个组成，也是可装可拆的。在目录中，耳的部分用 10 张照片说明这个耳部模型怎样表现耳朵的内部结构以满足解剖学的教学需要。其余是心脏、肾脏、头和颈部、四肢肌肉、生殖系统、口腔牙齿、脊椎、骨骼、肌肉和毛发等的模型目录。

从矿石标本到恐龙

科学商品目录中有一部分介绍的是几百种真实的矿物标本，也有部分宝石。还有一些是古生物化石标本，有真实的，也有仿制品。有古老的三叶虫，也有巨大恐龙的头部化石模型。在地球科学部分有地层构造模型、火山模型、火山弹的仿制品、生物演化的地质年代模型、地貌模型、开采石油的模型等。还有野外工作用的各种设备、装备以及可以悬挂的十多种地球科学挂图。

望远镜和天球仪

在空间科学部分有各种规格的天文望远镜和多种附件，还有各种天球仪和行星仪。由于空间科学的发达，人类已经获得了月球、金星、火星的表面图形，因此和地球仪一样，月球仪、火星仪、金星仪也已被制做出来。至于指导认星的天球仪，除了老式的在一个圆球上绘制星座和天球坐标之外，还有新式的透明天球仪。它的中心是地球，外壳是透明塑料制成的天球，上绘有星座，用电力转动和照亮，可以表演四季星座等许多实用天文学的课题。此外还有日月地三体关系的三球仪，九大行星绕太阳运转的太阳系仪以及演示银河系运动的银河系仪。这些都是大、中、小学和科技馆应有的仪器设备。

最新的图书和挂图

这本目录介绍了四五百本最新的关于自然与科学的图书和挂图，不但有出版年代、版本、页数和价格，而且还有图书的彩色封面，很能吸引读者的注意。它们大

《生命的历史》

多是科普和教学辅导读物。其中还有几十种青少年喜爱的科学游戏资料。

我觉得我国缺少的，也是美国科普出版物中十分杰出的部分就是目录中的教学挂图和科普挂图。这些挂图大多是专门设计绘制的，有些是用彩色照片组合而成的，其中有不少精美的作品。《生命的历史》显示从远古到现代生物演化的历程，图片像一个下小上大的旋风，层次分明，厚今薄古，繁简恰当。另有两幅热带雨林的大幅挂图，有好几十种热带雨林中的动物照片和茂密的热带雨林混合编排，既有热带雨林湿润密林的气氛，又可明显看出在密林高低各个层次上的动物分布，中间还镶嵌着一张全世界热带雨林在南美、非洲和南亚的地理分布图。《世界动物图》和《美国动物图》中有几百种动物的形态和地理分布，十分详尽。《海洋鱼类》《海洋哺乳动物》（各种鲸类）则是上面两图的姊妹篇。其他的挂图包括蝴蝶挂图和昆虫挂图，海蚌、海蟹、海洋软体动物图，热带鱼、淡水鱼等挂图都有助于了解平常看不到的海陆动物。而各种鸟类挂图则引导学生和自然爱好者去看图认鸟，并且分为夏季的鸟类和冬季的鸟类，指导实际观察。在植物挂图中有专门教你根据叶子形态而辨认树木、植物的挂图。再往天上去看，好几张云的挂图，告诉你什么天气有什么云，什么云预示着什么天气。在探索星空宇宙的挂图中有日食和月食的图解，月球表面详图，太阳系全图，太阳结构图，银河与星系图等。各种挂图中的说明都十分详尽。

今天虽然“数字化”提供了极大的便利，但挂图却依然重要。

在多媒体出版物的世界

科学用品目录中提供了几百种多媒体出版物，有电脑软件，有录相带、光盘等，使你进入一个极为丰富多彩的大自然与科学探索的世界中。近年来，由于多媒体技术的发展，自然与科学所展示的奇妙世界被直接带进课堂，带进家庭。这些由多媒体作为载体的音像制品，在启发智慧、增加知识、开阔眼界方面是过去传统的图书、仪器、模型所无法比拟的，可以极大地补充上述资料的不足。美国在这方面的出版物特别丰富，而这本目录集中地选择了较为优秀的和最新的产品。

让自然走进生活

说到科学用品和与自然科学相关的商品，令我想起在美国看到很多用动物图案设计的服装、文具和日常用品。更有很多以动物为题材的科学读物，文学作品，挂历，艺术品和影视作品。美国野生动物协会大力提倡以动物为题材的各种设计。它既可增强人们对自然环境的保护意识，又使动物美术得以普及进入市场，可以说是社会效益和经济效益双丰收。这种方式值得我们借鉴。

自然公司的启示

无论是在美国到处可见的自然公司，还是作为美国最大的自然标本和模型制造厂商的卡罗来纳公司都是在积极“推销自然”，引导广大群众走进自然，推动自然科学的教育。

通过各种学校教育和校外教育以及科学普及（包括这两个自然公司的商业活动），热爱自然学习科学和保护环境已经成为美国人的一种风尚和精神。从儿童到成年人，都能在这样好的教学设备下进行自然与科学的学习、观察和实验，从而培养了他们手脑并用的能力。我们常感叹说美国学生比中国学生善于动手，这不是没有原因的。希望我们的教育与科普部门能很好地研究一下这两个公司的工作及其经营了数十年的产品，尽早建立起我们的自然公司！

李元先生从这些为“自然爱好者服务的公司”得到的启示是丰富而深刻的。套用一个大家熟悉的句型，就是热爱自然，要从儿童做起，真心希望早日见到我们的自然公司。

第三章 传播科学的殿堂

博物馆 · 博物馆 · 博物馆

华盛顿史密松学会博物馆群

美国首都华盛顿虽然有闻名于世的华盛顿纪念碑，林肯、杰斐逊纪念堂以及国会大厦、白宫等建筑、景点，但是它的更大特色在于庞大的博物馆群。如果你是旅游团或代表团的一员，那你对这些博物馆的参观大概也只能如走马观花、蜻蜓点水。这些博物馆收藏之广博，你就是在此住上几个月也未必能了解详尽。我有幸在华盛顿停留了半个月，虽几乎天天泡在博物馆里，但也只能说是略知一二。

庞大的博物馆群

从美国国会大厦到华盛顿纪念碑长达几千米的宽阔的林荫大道两侧，整齐地排列着16座博物馆。在这样小的范围内，密集了这么多的博物馆，也可以说是博物馆的世界之最了。这里有文化的、美术的、科技的、历史的和自然的各类博物馆，我的重要参观对象当然是科技与自然博物馆以及同它们相关联的国家动物园。

从古到今的大自然

来到国家自然博物馆的门前，一边是巨大的岩石，另一边是古树的化石，说明牌上写着它们都有上千万年、甚至上亿年的历史。由此立刻把人们从20世纪带回到历史长河的源头，使你领悟到自然世界的悠久与永恒。

门厅的一头巨象标本昂首举鼻向你迎面而来，据说它是有百岁高龄的最大的非洲象，高5米，重达8吨！跨过巨象，面对着的展厅是新近开展的“海洋行星”的展览。它极其生动地叙述了人类探测和开发海洋的历史和现状，并且告诫人们千万不可污染海洋，因海洋是太阳系行星中地球独有的财富，而且生命就是从海洋中诞生的。

转向右边的“生命史”大厅，两幅长约9米的生命发展史彩色壁画立刻吸引了我。

华盛顿国家自然历史博物馆门厅巨象

华盛顿国家自然历史博物馆海洋厅

从最远古的海洋中的原始生命一直往上，展示出三叶虫、鱼类、两栖类爬上陆地进入恐龙时代；再发展为披毛犀、猛犸象，以至原始人和以现代人出现在地球舞台上而达到顶峰。在蓝色行星地球的背景上衬托着黄人、黑人和白人三幅面孔，显示着当今人类的历史时代。面对超过 5 亿年的漫长的生命进化史的画卷，给人以多少启发和思考，人类将走向何处——是建设更加美好的地球乐土，还是让污染、战争自毁家园？这里陈列着古生物的化石和复原形态的从恐龙时代以来的代表性动物，丰富多彩。这个博物馆有古生物、动植物、矿物、宝石、人类、考古等方面的展览，它收藏有几千万种标本，展出的仅仅是极少的部分，但也是人们最感兴趣的部分。有些特殊珍贵的展品按期轮流展出，那就看你的运气如何了。那一天在矿物、宝石馆门前写着暂停开放到 1996 年中，真使我失望，但是那天却特别展出世界最大的金钢钻蓝宝石。我隔着几层玻璃才亲眼看到这颗稀世珍宝，它质量 45.52 克拉，大小为 25.6mm × 21.9mm × 12.05mm，是 1958 年有人捐献的。它曾是法国国王路易十四以来 150 年中法国王冠上的宝石，1642 年产自印度。观众排队欣赏，不得久留，旁边还有持枪的保卫人员，真是在惊心动魄中观赏珍宝，颇有惊喜交加之感。博物馆的昆虫馆是一座儿童乐园，有好几十种昆虫，如螳螂、蜘蛛等生活在大玻璃柜中，里边有花草、植物、池塘，完全模仿大自然的环境。我看见教师带着学生、父母带着孩子在那里左看右看，很有兴趣。在海洋生物的展柜中也是活生生的展品。在模仿海洋环境的巨型展柜中，你可以看到又长又宽的海带在那里漂浮，五颜六色的热带鱼穿梭来往，姿态优美无比。更令人赞赏的是那些海参、海葵等，既像植物又像动物，在那来回摇摆、蠕动，神态自若，旁若无人。

不要以为恐龙是古今最大的动物，这顶王冠只能让位给蓝鲸。这里陈列的一具蓝鲸标本长约 30 米，重约 15 吨，是半悬在空中的庞然大物。我先从楼上看到了它的顶部、尾部，然后再到楼下看它的侧面和腹部，又站在远处才目睹到它的广角度的伟大形象。

布展方式考虑周全，让参观者称心如意，值得赞扬！参见本章下一篇文章《探索大自然的 125 年——访纽约美国自然博物馆》。

这座自然博物馆建成于 1910 年，每年观众约有 500 万人次，不愧是一座让人们在时间长河中回顾自然历史和鸟瞰全球生物形态的自然宫殿。

美国科技发展的缩影

位于自然博物馆西侧的另一巨型建筑是美国历史博物馆。它描绘了人类（特别是美国）开发自然、利用自然、创造科技文明的历史。过去的馆名是国立历史和技术博物馆，反而更为明确。它的目的是向美国公众进行美国历史传统和爱国主义教育，展示美国两百多年以来以科技立国的历史和成就。全馆有 1600 多万件收藏品，1964 年建成新馆，展览技术现代化，制作精美，引人入胜。如果无人引导或者没有辅助资料，简直有误入迷宫之感。你好像什么都看了，但又好像什么也没有看到。品种繁多、新旧都有、形态各异的展品，让你目不暇接，没有休息的机会。虽然不少人以好奇的目光去欣赏美国历届第一夫人在总统就职时的服饰，我却对此毫无兴趣，我所感兴趣的还是那些影响人类文明进步的科技发明，像汽车、轮船、铁路、通讯、机械、电灯、电话、留声机、打字机、印刷和钟表等，许多都是最早的实验室中的实物。像爱迪生的实验室、贝尔的电话发明等。

有一个单元，展示了抽水马桶的发展过程，而且都有各个历史阶段的实物陈列。还有美国家庭在不同地区和不同时期的室内外布置、生活环境的变迁等，是美国人民生活的历史橱窗。

在展品中还有古今各国货币、摄影、新闻报道、印刷出版、邮政、乐器、陶瓷和精美的玻璃器皿。

这一细节很可以体现李元先生科普事业成功的秘诀：用心、认真。

展厅错综复杂，展品琳琅满目，我虽然已经走到出口处，仍然感到有些茫然，因此又回到小卖部选购了一本这个馆的图文并茂的导游书，这样就会把丢失的记忆找回来。美国的博物馆除了免费赠送单张的导游图和简介外，都编印有极好的说明书，从几十页到几百页，在科学普及上收到极大的效果，这也是值得借鉴的地方。

热带雨林的魅力

我们在前不久参观迪斯尼乐园时，曾坐船去热带森林园探险，那里大象拦路、巨蟒缠树、犀牛追人、河马出没等险景都异常逼真，但那毕竟是人制的活动标本而已。这回，在华盛顿的国家动物园却有一个真实的热带雨林，是新近开放的。一个巨大的亚马逊热带雨林展厅中，仿造了亚马逊河热带雨林的自然环境，一草一花、一树一木都是从亚马逊河地区搬迁而来的。那板状根，那阔叶树，那些爬行动物、昆虫、珍禽鸟类都在这里各得其所。在这里参观就好像身临其境，走进探险王国。

真令人有耳目一新之感。

华盛顿动物园中巨树参天、树海成片，俨然一个天然的动物世界。巨大的鸟馆和设备先进的爬虫馆都十分引人入胜。动物园也是学生课外活动的课堂。我的一位久居华盛顿的中年亲戚，一天带着他的小女儿在动物园里住了一夜，说是为了亲眼观察一种动物在夜晚的动态。在这个动物园里就好像是在一片森林中漫游，不知不觉中我们迷了路，好不容易才找到一条小路通向园外的公路，后有隧道，前有高架大桥，爬上山坡走上正路忽然发现面前正是动物园的地铁站，于是立刻转入地下才顺利到家。华盛顿的国家动物园同自然博物馆一样，都是史密松学会的组成部分，也和别的史密松博物馆一样，全是免费参观的，这在美国也是仅此一地，是一个特例。

航空和航天博物馆

按照钱学森的意见，在大气中飞行是航空；在大气外空间的飞行便是航天。这个巨大的博物馆就是两者兼而有之，一般叫它宇航博物馆。

过去的老馆只有航空，现在的新馆是 1976 年为了庆祝美国建国 200 周年而建的。它是一座朴实无华的长方型巨厦，馆内的展品是宇航实物的历史展示。

宇航博物馆展示了从飞机到宇宙飞船的历史和未来，成为观众最多的博物馆，每年约有千万人次之多。我去过几次，总是人山人海，而且来自五洲四海。

博物馆前副馆长、航天部主任杜兰特先生是火箭专家，是和我通信达 15 年之久的老朋友，他亲自驾车陪我前来参观。他对展品一一介绍，如数家珍。他问我你想去月球吗？请跟我来。于是带我走到一个展台前，他要我用手去摸一下很小的台面，原来那里固定着一块月球岩石，他立刻拍下照片说，你已经到过月球了。不管怎样，我的确是亲自接触了月球上的岩石。感谢那些登月的勇士们为我们地球人带回来珍贵的月球礼物。之后他又带我到阿波罗登月飞船的指令舱旁留影，他说登月的宇航员就是乘坐这个三人座舱飞回地球，在海面降落的。我们又去看了好几种飞船复制品，还进入有名的天空实验室。那是一个直径7米、重82吨的圆柱体的飞行器。1973 年它在地球高空 435 千米处绕地飞行，先后有 9 名宇航员分三批到那里去进行太空中的科学研究。这是一个真实的备件，观众极多，往往要排队等候。在大厅半空中还悬挂着第一颗人造卫星模型，以及五年前发射升空的哈勃太空望远镜的复制品。

这个“包袱”抖得好。

航空大厅里陈列着莱特兄弟发明的第一架飞机，以及后来的各类飞行器。也有各国在两次世界大战中使用过的军用飞机。在一个演示厅内正在放映 50 多年前日本空军偷袭珍珠港的影片，一个日本人也在观看，他的随从替他翻译。当时正是日本战败 50 周年之际，放映这部影片是对日本军国主义者的声讨，也警告世人，侵略战争的历史再不能重演。

博物馆是免费参观的，但其中的天文馆和电影院是要购票入场的。经杜兰特先生的介绍，爱因斯坦天文馆馆长接待了我。因为是同行，所以进行了技术交流。我仔细参观了台前幕后，并看了一场星空表演《宇宙奇景》。该表演运用许多特技，达到景色奇丽的效果。这个天文馆每天表演 10 场，每场约 40 分钟，可能是世界上最忙碌的天文馆了。下午 3 时还有免费招待场《今夜星空》。

电影厅用兰格莱命名，他是一位天文学家、航空专家，也是史密松学会早年领导人之一。影院的超大银幕约宽 23 米、高 15 米，放映时观众如亲临其境，无比真实，也无比惊险。每场放映约半小时，每天放映 13 场。当时有三部影片轮换放映，片名为《飞行》《太空之旅》《蓝色的行星》。特别是《飞行》一片描述人类飞行的历史和现代飞行的绝技，演到惊险处，有的观众惊吓得大声呼喊，有的紧闭双眼躲过“灾难”。

天文馆旁有制作精美的展览，题目是《下一个哥伦布在哪里？》，展示了 500 多年前哥伦布发现新大陆的故事，又展望了再过 500 年，那时的哥伦布又会发现怎样的世界？不言而喻，那将是地球以外的遥远的星球世界……

闭馆的时间到了，人们仍不舍离去，因为展品太多了，实在是看也看不完，何况还有下一个哥伦布的问题还没有回答呢！

传播知识的古堡

上面提到的博物馆仅仅是华盛顿特区博物馆群中的一部分，已经使你目不暇接、叹为观止了。然而或许更令你惊奇的是，几乎这十几座博物馆都是属于一个组织——史密松学会，它在传播知识方面做出了巨大贡献。在这博物馆群的近旁，你会看到一个红色的古堡样的建筑，那就是史密松学会的所在。可以说史密松学会是当今世界上最大的博物馆综合体和科学文化机构，它成立于 1846 年，至今已有 150 年的历史。就拿美国来说，在华盛顿特区只有两大科学文化团体可以与其相比。一个是美国科学促进会（AAAS），创立于 1848 年，是世界上最大的科学和工程学会的联合会，附属的学术团体近 300 个，但是它没有史密松学会那么庞大的博物馆群和事业实体。另一个是美国国家地理学会（NGS），创立于 1888 年。它百多年来的科研、探险、科普工作遍及全世界，编印的《国家地理》杂志每月发行千万份，但是也比不上史密松学会的悠久历史、庞大机构和丰富收藏。

见本章最后一节，专门介绍美国国家地理学会展览厅。

本书第五章详细介绍了《国家地理》杂志。

华盛顿国家宇航博物馆之一展厅

史密松学会建筑

以史密松的遗愿建立学会

史密松学会（Smithsonian Institution）于1846年8月10日，遵照詹姆斯·史密松（James Smithson）的遗愿，经美国国会特许而立。初建时只是一个研究所，8年之后发展成史密松学会，也有人把它称作国家的史密松博物研究院。詹姆斯·史密松是英国著名的化学家和矿物学家。1829年，这位英国人却把一笔50万美元的巨款留赠给美国，为的是在华盛顿建立一个以史密松命名的研究所，它的宗旨是"向人们广泛而深入地传播知识"。经过多年来不断地发展扩大，它现有的巨大规模是当初未曾想到的。起初学会只是在这笔捐款的基础上进行工作，后来也开始接受各方面的资助、捐赠；但是学会能发展到今日规模的更重要的原因是美国政府的拨款，实际上它已经是一个由民间团体转化为国家机构的文化科学团体。它的许多博物馆的名称都冠有"国家"二字就是最明显的标志。

政府拨巨款，明智之举也。

对美国的历史性贡献

史密松学会在创建初期就在全国不同地区用电报报告气候变化，从而导致了美国气象总署的建立；由学会建立的航空动力咨询委员会，后来成为国家航空咨询委员会，实际上就是国家宇航局（NASA）的前身；学会早期对火箭技术的支持开创了火箭技术的新时代；1866 年学会将图书馆转交给了国会图书馆，成为国会图书馆的核心部分，大大增加了国会图书馆的藏书。学会的秘书长就是学会的实际领导人。历届的秘书长都是由著名的学者来担任，他们对学会发展所做出的重要贡献，代表了学会历史发展的进程。目前学会共拥有 25 所博物馆、研究中心、天文台、动物园等机构，大多在华盛顿特区，也有在纽约和波士顿等地的。职工人数有 5000 上下，年度经费上亿美元，可见其事业的旺盛和规模之宏大。每天这里都有大量观众涌入各类博物馆、图书馆、动物园，吸取文化知识养料，所有开放场地一律免费。

近 30 年来的大发展

学会今日的宏伟规模是逐步发展起来的，150 年来陆续收集到 1 亿多件展品和标本，这些都成为展示和研究的基础。近 30 年来可以说是学会大发展时期，其间发生的重要的事件包括：1965 年，为学会奠基人史密松诞生 200 周年，举行了隆重的纪念会，颁发了第一枚史密松纪念章。1968 年史密松天体物理天文台和哈佛大学合作在亚利桑那州霍普金斯山上建成惠普尔天文台，该台以在地面首次进行伽马射线天文学观测而闻名。1970 年，美国艺术档案馆成为学会的一个机构，它是储藏美国艺术家个人历史及其成长过程的一个宝库。1970 年还开始出版《史密松》（Smithsonian）月刊，成为美国著名的一本高档的文化知识杂志。也是在 1970 年，在佛罗里达州建立了海洋工作站，直接受国家自然博物馆的领导。1972 年尼克松总统访问中国时，带回中国赠送的两只稀世珍品——大熊猫，被安置在国家动物园，不但全美轰动，而且也轰动了西方

史密松学会 150 年纪念刊封面

史密松学会 150 年纪念折页

史密松学会纪念邮票

世界。1972 年还开放了伦威克画廊。1974 年一个具有圆形结构的赫什霍恩博物馆和雕塑馆开放。1976 年美国独立 200 周年，学会在华盛顿的各博物馆增设了 23 个专题展览，总名为“美国人的历程”。新建的巨大的国家航空和宇航博物馆正式开放，头一个月中观众竟达 200 多万！创下了博物馆月参观人次的最高记录。

一直到我在 1995 年对学会进行广泛的参观访问时，新的博物馆还在建设中。

探索大自然的125年
——访纽约美国自然博物馆

纽约美国自然博物馆

纽约印象

纽约是世界上最繁华的都市。当看完自由女神像，在归途中我从海上瞭望曼哈顿密集的高楼大厦时，深感纽约的确是人类史上的一大奇迹。在短暂的200多年中，她居然汇集了如此大量的财富、文化、商业、经济、建筑、科技和来自五洲四海的上千万的人。著名的时代广场、洛克菲勒中心是纽约人重要的活动场所，每逢节日和发生重大事件时，这里都是人山人海。这一切之外，给我留下深刻印象永难忘怀的是在世界最大的自然历史博物馆——美国自然博物馆中的所见所闻。

又是一个世界之最。

125 年探索自然的盛典

位于纽约中央公园旁的这座古典建筑的全名是 American Museum of Natural History，中文名称应是美国自然博物馆。因为它在纽约市，所以人们通常把它称做纽约自然历史博物馆。1995 年 8 月我们来的时候，只见馆内馆外高挂了许多彩色的巨大条幅，上书“探索的 125 年”。馆内还有大本的彩色图册《125 年在探索中发现的珍宝》免费赠送。图册上刊载了 50 项被认为是该馆最重要的发现成果。它们包括 1 亿 4000 万年前的恐龙，34 吨重的陨铁，30 米长的蓝鲸，8 只非洲的巨象等。这里收藏的大量恐龙化石标本和对它们的出色研究是举世闻名的。为了庆祝建馆 125 周年，该馆曾对恐龙馆进行了彻底整修改进。在刚刚重新开放后 2 个月我就能一饱眼福也是很值得庆幸的事。

西方国家的 Museum of Natural History，对应于汉语中的“自然博物馆”，而不必刻意译成“自然历史博物馆”。

美国自然博物馆 125 年

40 年的前前后后

回忆 40 多年前，1955 年开工建设北京天文馆时，复杂的天象厅圆顶施工时，困难不小。我们就曾经参考了这里的天文馆建筑经验，而取得了成功。虽然过去因条件限制，我们与该馆少有来往，但是 40 年后我亲身来到这里访问，不免要叙旧致谢。所以在来纽约之前，就从波士顿给纽约天文馆（是自然历史博物馆的一部分）

打电话联系，告之以将进行友好访问的日期，因此当我们到达天文馆时，立刻受到热情接待。我们被带上了“来宾”的牌子，可以在当天任何时间免费出入博物馆，并有一位馆员陪同参观，安排十分周到。陪同的馆员表示他们是第一次接待中国北京来的同行，特别高兴。

完美的星空表演

纽约天文馆的星空表演是世界一流的，对此早有耳闻，今日观看果然不凡。该馆运用各种特制的放映器以弥补天象仪的不足，增加了表演的多样性和逼真性。面向几百位宇宙游客讲述古往今来的种种宇宙奇景，再加上立体声音响效果，把科学与艺术交织在一起，让观众在娱乐中接受科学知识。虽已开馆 60 年，但依然经常客满，久盛不衰。这就是在科普工作中不断创新的缘故。利用激光技术表演太阳系的面貌和行星的运动以及天球坐标等，画面清晰整洁，线条流畅完美而且色彩鲜丽柔和，这些都给我留下深刻印象。虽然我从事天文馆工作多年，也看过欧美的一些著名天文馆，但以为纽约天文馆的表演最为精彩。

内行看门道。李元先生看出了纽约天文馆开馆 60 年久盛不衰的门道：不断创新！

访问宇宙来客

纽约自然历史博物馆的陨石收藏也是世界之最。其中最大最重的一块陨铁重达 34 吨。馆员介绍说这是世界上最大的陨铁，我立刻给他补充说，最大的陨铁重约 60 吨，还躺在南非州的荒野里。而这里的这块应排名第二，但它是博物馆藏的最大陨铁，且第三大的陈列在中国的乌鲁木齐。纽约的这块名叫约克角陨铁，是 100 多年前由极地探险家 R. 皮里在格陵兰的冰原中发现的，可能已有万年以上的历史，是一位久经沧桑的宇宙来客。早在四五百年前，爱斯基摩人就把它当作铁来使用，当然想从它的身上敲下一块是很不容易的。100 年前，人们费尽千辛万苦才把它运到纽约。这也是探索自然不畏艰辛的表现。这里陈列的另一块大的陨铁重 13.5 吨，是在 1902 年在美国本土发现的。那陨铁千疮百孔，孩子们可以在那些孔洞中玩耍。其他的陨铁、陨石还有很多。20 世纪 70 年代一块从月球上带回来的月岩也加入它们的行列。展览馆墙上有一张巨大的彩色壁画《地球的童年时代》，是太空画家 C. 邦艾斯泰的名作，描绘地球的洪荒时代。这些宇宙来客——陨石纷纷下落的情景十分壮观。另一面墙上是月球表面环形山的大幅照片。照片前的玻璃柜中陈列着的就是

陈列在乌鲁木齐的新疆陨铁，是 1898 年在准噶尔盆地东北部的青河县境内发现的，重约 30 吨，外形呈不规则的圆锥体，最大长度为 2.42 米。

作者与大陨铁

月岩。陨铁、陨石和月岩都是宇宙来客。不过那些陨铁和陨石是主动降落到地球上来的不速之客，而那小小的月岩却是人类登上月球后请来的贵宾。这些宇宙来客将会在博物馆中向人们讲述宇宙的历史，揭示物质的构造。

走进恐龙的王国

看到那些巨大的陨铁不禁使我联想到6500万年前恐龙灭绝的原因。有一种说法将其归因于大陨石碰撞地球。纽约自然博物馆的著名收藏正好是陨石和恐龙化石，这难道是一种巧合吗？这里的恐龙展厅因为重新布置而关闭了很久，直到1995年6月才重新开放。我首先从一本杂志上得到其重开的消息。那时媒体都对此大肆宣传，一时间恐龙热又席卷了美国，连《时代》杂志的封面都被恐龙占领。该馆已出版达95年的《博物》（*Natural History*）月刊，在6月出版了恐龙内容特别丰富的特集。过去我是在我国生物泰斗杨钟健院士的著作中了解到纽约自然博物馆恐龙化石收藏和研究的情况。今日身临其境，自然会想到杨钟健过去在此进行过的杰出研究。该馆陈列的恐龙展品约有百件之多，最珍贵的是绝大部分展品是真正的原始化石。在

英文Natural History，在许多情况下都应该汉译为“博物学”，曾为动物、植物、矿物、生理等学科之总称。后来生物学逐渐成为一门独立学科，从19世纪后期开始“博物学”一语就渐见少用了。

美国自然博物馆中的绘画《更新世时代的古生物群》

高大的门厅中有直立着的雷龙骨架标本，旁边还有和它搏斗的霸王龙，重现了1亿4000万年前恐龙时代惊天动地的场面。恐龙展厅中全都是恐龙化石，墙上绘制着在不同地质时期，恐龙王国的自然景观。还有一幅33米长的爬行类动物发展史壁画，据说画了4年多才完成。该馆展出的480多具恐龙化石，多是在20世纪初前后的10年中在美国怀俄明州的柯莫峡谷挖掘出来的，是该馆的主要收藏。1925年该馆组成的探险队又远涉重洋到蒙古戈壁沙漠考察，发现大约8000万年前的恐龙蛋。在展厅旁有一个小书店简直是一个恐龙书店，书架上陈列着上百种恐龙图书，大部分是为青少年编印的。书店中还有大大小小的恐龙模型、图片、玩具、贴纸等。在美国，有很多小恐龙迷。

在非洲草原上

此处所说的阿克莱即卡尔·伊桑·阿克利（Carl Ethan Akeley，1864-1926）。他曾5次前往非洲探险，并用自己发明的阿克利摄影机拍摄了第一部记录大猩猩在自然环境中生活的影片。

非洲哺乳动物厅也是该馆名声远扬的展厅。厅中央的8只大象成群结队，栩栩如生，是1920年在东非捕捉的大象制成的标本。该馆的阿克莱常年在非洲探险考察，采集动物标本。他首创了能忠实重现动物原形、并能长期保存的动物标本制作法，后被称为阿克莱法，为各方广泛采用。在非洲厅的两层楼中展出动物生态布景窗20多个，都按动物所处的自然环境布局，使观众有临场感。近年来使用电影配合实物更增加了展示效果。非洲是野兽的王国，所以非洲动物展览备受欢迎。这也要归于阿克莱的杰出贡献。他最后在非洲去世。为了纪念他，特将非洲哺乳动物展览厅命名为阿克莱厅。

1

2

3

1 恐龙展厅

2 美国自然博物馆大厅中的恐龙

3 美国自然博物馆的恐龙化石展厅

美国自然博物馆中的蓝鲸

有史以来的最大动物

不知不觉地我由一层走到了地下室。原来这里是相当大的海洋生物展厅，陈列着许多海洋生物标本。其中最引人注目的当然是那条悬架在半空的蓝鲸。据说这是地球上最大的动物。最大的蓝鲸有 100 吨重，40 米长，超过最大的恐龙。这里的一只是 1926 年从南大西洋捕获的，只有 10 吨重，30 米长。这是一种濒临绝灭的动物。有一次为了引起人们的注意，就挂了一个"In Danger"的牌子，英语字意为"危险中"，本意要告诉观众此物种面临绝灭。但有些人看到这个"危险"标志，误以为这个巨大的标本快要掉下来了，赶快躲到远处，引起一场虚惊。

幽默也是一种技巧。

岁月过百　展品千万

这座世界最大的自然历史博物馆，建成于 1869 年，馆龄已接近 130 岁！展品在 2000 万件以上，都是百多年来在全世界探险考察中搜集到的。它不但是纽约市的一大宝藏，也成为美国的国宝。它有近 40 间展示厅，每个展厅的面积都在 500 ~ 1500 平方米之间，每年的观众有 200 多万。其中学生很多，到这里参观学习已成为中小学教育中必不可少的一课。我所看到的和写出的仅仅是很小很小的一部分。该馆的人类学展览，包括印第安人、爱斯基摩人等的生活史等也极为有名，其他如鸟类馆的收藏也极为丰富。此外还有超大银幕电影让你欣赏大自然的奇景，那更是场场客满。我们花了整整一天的时间还只能是跑步式的走马观花，略具印象。很多人都是进去就不愿出来。中午有恐龙餐厅可以吃饭，我们也入乡随俗，带有纪念性地吃了一顿“恐龙餐”。

李元先生“跑马看花”，生动，令读者宛若身临其境。

在印刷考究的中文版导游图上写着这样的一段话：“美国自然博物馆属民营机构，接受各界捐助。尤以本馆建筑设施之使用、营运及维持等经费均由纽约市政府提供，特此致谢：国家科学基金会、国家人文基金会……许多公众对本馆之捐赠一并致谢。”

世纪期刊《博物》

1900 年创刊的《博物》（*Natural History*）期刊是这座博物馆的馆刊，它经历了整个 20 世纪，是世界著名的专业科普杂志。中国科学院图书馆藏有全套的该期刊，在那里我曾从创刊号起全部翻阅过一遍。因此，到此参观访问时遇到它就有倍加亲切之感。这套杂志是研究大自然和从事自然科普工作者的一个极重要的学习宝库，也是许多献身于自然科学的先驱者们感人事迹的不朽史册。

馆藏全套《博物》，可贵。评注者曾在中国科学院北京天文台（今国家天文台）工作 30 余年，却未能从容地享用如此美妙的资源，今天回想起来，真是可惜了。再次为李元先生点赞。

探险者的乐园
——参观美国国家地理学会展览厅

展厅大楼

我早就听说美国国家地理学会有一个地球科学展览厅，这次我去访问学会时，仔细参观了这个展览厅。这个展览厅面积不大但内容丰富，安排得十分紧凑，现代化程度很高。展览不但是这个地理学会的缩影，而且也是一个小型现代科普展览的典型样板。

“小型现代科普展览的典型样板”，高度评价啊！

关键词：探索！

展厅的名称和布局

在国家地理学会主楼的底层，几乎全部供展览使用，展厅名称为“Explorers Hall”，直译为“探险家大厅”或“探索者大厅”，但实际上是一座地球科学知识的科普展览厅。

从华盛顿市区中心的第 17 街的正门进入学会主楼，左边的部分就是地球科学的常设展览，其共分 14 个部分：①国家地理杂志；②学会简介；③地球的科学；④人类史话；⑤气象探测；⑥今日世界；⑦看地球；⑧海洋世界；⑨生命世界；⑩ 美洲文化；⑪北极探险；⑫太空科学；⑬探索者剧场；⑭为你摄影。

探索地球的旅行

在①号展区所见到的全是《国家地理》（National Geographic）的出版资料，从 1888 年 10 月出版的第一本创刊号直到现在的 100 多年的这本期刊的封面，

展厅中的《国家地理》杂志墙

都制成彩色的透明图片。创刊号是一本棕色无图的封面，只印了 1000 册；而如今的彩色封面美丽如画，每期印数在 1000 万册以上！

绚丽多彩的封面也反映出该期重要内容及各个年代的一些重要科技成就和历史事件。例如，1960 年 7 月为发射水星飞船，11 月为蜂鸟；1961 年 9 月为联合国；1963 年 4 月为船的历史，10 月是国家地理学会 75 周年专号；1964 年 1 月为美国首都，4 月为海洋学家古士托，11 月为中国专号；1966 年 3 月为莫斯科，4 月为海底探测，6 月为伦敦，7 月为国家公园专号；1969 年 12 月为人类登月专号；1970 年 6 月为罗马，8 月为太阳系的行星；1972 年 5 月为黄石公园，12 月为中国的大熊猫；1973 年 4 月为中国的金鱼，7 月为冰岛火山；1975 年 12 月为玛雅文化；1976 年 3 月为鲸的专号，7 月为美国建国 200 周年；1978 年 4 月为中国秦始皇陵兵马俑，7 月为大峡谷，8 月为恐龙；1980 年 1 月为旅行者探测木星，2 月为西藏，3 月为中国西部；1981 年 3 月为航天飞机，7 月为探测土星，12 月为熊猫去野外；1983 年 1 月为热带雨林，6 月为宇宙；1985 年 8 月为行星地球，9 月为四川特写，11 月为古代人类的全息摄影；1988 年 1 月为国家地理学会 100 年纪念，9 月《国家地理》的 100 年……在整个学会大厦底层的玻璃窗上全是用大型彩色的透明照片展示的这本杂志历年的重要封面，把你完全带入了已有百年多历史的《国家地理》的世界中。

②号展区是一个小型宽银幕影院，有几十张座位，用 7 分钟的时间介绍学会工作及自然探索。

③号展区是有关地球科学的录相放映，其中有火山、地震等，并伴有各种岩石标本的展示。

④号展区展出人类的发展史以及大型彩图——北美洲的恐龙时代。那些在美国著名的自然历史博物馆中展出的恐龙化石，如巨大的霸王龙及雷龙等的形象，又以绘画的形式生动地出现在人们面前。

⑤号展区是气象学的天地，有一个直径约 1 米、高约 3 米的透明圆筒，用来给观众演示飓风的形成。眼看一股气流旋转直上，仿佛是刚形成的飓风。美国经常有飓风和龙卷风出现，所到之处许多房舍夷为平地，人畜伤亡就像我们在《龙卷风》影片中看到的那种可怕景象。这里还介绍天气预报的知识，并展示当天美国全国的天气情况。

⑥号展区陈列着美国最早的地球仪制作的过程。因为这里是地理学会，所以地球仪的制作就成为重要课题。该展区向人们叙述了这个 30 多厘米直径的地球仪花了大约 11 年的时间在 1810 年完成，被认为是当时最科学最标准的地球仪。这只是美国地球仪的记录，并不是世界记录。

我们转到⑦号展区，首先进入一个放映室。入口处是一个 2 米多直径的大地球仪，可随意旋转。再往前走是供 70 多人看影片的座椅，在进入展厅前先在这里观看 15 分钟的有关认识地球的科普影片。片头映出的巨大字幕是："欢迎光临，请欣赏你指尖下的世界"，就是说在这个展区内，许多展示都可以用你的手指去按电钮，为你表演和解说。放映的内容有一部分涉及遥感技术，资源卫星等，不一定一下就看明白，公告牌上注明放映时间，过一会儿还可以再来看一遍，加深理解。

海洋、鸟类与北极

海洋是人类面临开发的世界，⑧号展区就是海洋探险史话：有古代的航海，有现代的海底探险。在录相放映中我们跟探险家一同到达海底，各种各样的鱼、岩石、和海洋生物都清楚地展示在眼前，仿佛是在《海底两万里》科幻世界中漫游。全球

展厅内景

早年展厅中的世界上最大的无支架地球仪

的海底地貌图显示出大西洋洋底S形的山脉和太平洋底深深的海沟。这隐藏在大海下面的宏伟地貌，只有当海枯石出之日才能显露出来，但是人类依靠着自己的智慧和辛勤的探测研究居然将它绘制了出来。这幅海底立体图对航海、海洋开发、和地球板块构造研究都有着十分重要的意义。

展厅中的展览

向前走，⑨号展区，我们又从地球的水圈转到生物圈的神奇世界。在一张巨大的鸟类在美洲迁徙的地图中，用不同颜色标出不同的鸟类从什么季节向什么地方迁徙。这是爱鸟者感兴趣的展品。在美国爱鸟的人很多，但他们不是把鸟儿关在笼子里玩赏，而是观赏鸟儿在自然中的生态，所以他们很注意鸟类来去的踪影。另一张高大的热带雨林绘画显示出南美洲亚马逊河一带的热带雨林的生态环境。从地面的动物一直到浓密森林顶部的动物都画得栩栩如生。不论是花草还是飞鸟，它们大多具有鲜艳的色彩，这就是美丽的大自然！绘画的旁边，在放映录像，那些都是真实的画面。我们仿佛漫游在热带雨林中，真是大开眼界。但是由于人类的活动，每天都有大片大片的热带雨林从地球上消失，许多动植物都面临灭种。加强人类对自然的保护意识，已是一个非常紧迫的课题。这里还展示一种鱼的立体成像技术，鱼儿们就在你的面前游动，但是你伸手去捉却空无所有。

想必还是全息摄影术的功劳吧。

⑩号展区是玛雅文化和北美的印第安人的历史介绍。印第安人本来是北美洲的主人，但是现在已很少见到，我在美国只碰到过一次。他们在头上仍插着鲜艳的羽毛，衣着奇特，只要你上前交谈，十分友好，愿意合影留念。

⑪号展区介绍极地探险的历史，陈列着极地探险使用过的工具等。

到太空去漫游

在一个幽暗的角落，写着天文馆字样，这是很小的⑫号展区。虽小，但它演示的却是浩瀚的宇宙。在一个5米直径的半球形天幕上布满了星星，在高处有一架美国诗人杰拉德·曼利·霍普金斯（Gerard Manley Hopkins，1844-1889）的诗内容多表现自然万物和诗人对大自然的感怀，在意境、格律和辞藻上都有创新。《星空之夜》是一首十四行诗，原名 The Starlight Night，一译《星夜》系霍普金斯的名作。

小型天象仪在放映星空，大约五六分钟就演示一遍，我看了好几遍。是一位小姐的解说录音，充满了神秘和抒情。一开始就在星空刚出现的时候，她朗诵起英国著名诗人霍普金斯在《星光之夜》中的诗句："Look at the stars! Look，look up at the skies!"（"看啊，看看那些星星！看啊，看它们出现在天空！"）这优美动听的解说更增加了你对星空的欣赏。她告诉你星空的变换、星座的出没和根据古代神话编绘的大熊、狮子、猎人的星座图形。看完表演你自然不能满足对宇宙的好奇。有两台录相机可以随你去看有趣的天文和太空节目，只要你用手指去按，就会出现片名目录。有人类认识宇宙的历史，有星座，有太阳系，有宇宙，有人在太空，在月球，宇宙飞船飞向行星世界……我坐在桌前，选看了好几部片子，感到十分方便有趣。

离开天文表演又来到一个探险者剧场，在屏幕上不停地演示着地球世界的面貌，人对世界的探测，对未来的展望以及地理学会的工作。设计的精美、画面的丰富生动使你再一次感受到大自然的美好。

当你来到⑭号展区时，有一架自动照相机为你摄影留念。先把你的面部放映在屏幕上，当你认为满意时，再按动另一个电钮，一张《国家地理》杂志的空白封面就把你的像套在中间，你已经成为最新出版的地理杂志的封面人物了。如果你想把这张照片拿到手永久保存，只需要交纳 5 美元，手续办完，照片到手。

⑮号展区是在正门的右边，是一个专题展区。我在 1995 年 9 月到达的时候，这里正在举行学会的少年地理杂志《世界》（*WORLD*）的 20 周年纪念展。前些时刚展出过"玻璃工艺"。

这里还有一个地理书店，发售地理杂志、图书、地图、地理教学用具和录相带。选购录相带也是由你自己按动电纽，从几十种节目中精选的镜头就会演示在屏幕上，你就可以选购你所爱好的片子。这里真是地理教师和地理爱好者的乐园。你如果想加入国家地理学会也十分方便，只要订购一份《国家地理》杂志，你就成为该会会员，可以参加该会举办的各种活动和享受各种优惠。

我在这里看到的各种展品，大多是我过去在《国家地理》杂志上看到过的，但是经过学会精心编排，再加上现代展示手段之后，就成为一个自成系统又有丰富内容的小型博物馆。因此我想到，科学馆、展览馆、博物馆不管是大是小，只要精心设计制作就能获得成功。

这就是心得。

地理学会有两座大楼，后面的大楼是制图部和图书馆的所在。两楼之间是一个漂亮的庭院，有流水，有石桥。我对这个学会的杂志在50年前已经开始阅览了，由于近10年来对它所做的进一步研究，所以和学会来往信函较多。过去的朋友们多已退休而去，然而他们的工作成绩却是长存的。我在庭院中徘徊良久，回想到100多年来这个学会对美国、对人类文化都做出了重大贡献。特别是它图文并茂的地理杂志和庞大的地图库与图片库更是地球人类活动的历史见证。如果有一天，外星人来访地球，即使语言不通，这大量的形象资料肯定会有助于外星人对我们的了解。这一天什么时候来到呢？谁知道！

真是充满诗意的心语！

第四章

自然与科学的画廊

相会在太空画廊
——访美国太空画家

土星美景（美国邦艾斯泰作）

50 年前的奇缘

我这一生和太空美术（或称宇宙美术、天文美术）结下的不解之缘，还要从 50 多年前说起。那时我还是一个刚刚学会看星，开始爱好天文的青年。1944 年夏天我偶然在重庆街头地摊上看到一本 5 月 29 日出版的美国《LIFE》（生活）画报，上面刊登了一套太阳系中土星风光的组画。天外的奇异风光与其优美的绘画立刻吸引了我。我认为这种太空美术必会帮助大众认识宇宙，从而成为宇宙和大众之间的桥梁。从那时起我就立下了终身从事天文普及工作的志愿——一定要把宇宙的奥秘和太空美景展示在广大群众面前。“破除迷信、认识宇宙”就是我一生为之奋斗的目标。于是我和太空美术结下了不解之缘，它影响了我一生的事业。这套组画对我意义非凡，我一直珍藏至今。原来这是美国太空美术之父 C. 邦艾斯泰（Chesley Bonestell）的成名之作。后来我又不断收藏他刊登在书刊上的太空美术作品，并请画家仿制了十几幅悬挂在 1957 年开幕的北京天文馆圆廊中。当时正是第一颗人造地球卫星升空，太空时代揭开帷幕之际，所以颇能引起观众的兴趣。

国际天文学联合会将第 3129 号小行星命名为 Bonestell。

和美国太空画家交往

1978 年美国太空画家戎·米勒(Ron Miller)编辑出版了一本《太空美术画史》，搜集了近百年来世界各国的太空美术代表作，并有作者简介。这在世界上还是第一部用“太空美术”(Space Art) 命名的著作，出版后引起了广泛注意。我也立刻对其产生了极大兴趣，并开始和作者通信。后来作者又把我介绍给华盛顿特区的宇航博物馆副馆长 F. C. 杜兰特（F .C. Durant III）。杜兰特是国际太空美术中心的负责人，也是名画家邦艾斯泰的代理人。他是一位事业心极强又极热情的人物。他觉

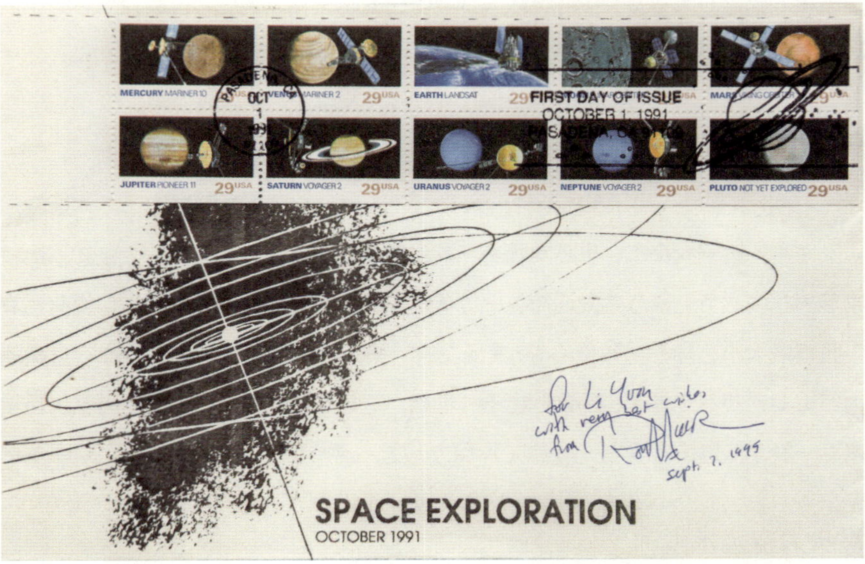

米勒签赠给作者的由他设计的《太空探索》纪念邮票首日封

登陆月球（美国麦考尔作）

水星风光（美国邦艾斯泰作）

堪称海外知己，天涯比邻。岩崎一彰（Kaguari Iwasari，1935 年生）曾与美国科普巨擘艾萨克·阿西莫夫（Isaac Asimov，1920-1992）合作完成《宇宙美景》（*Visions of the Universe*）一书，由岩崎作画，阿西莫夫撰写简要的文字说明，并由卡尔·萨根（Carl Sagan，1934-1996）作序。

得我是一位难得的海外知己，因此寄来热情洋溢的信件和许多有关太空美术及天文的资料，从此开始了我们诚挚漫长的友谊。后来他又把日本著名太空画家岩崎贺都彰介绍给我。1983 年在东京举行了一次日美联合太空艺术展览。在他们的协作下，我在中国也组织了一个《宇宙在召唤》的太空美术展览，从 1984 年起先后在北京、南京、上海、乌鲁木齐、大连等 10 多个城市巡回展出，受到各方好评。从此太空美术也开始在我国普及。因此，此次访美，太空美术作品和太空画家自然是我访问的目标之一。

休斯敦的街头艺术家

1995 年 5 月，我和在休斯敦的亲友一起去市中心参加国际联欢节。休斯敦是美国南方的第一大都市，也是美国著名的太空中心之一，所以人们的太空知识比较丰富。在联欢节上我忽然发现街头一位年轻画家在用喷笔绘制太空画。每幅画约有半张报纸大小，加框出售价格 50 美元左右。虽不外是星球世界中飞船航行之类的内容，买者却不乏其人，因此他也十分忙碌。这是我碰到的第一位太空画家，虽然水平一般，但也足以看出美国太空美术的普及。

漫步太空美术画廊

此后不久，我们又前往位于美国东南半岛的佛罗里达州的肯尼迪太空中心参观。

这是美国最大的太空中心，接待中心专门设有太空美术画廊，有几十幅太空作品。其中以当代太空美术大师 C. 麦考尔（C.McCall）的作品最为引人注目，这也是我第一次目睹世界太空美术名作的原作品，心情自然非常激动。

关于罗伯特·麦考尔，又可参见本章《麦考尔的太空世界》一文。

纽约天文馆的太空画家

1995 年 8 月我来到向往已久的纽约天文馆，它是著名的美国自然博物馆的天文部。该馆的美术家 K. 魏末（K.Wimmer）的太空美术是举世闻名的，如《太阳系》《太阳系的起源》《展望未来》等名作已经流传全世界。到达之后知他已退休离馆，只好托人把我在国际天文教育研讨会上宣读的论文“太空美术与天文学”送他留念。在天文馆门厅上陈列着几幅他的画作。在走廊墙壁上是日本当代太空画家沼泽茂美的探测木星世界的几幅作品。令人惊喜的是我在陨石陈列厅里见到了大幅的邦艾斯泰的作品——“地球的童年时代”。画作被制成一个巨型灯箱，它足有四五米宽，两米多高，看上去光彩夺目十分生动，我立刻摄影留念。后来天文馆陪同参观的人告我说，现在该馆的美术家 D. 达维生（D.Davidson）正在画室，问我是否愿意会见，我欣然同意。于是我们相会了，交换资料并承他送我几幅他发表在《太空世界》上的近作。告别时使我联想到他就是 K. 魏末的接班人，人才也总是一代一代地更换，中外皆然。

和老友杜兰特相会

我在前往美国首都华盛顿之前，早已写了一封信给杜兰特，并告诉了我到达后将住在姐姐家中。他接信后不断打电话给我慧真大姐询问我的动态。终于在 9 月 1 日我们相会在华盛顿郊区。15 年的通信，一旦相会难免激动非常。我是在他家第一次看到邦艾斯泰“水星世界”的原画。也正是他把我介绍给了美国的太空美术界，他还把我关于怎样从欣赏邦艾斯泰的土星组画到立志从事天文学普及的一段话刊登在美国的期刊中。我们见面后，他又打电话给远在百里之外的戎·米勒，约定和我见面的日期。我在华盛顿停留半个月，和杜兰特相聚多次，他给我看了许多太空美术书刊，并把有邦艾斯泰亲手签名的“土星”和“火星”两幅画的大型复制品送给我，这在美国美术市场上也是珍品。一天戎·米勒驾车从百多千米远处专程来和我会面，并送给我他刊载在《科学美国人》上的纪念邦艾斯泰土星组画发表 50 年的文章，

异国知音。

又送我由他设计的美国“行星探测”专题邮票 10 枚一套首日封。当然我们还谈了许多关于太空美术的事。

世界最大的太空壁画

杜兰特亲自驾车陪我去参观国家宇航博物馆，这对我是最高的礼遇。因为他曾担任过美国火箭学会会长和该馆副馆长兼航天部主任，也是美国航天事业的元老之一。当时他已 79 岁，仍亲自如数家珍般地给我介绍展品。我们首先来到 C. 麦考尔手绘的“飞往太空”巨大壁画前，它位于航天陈列厅的几层楼高的墙壁上，想拍全景几不可能。画的下部是宇航员站立在月面上，背景是银河系中太阳系行星奔驰的轨道。再仰头上望是一轮光华四射的太阳，象征人类征服宇宙的无限远景。1976 年开馆前，C. 麦考尔不但画了初稿，而且亲自站立在高处把全画绘制完成。后来我在几本杂志上看到有关他的介绍。他的家乡在亚利桑那州，州刊上曾多次发表他所作的“未来世界”及探测宇宙的基特峰国家天文台的宏伟景观。每看到这些作品时，总令人肃然起敬。他真不愧为当代最伟大的太空画家。

宇宙飞船在太空会合（美国麦考尔作）

怀念故人与升起新星

在美国看了许多太空美术作品，也会见了几位太空美术画家，增加了友谊，促进了事业。然而使我十分遗憾的是我来得太迟了，未能和我的启蒙画家邦艾斯泰见上一面。当年他 94 岁（1986 年）时曾亲笔给我写信，信中还说过：“普及天文的最好方法就是给青少年多看太空美术作品。”当我两次经过他的故乡加利福尼亚州时，我深深地怀念这位 98 岁逝去的故人。同时让我感到欣慰的是通过 10 多年来的普及和推动，我国太空美术的新星已经升起。

智者隽语，值得体味。

宇宙的桥梁
——怀念太空美术大师 C. 邦艾斯泰

1995 年夏天，我来到美国纽约，参观那里的博物馆。

Bonestell 倘按现行的英语规范当译为“博恩斯特尔”；但事实上，李元先生数十年前将其译为”邦艾斯泰”，现已成为约定俗成的定译。

《C. 邦艾斯泰》沈左尧 绘

40 亿年前的地球

在纽约的美国自然博物馆内，收藏着丰富的陨石标本，其中最大的一块是 100 年前由探险家皮里在接近北极的格陵兰发现的。皮里费尽辛苦把它运到了纽约，它重达 34 吨，是世界馆藏最大的陨石（铁质）。我曾在乌鲁木齐展览馆看到过 30 吨重的新疆大陨铁，它是馆藏第二大的。因此到纽约后，我迫不及待地去看这位更大的天外来客。陨石厅也是这座博物馆中的重要展厅之一，那里还特别展出一小块从月球上带回来的月岩。展柜后面是一幅充满了环形山的月球照片。这众多的环形山和坑穴，很可能是在月球的童年时代被陨石轰击形成的。因为月球上没有空气，也没有海洋，这些坑穴就保留到了现在。然而地球就不是这样。地球在童年时代也遭到过翻天覆地的陨石轰击，但是后来由于地壳运动和长期的风化以及洪水冲刷，地球上的陨石坑能保留至今的已很少了。看着想着我来到了一幅巨画面

作者与《地球的诞生》

前。解说员介绍道：“请看看这张名画吧，这是太空美术大师 C. 邦艾斯泰的名作：地球的诞生。”画家把我们带到了 40 多亿年前的史前时代。只见远古时代的地球上到处雷鸣电闪，遍地溶岩火海；天上暴雨倾泻，地上流星轰击；天边正在升起的月球正处在它的童年时代；这是一个不平静的世界。这时我兴奋无比，心潮澎湃，思绪万千。因为这是我早想看到的一张名画，今日在此得以目睹，真是观看不够，欣赏不尽。

半个世纪前在重庆“相遇”

1944 年的夏天，我在重庆街头偶然翻开一本美国的《生活》（LIFE）画报，好几幅奇妙的土星组画立刻吸引了我。我虽然已经初识天文，也看过不少天文图书，但这样的土星美景我还未曾见过，我完全沉醉于美丽的土星世界了！从此，我对神秘宇宙的了解和探求有了更强烈的渴望，并且想把这神秘而美丽的宇宙介绍给更多的人，由此也萌发了我立志终身从事天文普及工作的想法。原来这组名画竟是邦艾斯泰的成名作，没想到它甚至影响了我的一生。这些画片我一直妥善保存。后来知

19 岁立志，90 岁笃行依旧，这就是李元的科普人生。

土星

道这组名画影响了不少的人，著名美国天文学家卡尔·萨根也是受了邦艾斯泰的影响而走上了天文学的道路。

这组名画发表于 1944 年 5 月。50 年后在著名的《科学美国人》1994 年 5 月号上发表了专门纪念邦艾斯泰的文章，以及他的太空美术作品。作者是当代美国太空画家 R. 米勒（R. Miller）。

走进了太空美术世界

邦艾斯泰（Chesley Bonestell）生于 1888 年 1 月 1 日。他的太空美术作品不但预示了 20 世纪人类宇航的伟大技术成就，而且帮助了它们的实现。他原先是从事建筑设计的，著名的旧金山金门大桥的设计，也有他的参与。他又是一位天文爱好者，他刚开始描绘太阳系的行星世界时，仅以此为副业。但自从 1944 年土星组画一举成名后，他便全力转向太空美术创作。20 世纪 40 年代，他有很多太空组画发表在各种杂志上，如《28 天飞往火星》《史密斯先生到金星去》《坐火箭飞往月球》等都受到广大读者的欢迎。后来这些组画被编入《征服太空》一书。

20 世纪 50 年代初期，邦艾斯泰进入创作高峰。当时的《柯里尔》（Coller's）杂志邀请他为 5 篇展望未来宇宙飞行的系列文章配图。文章作者是火箭专家冯布劳恩（后来他成为人类登月的主持人），在合作中他们成了好朋友。冯布劳恩曾说过："邦艾斯泰的绘画，远非虚无飘渺的仙境图的简单复制。他代表了现代科学所能提供的有关遥远天体的最准确的描绘。"邦艾斯泰的艺术作品强烈地影响了美国公众和政府，促使他们支持对宇宙探索的投资。从美国的第一颗人造卫星一直到飞往火星的探测计划，当每一项重大的航天计划完成后，邦艾斯泰都用图解形式将计划和航天器详细介绍给大众。他的艺术作品使单调的天文数据和工程计算有了直观和现实意义。许多后辈的科学家、工程师和宇航员就是在他作品的启发下选择了自己毕生的职业。为了纪念他的卓越贡献，国际永久编号的第 3129 号小行星被命名为"邦艾斯泰"。

火星

火星探测飞船飞离地球

月球上的风景

邦艾斯泰与中国

1957 年北京天文馆开幕时，我把邦艾斯泰等人的 16 幅太空画请人摹绘并展出，介绍给中国的天文爱好者们。当时正值人造卫星诞生，人类进入了太空时代，因此很受欢迎。

1984 年，我又编制了《宇宙画展》和《宇宙在召唤》的太空美术展览在北京和全国巡展，观众达数百万人，影响深远，并且培养出中国第一代太空画家。我也有幸和邦艾斯泰直接通信，他在 97 岁高龄时还签名给我回信说："我认为使人们对天文学感到兴趣的最好方法是让他们观看有趣的天文美术作品和照片。并且要想使太空美术得到发展和后继有人的话，就要把太空美术和天文学介绍给青少年们。"这的确是这位太空美术大师的经验之谈，多年来，他就是这样做的。

"宇宙的桥梁"一语的来历。

由于普及太空美术，我还结识了美国著名的火箭专家、太空美术事业的积极组织者 F. 杜兰特（F.Durant）。1982 年他和 R. 米勒要编印《邦艾斯泰的艺术》图册，邀请我参加合作。我把我对这位大师的认识和赞语寄给他们，后来被收入书中。1983 年 1 月号的美国《科学文摘》（Science Digest）同时刊登了冯布劳恩等人和我的太空美术论述，并且把我提出的"太空美术是人类去往宇宙的桥梁"中的"宇宙的桥梁"作为专栏标题，这使我深感荣幸。

邦艾斯泰 1986 年 6 月 11 日卒于美国加利福尼亚州的卡梅尔，这一天是李元先生的 61 岁生日。

我很想在 1988 年为邦艾斯泰祝贺百岁大寿，然而不幸的是他在 1986 年 98 岁

木星

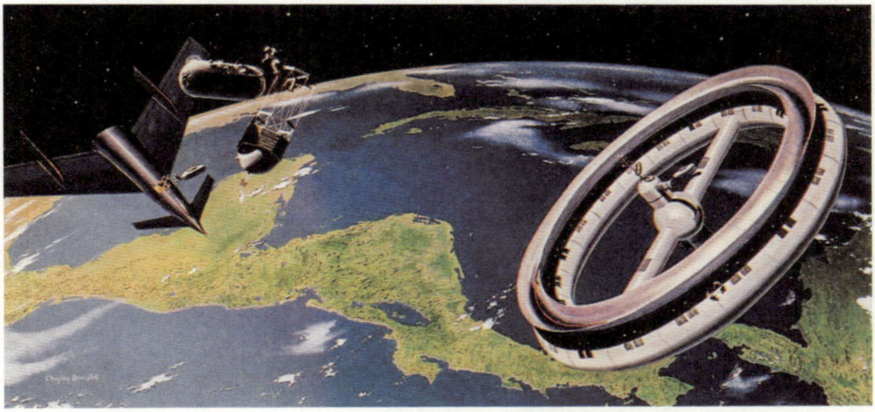

宇宙空间站

时离我们而去。值得欣慰的是，1985 年他 97 岁生日时我曾以一首名为《宇宙的桥梁》的长诗向他祝贺，他愉快地接受了。我愿将这首诗的中文稿在这里发表，以纪念邦艾斯泰诞生 110 周年。

宇宙的桥梁

（献给太空美术大师 C. 邦艾斯泰）

是你架起了通往宇宙的桥梁，
去往众多的月球、行星和太阳，

为李元先生这首韵律和美的自由体诗点个赞：“是现实主义与浪漫主义的联姻，就像邦艾斯泰奇妙的太空美术”。全诗共十六行，可分为前后两半，后八行皆以“你”起首，很动人。可惜未见过这首诗的英文本。

跨过太阳系的边界去访问牛郎和织女，
穿越那茫茫的银河飞向更远的地方。
地球上多少的心灵在向往，
被那绚丽的美景激动而欣赏，
又有多少人欣喜欢笑，
赞赏《征服太空》中壮美的篇章。
你为人类增添了飞往太空的力量，
你激发了我们对未来世界的幻想，
你的太空美术作品美好而多样，
你鼓励我们向太空飞翔再飞翔。
你的作品照耀宇宙胜过天体的光芒，
你的思想智慧比星星更明亮，
你揭开了太空时代的序幕，
你的艺术将永远灿烂辉煌。

在画家的故乡

1995 年，我在美国访问期间，看到了他的太空美术原作，看到了他的太空美术对美国大众的影响。我在他的故乡加利福尼亚州以及他工作过的地方旧金山、洛杉矶和帕洛玛天文台参观访问时，无时不在怀念他在天文科普上的丰功伟绩。

我曾会见了邦艾斯泰的业务代理人，国际太空美术中心负责人 F. 杜兰特，与他共同观赏了太空美术大师的原作。他把大师生前为数不多的亲手签名的《土星美景》大幅彩色复制品赠我作为珍贵纪念。

麦考尔的太空世界

在古今中外的美术家中，若问谁的创作领域最宽广、意境最深远、情节最惊险、思路最浪漫？我会毫不迟疑地回答：当代美国太空美术大师 R. 麦考尔（Robert McCall）。他是继美国太空美术大师 C. 邦艾斯泰之后的又一世界级太空美术家，而且更有所创新和发展。我在访美期间曾多次欣赏到他的太空美术原作，他作品中所展示的宏伟气魄、富丽色彩和既现实又梦幻的意境令人折服。

80 年的人生历程

麦考尔 1919 年出生于美国的俄亥俄州，从小就对航空感兴趣，最终却成为一位世界著名的太空画家。他曾回忆说：“我曾热爱飞机和航空。飞机的轰隆声响和它的快速飞行都是孩子们所喜爱的。如今回想起来，我虽然没有成为宇航员，但是我却面对人类的探险，面对新的挑战而献身美术事业。”麦考尔是在芝加哥工艺美术学院接受的美术教育，后来又在芝加哥美术研究所进修。二战期间他在美国空军服务，到过世界许多地方，同时进行航空美术的创作。退役后在芝加哥和纽约的艺术公司工作并从事航空和太空美术的创作，成为这个领域的专家。同时他还涉猎于更广泛的领域：商业广告、工业产品图、出版物配图、连环画等，并为各大杂志（包括科学幻想期刊）画插图。从 20 世纪 50 年代起，他开始热衷于太空美术。他从广告业务转到了著名影片《2001——漫游太空》的美术创作中。在这部影片里他发挥了科幻和特技的才干。他的许多作品被国家宇航博物馆收藏和展出。

罗伯特·麦考尔生于 1919 年 12 月 23 日，卒于 2010 年 2 月 26 日，享年 91 岁。

麦考尔和当代最著名的科学作家阿西莫夫合作了一本图文并茂的大书《我们在太空世界》，1974 年出版后引起广泛注意，使他名扬天下。书中描写了未来的太空探测和太空城市（太空居民区），十分引人入胜，令人向往。后来麦考尔又和别

说英文原名是 *Our World in Space*，是阿西莫夫的第 152 部作品，也是麦考尔的第一本书。应麦考尔的要求，阿西莫夫署名在后。

麦考尔和他的太空美术

的影片公司有过合作，包括迪斯尼公司。

他成为 NASA 艺术家

NASA（美国国家宇航局）在发展宇航事业的大量活动中，也把美术设计、科普宣传放在重要地位。麦考尔就在被 NASA 邀请的第一批太空美术家之中。他设计的一套航天飞机的太空美术邮票由 8 张小票组成，成为世界最著名的太空邮票之一。他和前苏联太空美术家合作的一套《飞往火星》邮票由美苏联合发行，风行全球。

1976 年美国建国 200 周年之际，完全新建的国家宇航博物馆正式开馆，其中有 6 层楼高的《开发宇宙》巨幅壁画就是他的精心杰作。我在访美期间曾多次到这座博物馆中欣赏这幅壁画，画面太大了，馆内上上下下的陈列又太多，想拍下一张它的完整照片简直是不可能的。许多人站在壁画下留影，背景只能是壁画中人类登上月球的一小部分。壁画以太阳系行星轨道为背景，那一条条的行星轨道展向远方，美丽的土星斜挂空中。壁画的主体是展现在人们面前的人类登月的历史画面：1969 年 7 月 20 日，踏上月球的第一个人——美国宇航员阿姆斯特朗。他的名言仿佛仍在人们的耳边回荡“对我说来这只是一小步，但对于整个人类来说这却是一大步！”画面从下往上依次展示的是我们的蓝色地球，太阳四周美丽的行星，五光十色的恒星世界和那远方的无限星系……这幅巨型壁画不仅表现现在，更展望未来，让千百万观众对人类美好的未来充满无限向往和希望。

麦考尔的一些作品也陈列在最著名的位于美国佛罗里达州的肯尼迪太空中心，绝大多数 NASA 的航天任务由这里发射。1995 年我去访问时，那里正展示一张麦考尔的新作《宇宙探测的先驱者》。画面以绚丽宇宙为背景，前面是许多科学家如哥白尼、伽利略和齐奥尔科夫斯基等的画像，他们都是令人敬仰的人类开发太空的开路人。在太空中心的画廊里还陈列着麦考尔的一些其他作品，多是有关火箭和宇宙飞船方面的。

亚利桑那的骄傲

麦考尔一家长期居住在亚利桑那州。举世闻名的大峡谷，和由几万年前天外陨石冲击形成的 1000 多米直径的陨石坑，使这里成为著名的旅游胜地。这个州出版的《亚利桑那风光》杂志印制精美，一向以发表风景旅游的摄影和绘画作品为主。但是在 1973 年 11 月，该杂志编辑出版了一期《麦考尔特辑》，以表示对他的敬意。特

巨幅壁画——开发宇宙

辑发表了麦考尔的太空美术作品、他的传略和照片以及他在亚里桑那州国立天文台的彩色速写。这样的特辑在该刊几十年的出版史中还很少见，这是我在美国图书馆中查阅该刊后知道的。美国国立天文台设在亚利桑那州府凤凰城附近的基特峰上，被誉为世界天文首都。天文台、宇航局、太空港都是探测宇宙和太空的前沿，这和麦考尔的事业是一致的。他曾花了 2 天时间到基特峰天文台观光写生，他的 7 幅天文台台景和仪器的彩色速写成为天文画库中的珍品。这期还报道了麦考尔曾为阿波罗登月壮举创作过系列美术作品。这本杂志后来还多次发表过有关麦考尔的生活、工作和美术作品。麦考尔被看作是亚利桑那州的骄傲和明星。

2035 年太空之旅

1986 年的作品，画的是 20 世纪 50 年代后的太空之旅。30 多年过去了，人们正在热切地期待史无前例的载人火星之旅。重温麦考尔的这些作品，真是不亦乐乎！

1986 年应 NASA 的邀请，麦考尔创作了一套《2035 年太空之旅》的太空美术组画，首先在 NASA 出版的《太空发展计划》一书中推出，之后立刻传遍全球。各种书刊特别是科普画刊也纷纷刊登，可以说这套组画已成为世界太空美术宝库中的经典之作。NASA 的书展示了人类 50 年后的太空开发远景，以及继登月之后人类要飞往火星和小行星的设想。这套组画描绘的是：太空港、空中渡船、月球开发、月球居民点、火星基地、登上小行星等。这些精彩的太空美术作品是以当代宇航技术和天文探测为基础的美术创作，这和那些凭空作画的科幻美术有很大的区别，因此麦考尔的作品应该看作是现实主义和浪漫主义的完美结合。

1	2
3	4
5	

1 接受飞行的挑战

2 送太空望远镜进入轨道

3 人类登上月球

4 太空实验室

5 巨幅壁画——序幕与约会

动物艺术促环保

由于工作和爱好，太空美术作品和动物美术作品是我几十年来欣赏和收藏的对象。1987 年我在外文书店偶然买到一册北美动物画家的彩色画集，其中收集了 10 多位加拿大和美国画家的 200 多幅动物美术名作，使众多生活在大自然中的动物形态跃然于纸上，生动而可爱。当时我仅仅从这本画集中了解到一些画家和作品，并未想及其他。1991 年我从一期《参考消息》上读到一篇“北美掀起野生动物画热潮”的文章，促使我对这本画册所反映的动物画家和作品作进一步了解。随后我又在美国《读者文摘》上看到介绍北美动物画家的文章，引起我对动物美术的再一次注意。然而，真正比较全面地认识到北美野生动物运动的规模、意义和对自然环境保护所起的巨大作用，是我到了美国之后。

可爱的动物杂志

任何知识的传播和普及都离不开媒介。有关动物的艺术作品也是借助各种动物杂志和图书而面向大众的。自然环境保护和野生动物保护，除了行政命令和法规之外，更主要的是广大群众以及青少年的自觉行动和环保意识。由于发行量大，动物杂志上刊登的大量动物艺术作品（绘画与摄影）最能引起大众的兴趣和欣赏，从而在潜移默化中唤醒人们去爱护自然，保护动物。

除了行政命令和法规，更主要的是广大群众以及青少年的自觉行动和意识。细细想来，社会生活中的不少问题都是如此呢。

美国的全国野生动物联盟（National Wildlife Federation）是美国最大的环保机构之一。在 1936 年创始以来的 60 多年中，运用艺术手段宣传自然和动物之美。通过艺术与科学的结合，大力普及动物知识、环境科学，从而大大促进了环保事业的发展。许多艺术家都为此积极创作，做出了贡献。

联盟共出版 4 种动物杂志，在美国的动物科普杂志中处于主导地位，且风行海内外，影响广泛。它们是：《National Wildlife》（美国野生动物），《International Wildlife》（世界野生动物），以及少年野生动物杂志《Ranger Rick》，和儿童野生动物杂志《Your Big Backyard》。这 4 种杂志在各种野生动物的空间分布上覆盖了广大的地理区域（美国与世界），在读者对象上又包括了不同的年龄段（由儿童到成人），形成一个宣传野生动物保护与自然环境保护的网。这种安排，这种设想，这种实践是值得称赞和学习的。我在美国的许多图书馆和书店中都看到过这几种期刊，甚至在某些大商店的期刊专柜上也看到过它们的踪影，可见流传之广。

《美国野生动物》和《世界野生动物》这两本杂志先后创刊于1963年和1968年，大16开，全彩色版，双月刊。前者每期70页，后者50页。每期约有五六篇专题文章，此外就是消息与动态。这两本期刊的最大特色就是图片大而精美，它们由摄影与绘画组成。它们显示了野生动物之美，野生动物的可爱，许多图片都是科学资料并有艺术欣赏价值。编辑部曾在一篇纪念性回顾文章中说，办好这些期刊的五大要素是：读者、作者、摄影家、画家和编辑部，缺一不可。我认为这也普遍适用于其他科普期刊。

办好科普期刊的五大要素是：读者、作者、摄影、画家和编辑部。诚哉斯言！

为少儿办的两种动物月刊更为活泼生动，每期必有的漫画、卡通与动物照片都极富有少儿情趣，即使成年读者也会从中找到知识和趣味。

美国还有不少大量报道野生动物的杂志，如以著名鸟类学家奥杜邦的名字为刊名的 *Audubon*，美国自然博物馆的百年老刊《博物》、美国国家地理学会的《国家地理》等，都长期不懈地宣传环境科学与野生动物保护。

野生动物画家之家

《野生动物美术》（Wild life Art）是我在美国发现的一本极好的艺术期刊，恐怕世界上也少有类似的杂志。在彩色摄影已经普及的今天，动物世界之美已经以影像的形式大量反映在照片、影片和多种媒体中。但是作为一种艺术创作和欣赏，动物美术仍具有无穷魅力。1982 年在美国创刊的这本《野生动物美术》是北美蓬勃开展野生动物美术的必然结果。它有一个副标题："The Art Journal of the Natural World"（自然世界的美术期刊），大 16 开，铜版纸彩印，双月刊，每期 120 页左右，每年增出一期年刊。刊物内容全部是动物美术作品及美术家的创作活动和展览会信息。它也是野生动物画家发表作品、交流创作、发售作品的园地，因此也可以称它作野生动物美术家之家。就以 1997 年 12 月出版的“1996 年美术收藏者专号”为例，用 80 多页的篇幅介绍了 200 位动物画家和他们的代表作（200 多幅动物美术作品的彩色图片）。这其中大部分是美国画家，也有加拿大及其他国家的，此外还有少数华裔和日裔。杂志还经常刊登美国各大城市中野生动物画家的组织和他们展览场所的目录。我认为这本期刊是自然博物馆、动物园及野生动物保护单位和动物美术家们非常值得参考和收藏的资料。翻阅着期刊中那一幅又一幅野生动物的生动绘画，你仿佛走入了森林、雪山、草原、丛林，来到了形态各异、栩

1 虎（W. 库那特）
2 雪中之狐（W. 库那特）
3 犀牛（W. 库那特）

栩如生的动物世界，对那些可爱的动物，即使是猛兽，也欣赏不尽，钟爱不止。

动物美术的广阔领域

正如动物世界的丰富多彩一样，动物美术的领域也是广阔而多样的。动物美术家之中，有专长猛兽的，有专长鸟类的，也有专长海洋生物的。

艺术的魅力在于创作。动物画家的创作源于自然，但又胜于自然，高于自然。通过动物美术的创作，使动物和人类更加接近，唤起人们对动物的感情，进而去爱

非常精辟，言简意赅地道出了动物美术之所以魅力永恒的根由。

猛犸古象（C. 奈特）

熊猫乐园(S. 希梅尔）

狼（S. 希梅尔）

护动物和保护动物，与动物分享自然世界。动物画家把自然和美术结合在一起，他们呈现给观众的是他们对自然世界的理解和热爱。动物美术是把对美术、自然与科学结合在一起的创作活动。

在美国，人们普遍喜爱自然以及自然世界中的动物和植物。因此我们也看到，在众多的挂历中，以野生动物、海洋生物、自然风光等为主题的占相当数量。所以我认为，我国的挂历也应该增加自然方面的品种，不仅宣传环境保护，也推动有关野生动物的科普教育。近年来我国的自然之友等环保组织已经编印了这类的资料和挂历，但发行不广，还没有形成一种风气，有待于进一步提倡。

环境美术的兴起

近 10 年来，美国有一种环保美术正在兴起，代表人物是在世界野生动物基金会（WWF）工作的希姆·希梅尔（Schim Schimmel）。1991 年他的画集《Our Home》（我们的家）在美国出版，立即引起人们的注意。1995 年又出版了少年环保画集，主题也是保护野生动物。我在访问美国时，已经看到他的作品被印成明信片，广为流传。他的画册也被译成他国文字出版。就以日文版为例，《我们的家》环保美术画集由东京的小学馆出版，从 1991 年到 1996 年中已重印 8 次。

Our Home 两个极普通的英文单词，一共才七个字母，作为此画集的书名，却有着难以言状的分量。

这种环保美术的特点是把动物、自然、宇宙融合在一张画面上，告诉人们：地球是宇宙间的一个行星，宇宙中只有一个地球，地球是我们的家园，野生动物也是地球大家庭中的成员，应该与人类共存。有一张“熊猫乐园”的画：熊猫在一棵大树上坐着，欣赏着四周的美景。半个月亮刚刚升在树梢，而下方却是闪烁的星星。远方是飘浮在太空中的地球和银河系……当然，在科学上这是不可能的，但作为艺术创作，画家把多个自然世界中的元素——动物、植物、地球、月球、宇宙等放在一起，以唤起人们对我们身处环境的联想，使人们在感受自然之美的同时，感悟到人类须珍惜我们的世界。这正是环境美术创作的真谛。

这就是环境美术的真谛。

看鸟儿自由飞翔
——美国的爱鸟活动

美国《鸟的艺术》在北京

双鸟（A. 布鲁克斯）

美国鸟类学家爱伦·布鲁克斯（Allen Brooks）20世纪30～40年代在美国《国家地理》杂志上曾发表过许多系列的鸟类文章和彩画，给我留下过深刻印象。然而最使我惊讶和赞美并难以忘记的却是1987年秋末冬初在北京自然博物馆举办的美国的《鸟的艺术》原画展。

《鸟的艺术》展览由美国威斯康星州，L.Y. 伍德逊艺术博物馆（L.Y. Woodson Art Museum）主办，经我国鸟类学家、北京自然博物馆研究员许维枢与美国有关单位联络协作并由美国西北航空公司资助，得以来华展出。许维枢在前言中写道：“鸟类的生存，使世界上有声有色；艺术的出现，使世界上光彩夺目。因此，鸟类和艺术都是美的使者和象征……这些展览来华，不仅可以欣赏鸟的艺术创作，而且有利于倡导爱鸟、爱艺术的风尚！”

这次展出了数十位美、英、加的鸟类艺术家的鸟画原作，共有100多幅，其中包括当代鸟类权威兼画家R.T. 彼特逊的作品。这是世界级的鸟类艺术作品第一次在中国展出。实际上，类似的展览即使在美国亦不多见。许维枢还特别赠我一册中英文版的《鸟的艺术》（Birds in Art 1986），把这些画家的简介与作品全部彩印于一册之内，精美无比。这次画展可以说是中美自然艺术上的一次成功交流。几年之后我在访问美国时，在书刊和博物馆中又多次看见了其中的一些绘画，感到十分

J. J. 奥杜邦(1785–1851)

亲切。我还深感，美国是一个爱鸟的国度。

奥杜邦——爱鸟先驱者

奥杜邦这个名字在美国流传很广，一提到这个名字，就会联想起鸟，联想起环保。奥杜邦（J.J.Audubon，1785–1851）是一位法国－美国鸟类学家，生长于法国。他家的邻居是一位有名的博物学家，因而他的爱好生物的天性得到了充分培养。他曾在法国著名画家大卫的指导下学习过绘画，从而加深了他对自然与艺术方面的爱好与修养，为他后来的事业打下了基础。他 18 岁到了美国，以后大部分时间都在美国度过。他热爱鸟类，热爱自然，因而创作了大量鸟的绘画，到 1838 年他已经完成了 435 幅在博物学研究方面极具价值的杰出作品。他的作品并非只具有艺术欣赏的价值，更宝贵的是其中凝聚着他对每一种鸟类长期的和细微的科学观察。所以当时他的大幅彩印飞鸟画集，每套 5 大本售价高达 1000 美元，被视为特别珍贵的鸟类画集。现在仍能在美国书店中看到他的两厚册普及版的鸟画出售，几十美元便可买到，书名是《美国的鸟》。

Audubon

奥杜邦学会标志

此处所说的画家大卫即法国新古典主义绘画的重要代表人物雅克·路易·大卫（Jacques Louis David，1748–1825）。他的杰作《马拉之死》《赫拉斯三兄弟誓言》《拉瓦锡和他的妻子》等都是我国公众熟悉的名画。

有心人的"追星"又一例。

奥杜邦是美国最早的自然保护倡导人，为了纪念他，美国 1886 年成立了环保性美国奥杜邦学会（Nationa1 Audubon Society），它的机关刊物《奥杜邦》（Audubon）今年（1998）正好出版到第 100 卷，也是一本百年老刊，是一本著名的自然杂志。此外 1900 年，美国伟人纪念馆创立时，奥杜邦是被列入的名人之一。

奥杜邦学会还出版了大量引导人们去爱好自然、观察自然和欣赏自然的观察指南，门类十分广泛，有动物、植物、矿物、昆虫以及星空等。我在美国买的第一本书就是《奥杜邦星空指南》，从此我便注意去寻找奥杜邦的系列出版物。近年来，学会又出版了袖珍本的自然小图册，想方设法让你去接近自然、爱好自然和保护自然。其中天体星球的彩色袖珍照相图册就有近 10 种之多。其他鸟类的、兽类的、自然风光的就更不计其数。

彼特逊的世界

在美国的自然科学界和自然爱好者中（特别是爱鸟者们），彼特逊的大名是尽人皆知的。彼特逊（R.T. Peterson 1908–1996）可以说是奥杜邦之后，是驰名世界的美国现代鸟类学家和画家。《彼特逊的世界》就是描述他一生业绩的传记。书末有一张漫画：在树林里，两只鸟儿在树上向着下边举着望远镜正在观察它们的人说："瞧，那不是彼特逊吗？"颇为有趣，又可见以鸟为友的彼特逊在鸟儿们的世界中享有多么高的名望。1934 年他的成名作《鸟类野外观察指南》出版，为成千上万爱鸟之人打开了通往奇妙的自然界的方便之门。60 多年来，这本书已重印 50 多次，印数达数百万册。他把随便观鸟变成有规可循，把野外认鸟提升为一门学科。因为他的名气太大，他的鸟类观察指南后来又被扩展到自然界的各个领域，统称为《彼特逊自然观察指南丛书》，均为袖珍本，每本数百页，图多，印刷精美。我在 20 世纪 60 年代就接触到他的名字，是在读到《彼特逊星空指南》的时候。在天文学书前冠以鸟类学家的名字也是一件奇闻，但事实却是如此。1984 年为了庆祝这套丛书久盛不衰 50 年，特别发行了这套书的纪念珍藏本（真皮面、贴金的精装本），可见美国大众对这套书的喜爱，对彼特逊事业的赞誉！

"那不是彼特逊吗"

有一幅著名的漫画，描写两个外星人刚抵达地球便互相发问："卡尔·萨根在哪儿呢？"与这幅观鸟者彼特逊真是有异曲同工之妙。

这时 76 岁的彼特逊，该是何其欣慰啊！

1949 版《奥杜邦陆鸟指南》

路易斯安那鹭（J. J. 奥杜邦）

彼特逊曾接受过专门的美术教育，因此他又是一位鸟类画家。他画的鸟千姿百态，栩栩如生，既反映了鸟类研究的学术水平，又成为令人赏心悦目的艺术品。他大约画过两千多只鸟，在这一点上他的确是奥杜邦的继承者。在美国著名的自然博物馆中都举办过他的鸟画展览。1994 年出版了他的鸟类画集和摄影集，极为精美，书名为《R.T. 彼特逊：世界著名爱鸟者的美术与摄影集》（*Roger Tory*

黑燕鸥（R. 彼特逊）

秃鹫（R. 彼特逊）

海雀（R. 彼特逊）

彼特逊野外指南丛书（部分）

Peterson, the Art and Photography of the Wor1d's Foremost Birder），全部彩印（北京图书馆已经入藏）。他的足迹几乎遍及全球，连南极洲也光临过。他拍摄过大量的鸟类照片，也拍摄过几部自然纪录电影片。他虽不是科班出身，但已成为美国自奥杜邦以来的最著名的鸟类学家。有 16 个大学和学术团体赠送给他名誉博士学位。1993 年在他的故乡纽约州成立了彼特逊研究所。1996 年他不幸病逝，受到广泛的怀念，他留给世界的是大量的著作、绘画、照片、标本以及不可计量的科学文化财富。

广泛的爱鸟活动

在奥杜邦的影响与彼特逊的努力倡导和推动下，美国的爱鸟活动日益广泛和深入，而且也带动了动物保护和环境保护运动。爱鸟者协会和爱鸟活动遍及全美，影响所及，远达世界各处。爱鸟活动的宗旨是和鸟儿交朋友，看鸟儿在天空中自由飞翔，而不是猎取它们，或者把鸟儿关进笼子里取乐。当然也有办法把鸟儿引进你的房间，摆在你的书桌上，任你欣赏。那就是大量出版鸟儿们的美丽照片或美术作品。这些美丽的鸟儿们也被印在瓷盘上陈列起来，这种有鸟画的瓷盘特别雅致，到处可见。

奥杜邦的鸟做成的挂钟

鸟类爱好者也有自己的杂志。美国关于鸟的科普期刊就有很多种，著名的有《野禽》（*Wi1d Bird*）、《爱鸟者的世界》（*Birder's Wor1d*）、《观鸟者文摘》（*Bird Watcher's Digest*）。时常翻阅这些杂志，会使你对鸟儿多生一份感情，增加一份爱好，多添一份乐趣。这些杂志充满了鸟类的知识和优美生动的彩画和照片，他们对科普对自然保护都做出了很大贡献。

顺便讲一个我亲身经历的故事。美国很重视自然环境的保护和野生生物的保护，已形成了一种社会风气。有一天我的小孙女从学校回来要我帮她做一个鸟舍，说是每人都要做一个。鸟舍做起来其实很简单，把牛奶筒（美国是用像我国装食油的塑料筒装牛奶的）挖个洞就可以了，里边放进鸟食，挂在树上。在家长和老师的协作下，学校内外和社区里都挂起了不少这样的新鸟舍，鸟儿们乐得飞来作客或安家。

《北美常见飞鸟》挂图

《美洲候鸟的迁徙》挂图

一个有准备的大脑经常会给它的主人带来意外的惊喜。

美国把每年 2 月最初的星期六定为鸟舍日，大家都要为鸟儿献上一份爱心。有一天我亲眼看见一对美丽的北美凤头红雀在我家窗前的草坪上跳舞鸣叫了很久。过去我只在画片上看到过它，比较珍贵，这次有幸能亲眼目睹它们，不能不归功于美国群众性的爱鸟活动。

恐龙时代　重返人间
——美国的恐龙热和恐龙美术

1995 年 9 月我来到美国首都华盛顿，开始参观这里著名的博物馆群。那时候我才知道这庞大的博物馆群都属于一个已有近 150 年历史的史密松学会。学会有一本著名刊物《史密松》（Smithsonian），是一本高级综合性文化期刊。其 9 月号的封面是背上坐着好几个人的一只巨大的恐龙，它正稳步行走在大街上。这使我感到惊讶，这是怎么回事？我一向对恐龙很感兴趣，便迫不及待地打开杂志。这才知道原来这是科学家和美术家合作描述远古恐龙的一本科幻名著中的插图。这本书曾在《纽约时报》的畅销书栏目中保持久售不衰的记录，销售量逾百万册后仍在增长。这时我又一次感觉到美国恐龙热的温度的确是很高的。这使我回忆起不久前在纽约参观美国自然博物馆时的情景。那个馆可能是美国最大的恐龙研究、教育和普及中心。其恐龙展厅经过重大修改后于 1995 年 6 月重新开放。我在那时正好赶上参观新推出的恐龙展。其丰富的恐龙化石的馆藏、精心策划的展览内容和布置、精美的图画和恐龙的复原标本等，真是令人叹为观止，目不暇接。博物馆中还设有恐龙餐厅、恐龙书店，我简直被恐龙包围了。该馆馆刊《自然历史》6 月号就是以恐龙为题，从封面到封底，整个一本充满了恐龙知识的专刊。

“被恐龙包围了”，多么生动的语言！

《史密松》封面上的的恐龙逛街

我又想起，前不久我在佛罗里达州奥兰

多参观环球电影城时，我碰到的“真正的恐龙”。那是一只角龙，受伤躺在地上，说明牌上写着这只恐龙曾在《侏罗纪公园》影片中扮演过重要角色。于是我和它合影留念。在美国，我一再被那里的恐龙热烤得发烫。

“被恐龙热烤得发烫”，妙不可言！

《侏罗纪公园》的恐龙湖

近些年来不断升温的恐龙热，可能和影片《侏罗纪公园》有关。恐龙虽然统治了地球达 1 亿 4000 多万年，但它们在六七千万年前的一次巨大天灾中从地球上全部消失了。人们是在上一世纪的化石发掘中才逐渐地认识了这种史前时代的庞然大物。20 世纪 50 年代，捷克影片《史前探险记》可能是第一部表现恐龙生活的彩色影片，但限于当时的技术条件，影片画面还比较简单、呆板。20 世纪 90 年代，美国影片《侏罗纪公园》用现代影视技术（电脑起了主要作用），再现了中生代侏罗纪恐龙生活的生动场景，就仿佛是纪录影片那样真实。当然，影片所叙述的精彩的科幻故事也是它成功地一大原因。影片描述了在侏罗纪公园里，科学家用单细胞技术培育出新型恐龙，失控后破笼而出，给人类社会带来危害和恐惧，使科学家束手无策。虚幻的故事被逼真的恐龙表演得活灵活现，由不得你不信。银幕上的恐龙给了人们最直接、最真实，也是最深刻的印象。接着电影公司又制作了这部影片的续集《失落的世界——侏罗纪公园》，技术更加成熟，场面更加宏大，情景更加生动，使大大小小的恐龙活生生地出现在观众面前。这两部影片引发了席卷全球的恐龙热潮，美国当然更是热上加热。就我在美国的亲眼目睹，恐龙热潮无处不在。电视台的少儿节目主持人是由装扮成恐龙形态的“波奈”担任，儿童们看得津津有味。儿童玩具很多都以恐龙为题，各种各样。有关恐龙的出版物也是多种多样，数不胜数。从高级科普读物到明信片、年历、挂图和儿童读物，还有可爱的恐龙小贴图。成套的扑克牌大小的恐龙小卡片上也有相当丰富的恐龙图画和资料。

“波奈”的形象见本书 131 页的插图（下）。

恐龙美术家是先驱者

美国著名的科学杂志《科学美国人》在 1996 年 6 月发表了一篇有关恐龙美术的文章，说“远在影片《侏罗纪公园》出现以前，奈特的恐龙图画就将恐龙活生生地呈现在大众脑海里”。可见恐龙美术家才是现代恐龙热潮的先驱者。无独有偶，这正好和太空美术家是航天事业的先驱者一样。

奈特的雷龙

我最初就是从奈特的 24 幅古生物画（大部分是恐龙）中看到恐龙的生动形态，并开始对它们发生兴趣的。1942 年 2 月号的美国《国家地理》杂志发表了奈特写文作画的“生命巡礼”，此文随之传遍全球，是早期的系统地一次恐龙知识的普及。

将近一个世纪中，在纽约的美国自然博物馆中，一直悬挂着奈特绘制的恐龙的巨幅绘画。在我 1995 年身临自然博物馆时，我曾面对这些不朽的恐龙美术作品怀念这位恐龙美术的先驱者，对他在普及恐龙知识上所做的贡献深表敬意。不管男女老少，莫不对恐龙感兴趣。每当看到自然博物馆中巨大的恐龙骨架和生动的恐龙画时，都会产生惊讶和兴奋。令人感叹的是，过去只可能在二维绘画中看到的恐龙的面貌，今天都以三维的形态活生生地展现在人们面前，不论是从复原标本、模型，还是从电影之中。但是，那些早期的绘画，今日并不失其光彩。正是这些不朽的绘画，为后来标本、模型和电影的制作提供了模本。

饮水不忘掘井人，今人栽的树，亦可供后人乘凉。

表现恐龙时代的美术展览

为了让更多人能目睹这些具有科学和艺术价值的恐龙美术作品，美国各地的自然博物馆都曾举办过恐龙画展。1986 年、1989 年，以及前不久，在洛杉矶、华盛顿、纽约、芝加哥的自然博物馆中都有展出。1989 年我曾收到洛杉矶自然博物馆寄赠

国家地理学会出版的《北美洲的恐龙时代》挂图

纽约美国自然博物馆中的霸王龙化石

国家地理学会园区中的恐龙塑像

的一册展出目录《奈特的艺术》，共有百多页，彩印了近百幅奈特的恐龙美术作品，并有奈特一生创作恐龙美术的生动史话。美国的博物馆有一种很好的传统，当举办一次专题展览时，常常随展出售详细的目录（实际上就是一本画册），对画家和作品都有很好的评论与介绍。

文化自信的一种表现，值得细细品味。

美国这几次的恐龙展，主要分两大专题：一个是奈特的恐龙艺术，另一个是恐龙的过去与现在。

奈特（Charles R. Knight，1874–1953）是美国恐龙美术的先驱者。他的美术作品使恐龙的形象从模糊变为具体，使早已失落了的恐龙世界又回到人间。要论当世人们对恐龙普及化的贡献，当推奈特为第一人；他为美国各地的博物馆创作了许多壁画，进行了半个世纪以上的工作，影响了几代人对恐龙的认识和兴趣，并鼓舞了许多人走上恐龙美术创作的道路。奈特对恐龙生态的表现独具天赋、令人钦佩。这是因为他既是一位画家，也是一位对解剖学造诣很深的自然科学家。他有能力运用他在解剖学和自然科学等方面的广博知识使那些上亿年前消失的古生物再度活跃起来。他从小喜爱艺术，更热衷于画动物，后来在纽约自然博物馆馆长奥斯本的指导与合作下取得了辉煌的成就。许多人甚至相信奈特就是恐龙时代的见证人。

1942 年 2 月，奈特在美国的地理杂志上发表了著名的“生命巡礼”的文章及 24 幅彩画。之后过了 36 年，1978 年 8 月号的这家地理杂志又发表了一篇别人写的对于恐龙的新见解，并配有 R. 安德生画的多幅恐龙绘画。比起奈特在 36 年前的恐龙美术创作，这些绘画有了许多新的看点和成就，但是奈特的恐龙美术仍不减色。每个人的作品，不论是哪一方面的无不受到时代的局限；然而，奈特的恐龙美术在 19 世纪末到 20 世纪中叶起了开拓作用！这一点无人能及。这在 1996 年《科学美国人》上评论奈特的文章中已有定论。

科学与美术深度交融的典范。

另一个著名的恐龙美术展览是“恐龙：过去与现在”，用美术作品展现恐龙的发现和探索的历史过程。从 1890 年第一具恐龙原尺寸的复原模型，到后来奈特和其他人的恐龙美术作品，展示出随着恐龙科学的发展而不断创新的恐龙美术。其中展出的画家沙林杰（Rudolph F. Zallinger 1919–1995）为耶鲁大学博物馆创作的，历时 4 年完成的 33 米长的《恐龙时代》巨型壁画初稿，描述了爬行类 3 亿年中的演化史。此画曾获 1949 年的普利策奖。这是一幅极为宏伟的恐龙时代的全景图，我在美国自然博物馆中见到过此画的复制品在出售。这个展览的主持人曾经发表过她的看法，她说：“由于科学界对恐龙已经有了相当一致的看法，目前新一代的艺术家在落笔创作时，对恐龙形象的刻画也更传神，更现代化了。他们综合科学界有关解剖、生态及史前自然环境的知识，得以将恐龙时代复杂微妙的壮丽景观展现出来。”美国的一位恐龙专家对美国举办恐龙美术展览也发表了他的看法：“恐龙入

耶鲁大学博物馆中的《恐龙时代》壁画

画虽然已经有 150 年了，我们对这种传奇动物所知道的仍然很少，还需努力学习。此外对前辈画家的作品，仍然还要努力钻研。”

美国恐龙美展的启示

1996 年 4 月 28 日《人民日报》有一篇夏之秋写的“恐龙艺术琐谈”的文章，其中有精辟的论述：“恐龙形象有助于人们，特别是青少年，对生物发展历史产生兴趣，因而引导他们去探索大自然，了解人类的发展史，关心人类的未来。这是一种极为生动的教材。”

美国儿童喜爱的波奈

美国在恐龙研究和普及教育方面都有出色的成就。我国在恐龙的发掘、研究和恐龙知识普及方面近几十年来也做出了很大的努力，恐龙热正在兴起。我更加希望看到我们自己的恐龙美术作品。盼望我国在比较单薄的恐龙美术方面也能有所创新和发展，以便能更科学更艺术地完美展现我国远古的恐龙世界。

生命进行曲

在数不尽的星球世界中，在漫长的宇宙长河里，太阳系大约在50亿年前诞生了。而我们居住的地球大约比太阳系晚4亿年，诞生在约46亿年以前。对人类来说，地球是我们的母亲，但是在浩瀚的宇宙中，这纯粹是一个偶然。地球是一个非常难得的行星，可谓得天独厚。它拥有适宜的温度以及水和空气，这些生命赖以发生和演化的环境。它是太阳系中唯一一个具备生命环境的行星。因此才有了生命，最后发展成人类！应该说地球并不是为人类而诞生的，但是地球上却诞生了人类，这也是人类的幸运。从有了人，人有了思想，人就开始对生命起源的问题发生了兴趣。科学的发展使人类对自身的了解越来越多，包括对生命的起源。为了要把科学家们的研究成果和归纳总结出的生命演化的科学理论，通俗易懂地介绍给大众，多年来，许多人都在尝试以各种手段形象地展示10亿年来生命演化的全过程。在美国的科普书刊中，在天文馆的表演节目中，在科学博物馆和自然博物馆的展览中都经常出现人类生命历史的主题。这些对人类生命史的各种方式的描述，不论是图解、演示、或展览都十分生动，吸引人们的注意。谁不想知道猿是怎样进化成人的？谁不想知道哺乳动物的历史、恐龙的历史……生命到底在哪里诞生？鱼儿怎么上了岸？这些发生在何年、何月、何日？著名的美国天文学家和科普作家卡尔·萨根（Carl Sagan 1934–1996）所设计的一本宇宙日历，非常有趣而生动地把漫长的宇宙史和生命史浓缩于一年之中，是普及生命史的一个杰出创造。

“地球并不是为人类而诞生的，但是地球上却诞生了人类，这是人类的幸运。”此语堪称格言。

卡尔·萨根在其名著《伊甸园的飞龙》（*The Dragons of Eden*,1977）中对“宇宙日历”做了很详细的介绍。

虽然而今宇宙学家们已普遍认为大爆炸发生在183亿年前，但萨根当初的创造性描述依然明白如故。

宇宙历和生命史

假如宇宙大爆炸的学说成立，并且真的发生在大约150亿年以前，那么这个宇宙日历就是把150亿年浓缩为一年。如此，用这本日历，我们就能比较清楚地理解宇宙大事和生命发展的各个重要阶段，以及它们发生的前后顺序和时间的长短。

这样一来，地球历史上的每 10 亿年，就相当于这个宇宙年的 24 天左右，宇宙年中的每秒钟大约代表地球绕太阳公转 475 圈，粗略地说，就好比是 500 个地球年。

让我们先来看看宇宙年中 1 ~ 11 月里发生的几件大事吧。

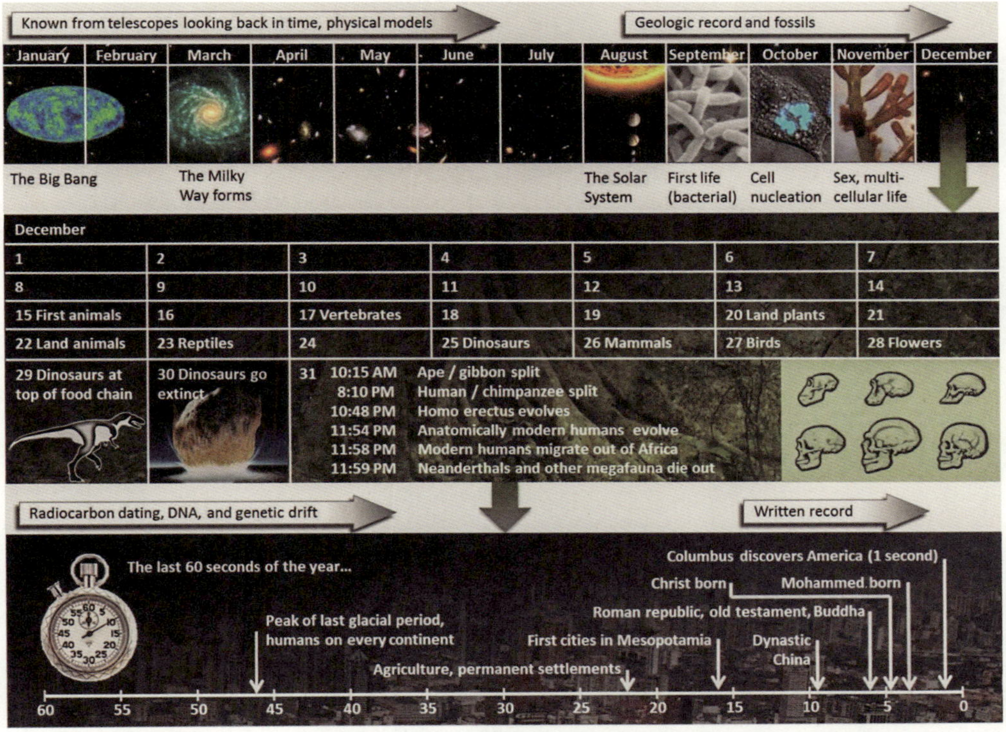

宇宙日历

宇宙大爆炸 1 月 1 日

银河系形成 5 月 1 日

太阳系诞生 9 月 9 日

地球诞生 9 月 14 日

地球上生命的出现 9 月 25 日

最古老的岩层形成 10 月 2 日

最古老的植物化石 11 月 12 日

真核细胞繁盛 11 月 15 日

我们再看看宇宙历12月中的几件大事。

地球大气中的含氧量开始增加 12 月 1 日

古生代和寒武纪开始，无脊椎动物兴盛 12 月 17 日

奥陶纪的第一条鱼 (脊椎动物)12 月 19 日

原始恐龙出现 12 月 24 日

原始哺乳动物 12 月 26 日

侏罗纪，始祖鸟出现 12 月 27 日

白垩纪，恐龙绝灭 12 月 28 日

原始人出现 12 月 31 日

科技广泛发展，宇宙飞船飞行，则发生在这一年的最后一秒钟。

生命史壁画简介

我在华盛顿国家自然博物馆看到一幅杰出的生命史壁画，高约 10 米，介绍 10 亿年中生物进化的历程。这是又一个浓缩历史进程的杰作。但他描述的是上面讲的宇宙日历中 9 月 25 日至年底的事。

从下往上分为 4 个部分：

① 生命从海洋中诞生 （震旦纪）

大约在 10 亿年前，原始海洋中孕育着最简单的生命，经过漫长的演化，发展成初始的动物形态，像这个能游动的水母就是其中的一员。我们常把海洋比做生命的摇篮，从古生物学的研究中，一再证明了这一论点。

② 三叶虫的世界 （寒武纪）

6 亿年前，进入古生代的寒武纪，生活在海底的三叶虫大量出现了。它们是寒武纪海洋中的主要居民。不论从头、身、尾或左、中、右，它都可以分成三段，所以叫它三叶虫。它们在海底爬行，慢慢地游动，吃海底的小虫或小虫的尸体。另外还有杯状的海绵和海藻。过了 1 亿多年，海里有了新的生物，凶猛的直角石和弓角石出现了，它们瞪着眼睛，很像套在尖筒里的章鱼，随时准备向它发现的食物扑去，这时已进入了奥陶纪。

③ 更多的生命在活动 （志留纪）

此后，大约又过了 1 亿年，那是大约 4 亿年前，地球上的生命游进了志留纪的海洋。图中在直角石的右上方出现了古蝎，它是一种凶猛的动物，身体共有 13 节，

它的6对脚，既可爬行，又可充当嘴。还有更多的生命，除了上面所说的古蝎外，还有海百合、珊瑚和软体动物。再往上看，古老的鱼类在游动，那是泥盆纪的标志。

④ 鱼类出现了（泥盆纪）

从无脊椎动物发展到脊椎动物，是生物进化的一大飞跃。最早的脊椎动物是甲胄鱼类，它们繁盛于志留纪，而逐渐绝灭于泥盆纪。其他的古老鱼类相继登场。泥盆纪出现了大量的鱼类，这是脊椎动物开始繁盛的时代。这时植物的生长更加茂盛，并由海洋转移到陆地，逐渐生成陆地上的大片森林，时间又向石炭纪前进。

接下来让我们再把中右图从下往上分成4段来看。

⑤ 森林和两栖动物出现（石炭纪）

3亿年前的石炭纪，地球上出现了巨大的森林，后来被埋在地下成为今天的煤炭。同时两栖类动物爬上了陆地，逐渐向恐龙的方向发展。此时也可以说是古生代的结束和中生代的开始。在石炭纪中森林的茂盛时代，最高的植物都有二三十米高，十分壮观。这些2.5亿年前的大片森林，给我们留下了丰富的煤藏。

⑥ 恐龙王国（侏罗纪）

距今大约2亿年前的中生代的侏罗纪是爬行动物发展的顶峰时代，那时的世界是恐龙的王国。不论是在海洋、陆地，还是在天空中，都有各类的恐龙在活动。巨大的雷龙重达几十吨，长有数十米。这些巨大的动物占据地球几乎达1.5亿年之久，可以说是地球上巨型动物最壮观的时代。现代恐龙化石的发掘、研究和复原，使人们亲眼看到恐龙时代的景象。以现代技术拍摄的像《侏罗纪公园》《失落了的世界》等影片，逼真地再现了当年的恐龙王国，令人实在惊叹不已，也使人们有机会去体验史前动物的探险场面，走过生命发展史的一段重要里程。壁画的面积有限，只能在这里展示一幅代表性的历史画面。

⑦ 恐龙的衰亡（白垩纪）

1亿4000万年前的白垩纪，前后达7000多万年，也是恐龙从鼎盛滑向衰亡的时代。自然的剧变，使恐龙在6500万年前绝灭了。接着是哺乳动物时代的到来。在恐龙的上方已经看到早期的哺乳动物在活动。中生代结束了。

⑧ 人类的时代（第四纪）

最近的300万年为第四纪，是新生代的最后阶段。剑齿象、大熊猫、披毛犀、猛犸象、古猿都同时活动着，最终出现了人，于是进入了人类的时代。人类主宰了世界，掌握着地球的命运，也掌握着自己的命运。人类的前方还有漫长的路要走，但是这并非平坦的大道，有许多艰难险阻需要克服和避免，如不注意保护环境和可持续发展，人类就会自毁家园。

生命进行曲

10 亿年间生命演化的画卷，谱写出一首雄壮的生命进行曲。如果能从遥远到几亿光年或更远的天体上瞭望到地球的话，那将看到地球在 10 亿年中生命演化的各个片断和景观。也许外天的某种高级生物正在这么做。可是人类却可以通过科学方法看到自己星球的发展史，这就是人类的可赞之处。生命史壁画主要的目的是让大众看到生命发展的真实过程，揭示地球上生物发展的规律，破除迷信和神话。“知识就是力量”这句名言在这里再一次得到印证。

生命的起源

1 恐龙时代

2 人类的时代

第五章

丰富多彩的科普出版物

美国自然杂志剪影

我们的地球家园是美好的、壮丽的、可爱的，我们需要了解她、欣赏她和爱护她。《大自然》杂志正是肩负起这一光辉的使命，向人们播撒了解自然和爱护自然的种子，普及大自然的科学知识。在许多国家中都有类似的杂志，有些还具有更广阔的视野、更完美的形式和更群众化的参与。

美国在自然科普和自然保护方面有着较为成功的经验，可供我们借鉴。我在访美期间，了解和收集了一些这方面的资料。《大自然》编辑部让我谈谈这方面的观感，使我十分欣慰。美国在自然科普方面的期刊很多，本文谈到的只是我所见所闻的一部分。

丰富多彩的大自然

可参见本书第三章之《探索大自然的125年——访纽约美国自然博物馆》一文。

位于纽约的美国自然博物馆已经有一百多年的历史，它在20世纪的第一年（1900年）创办的《博物》（*Natural History*）期刊也即将迎来它的百年大寿。多年以来在图书馆中，我翻阅过几乎每一本《博物》。这的确是一本全面介绍大自然的优秀刊物，大16开，月刊，每期100多页，全部彩印。它的内容主要围绕和反映美国自然博物馆的工作和活动，但也涉及其他自然界的方方面面。例如1995年6月号是该馆恐龙展厅大修后重新开放的专号，几乎是恐龙世界的缩影，既有启蒙性，又有权威性和艺术性。该刊已成为世界自然博物馆中最有收藏价值的科普刊物。我个人就是在它的影响下对大自然发生了广泛的兴趣。

参见本章随后的两篇文章《从1000册到1100万册美国＜国家地理＞杂志》和《美国＜国家地理＞的四大特色》。

如果把视线更加扩展，则要去看看内容更加丰富的《国家地理》（*National Geographic*）月刊。它是美国国家地理学会在1888年成立时创办的，每期约140页，比16开本稍窄，其内容之丰富、图文之精美、色彩之绚丽可以说是期刊中的世界之最。它是自然科学与社会科学并行兼收的科学文化期刊。虽然已有110年的刊龄，但仍然生动活泼，走在时代的前列。这本雅俗共赏的期刊传遍全球，在美国更是家喻户晓。上至总统办公室，下至理发店、浴室、餐馆随处可见。每期发行千万册以上，每两期随刊赠送大幅地图或科普挂图一张。例如 1994 年 2 月号赠送的是一幅双面彩印“世界大挂图”。1995 年 11 月号附刊的是“哈勃望远镜拍摄的宇宙图景”和“全天星图”（两面彩印）。1988 年的百年纪念号，封面是地球仪的全息摄影，极富立体感。

到了美国之后，我发现这些著名刊物几乎全是民间团体编印的。除上述两刊外，还有《山野》（*Sierra*）双月刊和《奥杜邦》（*Audubon*）双月刊，两刊情况类似，都是普及自然的杂志。《山野》是山野俱乐部（Sierra Club）在 1893 年创办的。这个俱乐部是一个自然爱好者的协会，以到大自然去旅游、探险和促进自然保护为宗旨。期刊为大 16 开，每期 150 多页，彩印。我有幸得到该刊的百年纪念号（1993 年 9–10 月号），刊有俱乐部及该刊的百年史料和回顾，并有许多美国自然界的风光照片。

《奥杜邦》也是百年老刊，由奥杜邦学会编印，1998 年正是它的创刊百年纪念。奥杜邦（1785–1851）是美国著名的鸟类学家和最早的自然保护主义者。在美国“Audubon”几乎已成了自然保护或环境保护的同义词，可见奥杜邦本人和奥杜邦学会对美国自然环境保护的贡献和影响。奥杜邦学会出版了大量内容丰富、图文并茂的自然观察指南及图册、录相带等。这本刊物也主要是报道这类知识，但更偏重于野生动物和鸟类。期刊为大 16 开，彩印，每期 110 多页。

如果你的兴趣偏重于地球科学，那么《地球》（*Earth*）双月刊可以满足你的需要。正如刊名下的副标题 *The Science of Our Planet*（我们行星的科学）所说，这是一本关于我们自己所在行星的科学杂志。大 16 开本，彩印，每期 80 多页。1994 年 9 月号的封面是非洲维多利亚大瀑布的巨幅彩照，内容包括大瀑布、宝石、冰河时代的介绍，洛杉矶地震分析，夏威夷一个新海岛之诞生的故事以及从航天飞机上拍摄的地球美景等。

《奥杜邦》

壮丽的自然风光

到大自然去旅游和户外运动，已成为美国人的一种普遍爱好，因此报道自然风光的杂志也就应运而生。亚利桑那州有世界闻名的大峡谷，风光壮丽，景观奇特，所以《亚利桑那风光》（*Arizona Highways*）也顺理成章地成了这类杂志中杰出的一本。大本彩印、月刊、每期四五十页，已有近 75 年的刊龄。该杂志以大幅彩照或彩画描述自然界风光，动物植物的诗情画意以及本地区的开发史等，艺术水平特别高。这里遍地都是沙漠、巨石和仙人掌，也有急流切入峡谷而过，一片亚热带景观，非常引人入胜。然而当你翻开另一本杂志《阿拉斯加》（*Alaska*）月刊时，立刻就进入了冰天雪地，却是另有一番情趣。《阿拉斯加》月刊，创刊于 1935 年，副标题是“最后一片前沿地区的生活杂志”，这是一份关于寒带生活和旅游风光的期刊。阿拉斯加有着平常难以看到的冰山雪峰、冰川河谷等壮丽的寒带自然景观，因而那儿也是旅游热点之一。笔者曾有机会从飞机上俯瞰阿拉斯加，眼底的冰海雪原给我留下了极深刻的印象。大 16 开本的月刊全部彩印，每期有 100 多页。内容主要是旅游、运动、探险、狩猎、自然保护、寒带的动物生活、寒带开发史话等。

《亚利桑那风光》

美国有众多的国家公园，有一本《美国国家公园》（*National Parks*）双月刊，创刊于 1919 年，每期 60 页左右，大 16 开，全彩印刷。是一本普及自然风光，促进环境保护的中型期刊。

可爱的动物世界

由美国野生动物协会主办的《美国野生动物》（*National Wildlife*）和《世界野生动物》（*International Wildlife*）为我们展现了一幅幅动物世界的生动图景，使你欣赏不尽，赞美不绝，进而去了解它们和保护它们。这两个刊物先后创刊于 1963 年和 1968 年，都是大 16 开，全部彩印的双月刊，每期约五六十页。两本期刊都是以大型精美照片取胜，内容生动，并以欣赏、认识和爱护动物为目的。1987 年为《美国野生动物》创刊 25 周年，编辑部回顾了办刊历史，总结了办好

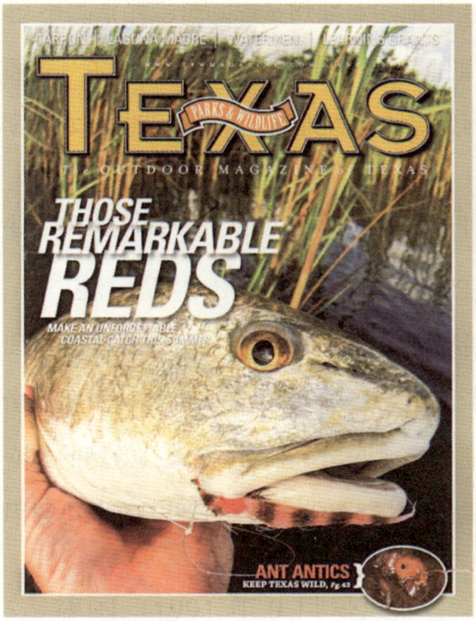

《得克萨斯的公园和野生动物》

《美国野生动物》

这本期刊的五大要素：读者、摄影家、作者、画家和编辑部。认为这五大要素必须充分合作，缺一不可。此外美国野生动物协会还为少年和儿童分别办了两本动物期刊，办得活泼生动。

地区性的这类刊物也有多种，例如《得克萨斯的公园和野生动物》（*Texas Parks & Wildlife*），大 16 开本，月刊，1942 年创刊，每期 36 页，彩印。主要刊登该州的公园设施、活动以及有关野生动物的知识，也经常刊登精美的自然界和动物的照片及美术作品。这种中小型的自然科普杂志，对促进地区的旅游事业和环境保护，还是有相当作用的。

爱鸟者的乐园

美国有众多的爱鸟者，因此爱鸟者协会及观鸟活动也就很多。爱鸟者们在自然界里观察和欣赏鸟类，并且帮助鸟儿们筑巢喂食。

有爱鸟者，就有爱鸟者的杂志。美国有关爱鸟观鸟的杂志有好几种。《爱鸟者的世界》（*Birder`s World*）创刊于 1986 年，大 16 开，彩印，双月刊，每期 100 页左右。除了刊登知识性文章和精美鸟类彩照外，还有有关书刊和仪器、工具的介绍及广告。其印制极为精美，可以说是最好的一本爱鸟杂志。《野禽》（*Wild*

《野禽》

《世界野生动物》

Bird）也创刊于 1986 年，大 16 开，但为月刊，彩印，每期七八十页，内容和上述刊物类似。另外，还有一本 32 开小本彩印的双月刊，《观鸟文摘》（*Bird Watcher's Digest*），每期约 160 页，内容丰富，图文并茂，也有 20 年的历史了。

动物世界之美

在彩色摄影已经普及的今天，动物世界之美已大量反映在照片、影片和录像带及光盘中。但是作为一门欣赏艺术，动物美术仍具有无穷的魅力。1982 年创刊的《野生动物美术》（*Wildlife Art*）就是这方面的代表性刊物，其副标题是“*The Art Journal of the Natural World*”（自然世界的美术期刊），大 16 开，彩印，双月刊，每期 120 页左右，每年增加一期年刊。刊物发表的全是描写动物的美术作品及有关展览、活动和信息，还有书评和书刊介绍。我手头的最新一册是 1997 年 12 月出版的“1998 年美术收藏者专号”，用 80 多页的篇幅介绍了 200 位动物画家的代表作（200 多幅美术作品的彩色照片）及画家介绍，其中大部分是美国的，也有加拿大及其他国家的，此外有少数华裔和日裔。这是自然博物馆、动物园及野生动物保护工作者非常值得参考的杂志。

一点希望

就此而言，我们确实还有太大的差距，问题在哪里？瓶颈是什么？有必要认真分析，寻找答案，切实解决。

我国有广阔的疆域，壮丽的山川，多样的自然景观和丰富的动植物资源。随着旅游业的发展、工业的发展和对能源和资源的不断开发，普及自然知识，唤醒人们的环境保护意识已是当务之急。我国现有的自然科普杂志，无论从数量上还是质量上都有待提高。借鉴外国经验，把我国的自然期刊从图文、印制、彩版、纸张上大大提高一步，则是我们自然爱好者们普遍的希望！

从1000册到1100万册
——美国《国家地理》杂志

在世界科普期刊中享有盛誉的美国《国家地理》杂志，创刊于 1888 年 10 月，到 1983 年 9 月为止，已经出版 1087 期。1988 年，它迎来百岁长寿。目前，它的发行数已经超过 1100 万册。将近一个世纪以来，《国家地理》以丰富的知识，富有情趣的文采，绚丽多姿的彩色版面，精良的现代化印刷技术和它那具有长期参考价值的资料积累，赢得了千百万读者的喜爱。像它这样“长命百岁”而且越办越出色的科普期刊，在全世界也是屈指可数的。

唯其“屈指可数”，尤显弥足珍贵。

《国家地理》杂志是由美国地理学会主办的。1888 年 1 月，美国一些科学家、地理学家和探险家在华盛顿集会，建立了美国地理学会。学会宣布自己的宗旨是“为了增进和普及地理知识”。为了使这一宗旨得以实现，决定创办一个定期刊物。这样，《国家地理》杂志的创刊号就在同年 10 月诞生了。一开始，人们对它是比较陌生的，

玻璃墙上的《国家地理》（局部）

早期的《国家地理杂志》

这些数据既是奇迹，又是现实，能不发人深省！

印数只有 1 千册，难以引起人们的注意。但是，学会里的一些科学家和远见卓识者认识到刊物在普及科学知识方面所能起到的作用，于是给这个“新生儿”以全力扶持。随着时间的推移，特别是杂志本身的不断成长，《国家地理》杂志越来越显示出其诱人的魅力，它的发行数也与日俱增。1963 年该杂志创刊 75 周年时，它的发行数已经跃升到 350 万册，1969 年，继续上升到 650 万册；1973 年度上升到 800 万册。到了 1981 年，它的发行数突破千万大关，猛增到 1100 万册的高峰。

美国《国家地理》杂志的刊名原文，最初叫做 The National Geographic Magazine（国家地理杂志）。1959 年起，把后面的“杂志”一词去掉，改为 National Geographic（国家地理）。它的中文译名，有的称作《全国地理杂志》，有的称作《国家地理杂志》，也有把它称作《美国地理杂志》的，意思是指“美国出版的地理杂志”。我们觉得，还是把它称作美国《国家地理》杂志似较贴切。该杂志的封面设计，基本上是长期保持固有传统，但也有过两次较大的革新。早期的封面，只登刊名和目录，显得比较素净，1959 年起，开始在封面上用小型彩色图版作底衬，增强了对读者的吸引力。到了 1963 年 10 月该刊 75 周年纪念号时，封面设计改在黄色边框内套印大型彩图和本期要目。从那时起直到现在又是几十个年头了，总的格局基本上没有变动。

百多年来，美国地理学会组织和资助了两千多项科学考察、探险和其他各种科研活动。他们的足迹遍及全球的大陆、海洋，以及天空和宇宙，这就为美国《国家地理》杂志开辟了丰富的稿源。在这家杂志上发表的文章，大多数是来自这类活动的第一手资料。难怪它能受到广大学校师生、旅游者、艺术家、探险家以及各方面学者专家的普遍关注和重视。

纵览一下美国《国家地理》杂志创刊以来 1 千多期刊物中的全部内容，除有一半左右的篇幅是介绍地理知识的以外，还有一半左右则是介绍天文、气象、海洋、生物等其他领域的科学技术知识。如果把它们略加归纳，大体可分为下列 25 类：

1. 自然风光 2. 旅游见闻 3. 国际事务 4. 民族人种 5. 著名城市 6. 文化艺术 7. 战争军事 8. 历史考古 9. 地理考察 10. 登山探险 11. 地球科学 12. 海洋探索 13. 火山地震 14. 宇宙研究 15. 植物森林 16. 昆虫世界 17. 鸟类调查 18. 野生动物 19. 海洋生物 20. 史前生物 21. 极地探险 22. 博物展览 23. 科技史话 24. 宇宙航行 25. 环境保护。

从以上 25 个类目，已可看到该杂志刊登文章的知识面之广泛，几乎涉及到自然界的各个领域：从蚂蚁到大象，从蜂鸟到天鹅，从热带鱼到巨鲸，从原子弹试验到航天飞行，从远古到未来，从显微镜下的微观世界到望远镜中的宏观宇宙……真所谓是包罗万象，丰富多采。我们觉得：从它的知识面的广泛性来看，这本杂志虽然名为地理杂志，实际上却是一本百科知识型的期刊。

美国《国家地理》杂志还是一座图片资料的宝库。它所刊登的许多图片，大都具有教学、科研和历史性参考价值。

提起图片，十九世纪末该杂志初创时期刊登的图片并不多。随着技术的进步，1910 年开始，有了彩色图片，1915 年起又增加了可以用作挂图的单张大幅地图和自然图片。彩色照片的刊登则是从 1926 年开始的，在此以后，彩色图版的页数就逐渐多起来了。到了六十年代，该杂志的版面几乎是全部彩色化了。例如：1982 年 2 月号，16 开本 142 页，全部都是用铜版纸精印，共有图版 124 幅（接近每页有图版一幅），其中彩色图版就占 98%；包括整页彩图 24 幅，双页以上彩图 19 幅。象这样图文并茂的科普杂志，谁见了谁喜欢。从这一点来说，当代世界各国所出版的科普杂志，恐怕还很难找到一本可与它匹敌的。由于具备这一特色，它所做的科学普及都有着特殊的效果。同时，也使它在各国出版的科普期刊的发行中居于遥遥领先的地位。这一点，恐怕连该杂志的创办者——美国地理学会，也是始料不及的。

有珍贵历史价值的“第一张照片”记录的往往就是原始创新。

美国《国家地理》杂志刊用的大量照片，主要来自美国地理学会。1915 年，该学会成立了制图部。几十年来，这个学会发行了几亿张地图和科学知识挂图，对普及地理科学知识发挥了极大作用。学会所收藏的图片是以百万张来计算的。其中有不少是具有珍贵历史价值的所谓“第一张照片”。如：第一张在北极生活的照片，第一张在同温层探险的照片、第一张海底彩色照片等，这些都是非常能吸引人的珍品。

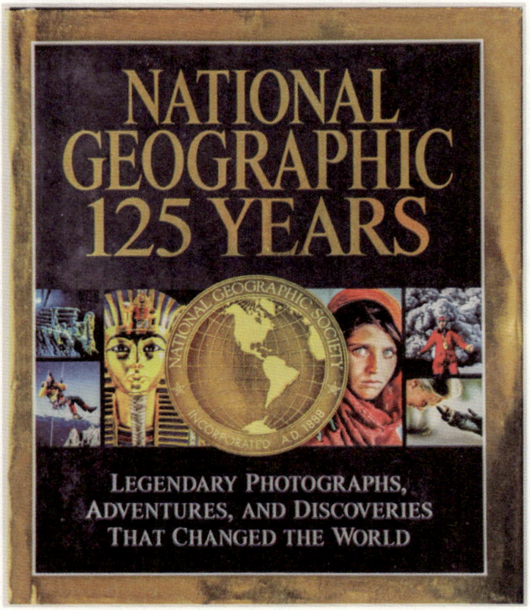

《国家地理 125 年》

STATE
GEOGRAPHIC
MAGAZINE
NATIONAL
GEOGRAPHIC
100
Years
Reporting on
the world and all

看不完的“国家地理”

美国《国家地理》杂志也刊登少量商业广告，但这类广告从不占用正文篇幅，从不干扰正文。

美国《国家地理》杂志一向跟学校地理教学保持着密切的联系。1919 年开始，该杂志开始出版《学校地理简报》(School Bulletin) 周刊，印数从 3 万份逐步增加到 50 万份以上。1962 年起增加了彩色版面后，刊名改为《少年地理》(Junior Geographic)，1974 年又改名为《地理世界》(National Geographic World)。它是一种彩色月刊，每期32页，经常附有大张的彩色自然挂图，发行达一百几十万册。

美国《国家地理》杂志每月出版一期，每半年合为一卷。为了便于人们日常检索，更有效地充分利用它的知识宝藏，该杂志每半年都编有一本详细的索引，1936 年开始编印累积索引。1968 年，曾经出版过两卷集的累积索引。到了 1970 年，又出版了新编本《国家地理杂志索引》，分 1、2 两卷。第 1 卷自 1888 年至 1946 年，共 698 页，第 2 卷自 1947 年至 1969 年，共 618 页。1969 年以后的另编补充目录。

美国《国家地理》杂志之所以能办得这样出色，还在于它有一个讲究工作效率的编辑出版机构。这个机构由总编室、文字编辑室、插图编辑室、 制图室、服务部和教育组等部门组成。具体业务还可细分为创作、摄影、专题、美术、插图、科学、考察、生产、设计、制图、排印等各个专业，由编辑出版机构的各部门分别掌管。除了《国家地理》杂志的编辑出版工作外，这一机构还要兼顾大量地图、书籍以及电视、电影片的出版制作任务，实际上可以说是一家规模巨大的出版社。

在世界各国出版的科普期刊中，美国《国家地理》杂志是办得最有生气的一种，这是出版界人士和科普工作者所公认的。但是，由于它所处的特定的社会历史环境，它所发表的一些文章中所持的观点，在意识形态上带有它自己的特有色彩，这里不作详细探讨。我们的着眼点主要是在了解该杂志在普及自然科学知识方面有哪些好的经验，了解他们是采取哪些措施、哪些途径把千百万读者吸引到刊物的周围的，以便使我们可以从他们所取得的成功经验中找到某些可供借鉴的东西。

在世界各国的科普期刊中“办得最有生气的一种”，其成功之道殊堪借鉴。

美国《国家地理》的四大特色

四大特色，即文中的4个小标题：专家撰稿，资料权威；言之有物，内容扎实；不是画刊，胜似画刊；前后连贯，自成系统。

《国家地理》标志

美国的《国家地理》(National Geographic）杂志，不仅在美国国内，而且在世界各地都颇有声望。不论是谁，只要打开这本杂志，哪怕只是读几分钟，甚至仅仅浏览一下里面的图片，也能增长见闻，得到知识和乐趣。分析一下该杂志的特色，探索一下它的成功经验，对于科普报刊的编辑和科普文章作者都会是不无裨益的。

北大西洋海底地貌图

专家撰稿，资料权威

刊登在美国《国家地理》杂志上的许多重要文章和图片资料，一些是出自某项科研活动的主持或参与者的手笔，另一些则是杂志编辑部的科学作家通过直接采访或随团考察所写的报道。他们手中都掌握着大量珍贵的第一手材料，所以其作品内容丰富、新鲜而且真实可靠，带有一定权威性，从而很容易赢得读者的重视和信赖。

这方面的例子是很多的。

近年来，人类对海底地貌的探测，获

得了很大的成功。该刊曾先后发表过全球海洋地貌图多幅。这是大西洋北部海底地貌图。左边偏上是北美大陆，右下方是北非大陆，右上角是英伦三岛。图中散布的海底山峰、蜿蜒的洋中脊以及横断的条条海沟，明显清晰。

1952年4月，美国国家地理学会与著名海洋探险家古士托联合进行海底探测，取得了可喜的收获。这次海底探测所取得的成果，很快就反映到《国家地理》杂志上来。从1952年10月号起，该杂志连续刊登了由古士托亲自撰写的长篇报道文章多篇。他在其第一篇文章《渔人在海底探测一个新的世界》中开头这样说："去观察鱼类的最好方法，就是让自己变成一条鱼……"古士托和他的海洋考察队正是这样做的，他们每人身上背着一副潜水器，带了摄影机，像一条条鱼儿一样潜入海洋，进入了迷人的未知世界。在他的文章中，还附有三十多幅他亲自拍摄的海底世界的彩色照片。这些珍贵的镜头，后来成为著名影片《静静的世界》的组成部分。

古士托即雅克-伊夫·库斯托（Jacques-Yves Cousteau），参见第六章之《让人类拥抱海洋——美国的海洋科普》一文。

英国古道尔女士在非洲森林里对黑猩猩的考察已经闻名于世。近年来，在我们国内已有不少人读过《黑猩猩在召唤》一书的中译本。但是你可知道，古道尔女士的考察报道《我在黑猩猩当中生活》，最先是发表在美国《国家地理》杂志1963年11月号上的。

近年来国内科普报刊纷纷介绍的迪斯尼乐园，的确是一处引人入胜的科普活动场所；如果查阅早年的《国家地理》杂志，你将发现：早在1963年8月号上，就有长达50页的详细报道。这是该杂志的科学作家对迪斯尼本人以及迪斯尼乐园直接采访后写的，人们读了这篇文章之后，自然会有更切实的感受。

提到作品的权威性，还可以举出不少例子。像1974年10月号上刊登的《前所未见的太阳》一文的作者吉柏森，他是亲自随天空实验室一块儿上天研究太阳的专家。他那来自太空的报道以及瑰丽的照片，自然能给读者留下新鲜和珍奇的印象。像他那样既是天文学家，又是宇航员，而且还兼作家的多面手，在目前世界上恐怕只是凤毛麟角。

吉柏森即爱德华·乔治吉布森（Edward George Gilbson），1936年11月8日出生于美国纽约州的布法罗，既是航天员，又是工程师、物理学家。

再如1979年4月号发表的《国家宇航博物馆》一文，是该博物馆馆长、第一批参加登月飞行的宇航员柯林斯亲自撰写的。

1981年，美国航天飞机上天引起了世界各国的关注。同年10月号，该杂志刊登了航天飞机驾驶员杨和克里平写的《航天飞机的飞行》。像这样的文章，也是无人能取代的第一手材料。

《国家地理》杂志对自然界出现的重大事件和当代科技新成就和新进展，总是紧紧抓住，不惜代价去取得第一手材料，以最快的速度向读者做出详细生动的报道。久而久之，它在人们心目中就树立起了威信。20 世纪 30 年代的南极空中探险，40 年代的原子弹试验，50 年代的人造地球卫星上天、原子能利用、核潜艇穿越北极以及第一批彩色天体照片的出现，60 年代人类登上月球，70 年代的宇宙探索、计算机革命，直至 80 年代的圣海伦斯火山大爆发、航天飞机的飞行等引人注目的重大事件，先后在这本杂志中留下了详尽忠实的记录。

令人印象最深的一个例子是该杂志关于我国陕西省临潼县秦始皇陵兵马俑的报道。1978 年 4 月，该杂志以《中国的惊人发现》为题，刊登了由著名记者托平写的详细报道。文章长达 20 页，还配上了画家杨先民创作的古色古香的中国画，向全世界介绍了中国考古工作这一重大发现。我们知道，秦始皇陵兵马俑的发掘出土是从 1974 年开始的，大量兵马俑的发掘和整理工作前后花了几年时间，直到 1979 年，新建的秦始皇陵兵马俑博物馆才初具规模。在此期间，我国的科普报刊对此虽然也作过一些报道介绍，但都不怎么突出。像这家杂志那样详尽、生动而且加以艺术渲染的报道，这在国外期刊上实在是少见的。

1978 年即以 20 页的篇幅介绍秦始皇陵兵马俑。有眼光，有魄力。

言之有物，内容扎实

《国家地理》杂志的篇幅，平均在 150 页左右，每期刊登重要文章五至六篇，大多数都是数十页的长文章，几乎相当于一本小册子的分量。由于这些文章言之有物，内容扎实，它不仅没有把广大读者吓退，反而受到各方面的重视和欢迎。

读者欢迎它，是因为它懂读者。

突出的例子如：1927 年 7 月号刊登的《探索昆虫世界的奇迹》，全文长达 90 页，实际上等于一本通俗生动、图文并茂的“趣味昆虫学”。这篇文章的前面部分以 27 页篇幅介绍与昆虫有关的科学知识和故事，谈到昆虫在地球上的分布情况，它那千姿百态、无奇不有的各种类型，以及昆虫和人类的密切关系等各方面的科学知识。后面的部分从 28 页至 90 页是昆虫图谱及详细说明，单单是彩色照相图版就有 24 页，有 263 种昆虫的照片和图解，读者从中可以了解它们的学名和俗名、形态和大小、以及它们的自然色彩。像这样的作品，无论是对专业科技工作者还是对一般的自然爱好者来说，都是很受欢迎的。这篇作品从发表到现在虽然已有半个多世纪，但它的科学内容，特别是它那包括许多罕见昆虫在内的彩色照相图版，至今对教学、科研等方面仍具有参考价值，可见其材料之扎实。

为了形象地显示人造天体(火箭、卫星等)在地球上空的位置和运转情况，美国地理学会制成的这种地球仪，在12英寸直径的地球模型之外，加了塑料环圈，上标刻度，用来定位和粗测航行方向和两地之间的距离。

太空时代地球仪

再如，《国家地理》杂志1974年有一篇长达37页的《不可思议的宇宙》，这是该杂志的助理编辑、科学作家威沃尔对美国大天文台和著名天文学家的采访报道。文章附有53幅照片和图解，是该杂志的摄影师随访时拍摄的。这篇文章介绍了星系探测、天体演化、中子星、脉冲星、类星体、黑洞、宇宙背景辐射、宇宙论等，涉及当今天文学研究中的很多重大问题，反映了现代天文学研究的最新动向。还有一幅双页的彩色图解，题为《透过天窗而来的电磁波谱》，它准确而形象地表达了全波段天文观察的进行方法。在电磁波中，从波长1000米的射电波到波长只有0.1埃的伽玛射线依次排列，并说明在各波段中采用何种仪器和工具(射电望远镜、气球、飞机、光学望远镜、火箭、人造卫星……)，研究那些对应的天体(太阳、新星、星系、星际分子、类星体、脉冲星等)。不愧是一张很难见到的、杰出的科普美术创作。

1979年7月，该杂志出版了一期“美国国家公园”专号，全面介绍了美国所有320座国家公园、国家森林和国家纪念地的面貌。文中配有很多公园自然风光的彩色照片和地图，图文并茂，红花绿叶相互衬托，阅读起来给人以身临其境的感觉。这对于旅游者、科学考察人员都是十分有用的，从而使它成为全面了解美国国家公园的导游手册。

在印度东北部生存着一种动物界的珍品——印度白虎。1960年首次运往华盛

印度白虎

顿并在白宫展出，轰动一时，美国总统曾亲往观看。

不是画刊，胜似画刊

美国《国家地理》杂志之所以能拥有超过一千多万形形色色的读者，重要原因之一是由于它充分发挥了绘画和摄影艺术的魅力。我们约略地统计了一下，在它已出版的1千多期中间，约有各种图片20多万幅，其中大量是彩色图。通常每篇文章要配上8页彩图，有的多达十几页。大部分是一页一画，也有少数一页数画的。还有一些一张图片占两三个版面。这家杂志虽然没有用“画刊”的名称，但是，它的图片所占的比例之大，同一般画刊相比较，恐怕是有过之而无不及。

科普期刊的插图和各种图片，特别要重视科学性与艺术性的结合。《国家地理》杂志在这方面是颇为认真的。每篇文章中的主要配画，都是由杂志编辑部的画家根据作者要求，按照参考资料进行绘制，再经过作者和有关专家鉴定通过后才正式定稿。有些画稿是在专家画家通力合作或是画家在专家直接指导下进行绘制的。从20世纪30年代到40年代，该杂志有两位专职画家，创作了大量彩色图画。一位是专画海洋生物和昆虫之类的鲍斯台尔曼，另一位是专画鸟兽的韦伯。鲍斯台尔曼的代表作有鲸类组画31幅，刊登在1940年1月号，这组彩画描绘了世界上各种鲸类和海豚的生活环境和形态生态，直到今天还被认作是这方面的代表性作品。韦伯的代表作有“猫科动物”20幅(1943年2月号)、“世界的鹿”23幅(1939年10月号)、“非洲动物”13幅(1956年8月号)，其中尤以鹿的组画最为细致生动。这样全面地描绘鹿的绘画作品，至今仍不多见。

除了杂志本身的专职画家的作品之外，该杂志也刊登一些社外画家的特约画稿。例如：1941年12月号上发表的24幅史前动物组画，这是美国自然博物馆画家耐特的名作。1937年7月号刊登了由贝宁格尔创作的8页介绍太阳系天体的天文组画，1947年11月号刊登了克隆德尔绘制的8幅北极光彩画，1970年8月号上刊登了捷克画家潘杉克专门为该杂志创作的近 20 幅太空美术作品——《行星旅行》一文的配画等。

半个世纪以来，美国《国家地理》杂志上发表的科普美术彩画佳作还有不少。如，“深海发光生物”(1931 年 6 月号)、“珊瑚礁的奇迹”(1934 年 6 月号)、“蚂蚁的生活”(1934 年 8 月号)、“海中魔王——章鱼”(1935 年 8 月号)、“水果·蔬菜史画”(1949 年 8 月号)、“极乐鸟”(1950 年 2 月号、“蛇——人类的友与敌”(1954 年 9 月号)、“人造卫星”(1957 年 12 月号)、“探寻宇宙的带路人”(1974 年 5 月号)、“‘旅行者’看到的木星世界”(1980 年 1 月号)、“土星环之谜”(1981 年 7 月号)……这些作品极其形象生动地描绘了自然界和科学技术发展的面貌，对读者很有吸引力。这些闻所未闻、见所未见或知之不多的自然界的事物经此描绘，便跃然纸上，活现眼前，既开阔了眼界又增长了知识。如果把它们复制成教学挂图，或是拍摄成幻灯片，也将是进行科普教育的优良的形象化教学资料。

阿富汗少女

20 世纪 40 年代以来，美国《国家地理》杂志开始大量刊登彩色照片。其中有：登山活动、极地探险、自然风光、珍奇动植物、海洋考察、宇宙探索、科技发展等各个方面的作品。有些是在科技史上属于创纪录的、具有历史价值的珍贵照片，如“从空中飞越南极”“原子潜艇从冰下穿过北极”“人类第一次潜入海洋最深处”等。这些经过精心编排的彩色摄影艺术作品，不仅美化了版面，给读者以美的享受，而且作为形象化的真实记录，使读者对学得的科学知识印象更为深刻。

马头状星云

前后连贯，自成系统

美国《国家地理》杂志非常重视科技报道的连续性和系统性。他们对各个专题，常常能随着情况的发展，适时组织连续报道。如果把前后发表过的有关文章对照起来阅读，就能获得这一专题的系统性知识。例如该杂志于 1947 年 9 月号刊登《巴西日食观测记》时，就提请读者参阅过去发表过的同类文章，其中包括：1932 年 11 月号的《观测日全食》和《从空中拍摄日食》，1937 年 2 月号的《在苏联亚洲地区观测日食》，同年 9 月号的《自然界最富戏剧性的表演》和《沙漠里追踪日食的远征》，1938 年 6 月号的《在堪通岛观测日食》。又如在介绍世界著名城市方面，从纽约到巴黎，从北京到东京……都刊登过大量的文章和图片资料。就拿北京一地来说，该杂志在 1934 年 11 月号，1936 年 2 月号、12 月号，1949 年 9 月号，1960 年 8 月号等各期都有专门介绍。1960 年有一期上刊登的《北京彩色影集》近 30 页，其中有人民大会堂的万人礼堂彩色照片，有北京市简明地图，这期影集可能算是当时西方国家介绍北京市面貌的最详尽的资料。如果有人想找一些能够反映北京近百年来演变过程的资料，特别是照片方面的资料，应该说翻翻这本杂志是会有所收获的。

这家杂志还有一个好的传统，就是编辑部很注意给读者提供该刊已经发表过的有关文献。例如前面提到的 1979 年 7 月“美国国家公园”专号上，就刊登了该杂志过去已发表的 56 篇有关文章的目录。这样，它所介绍的科学知识就不是零敲碎打地、孤立地起作用，而是作为同一专题的科学知识系统中的一部分。读者可以从这一杂志中汲取到既有广度，又有深度的科学技术知识。

地图文化与挂图科普

国家地理学会出版的地图集

美国国家地理学会出版的《国家地理》杂志以它丰富的内容、众多的图照、精美的印刷而闻名于世，每期发行数百万册，畅销全球，对普及科学起了十分巨大的作用。与杂志同时发行的地图散页也是其重要组成部分，当然对杂志的成功有重大贡献。国家地理学会专门设有地图制图部，可见其对地图发行的重视。

地图文化

随同《国家地理》发行的地图，每 2 个月一张，随刊赠送。这些地图选题广泛，绘制精细，内容详实，印刷精美，非常实用。不论是旅游、教学或一般参考都是一个极好的不可或缺的工具。地图的编制是一个专门课题，不是我所注重的。在此我科普手段的多样性。"地图文化"和"文化地图"，言简意赅的概括。

要说的是这些地图在传播文化和知识上的作用与价值。一般的地图只印一面，仅仅是一张地图而已。但是《国家地理》的地图与众不同。它们是两面印刷，背面印的是和正面地图相关的文化背景的补充资料，往往由绘画、照片、图解、表格和说明文字共同构成，可谓图文并茂，而且全部彩印，既配合正面，也可独立使用，是读者学习历史、文化、地理与科学的好材料。这种用地图传播知识的方式，我觉得是很可取、很成功的，能取得很大的社会效益。一般说来，它们中大多数专题在时间上都有相对的稳定性，特别是那些有关历史、文化和传统科学如动物学、植物学、地理学方面的选题，尤其如此。这些地图编印一次，既可长期使用，又有保存价值。多年来，《国家地理》出了无数的地图，若把它们汇集起来，还真是一部"地图百科"。有些经典地图如美国全图、世界全图和一些与时间关系较为密切的地理图，会在出版若干年后修订再版。我们可以把《国家地理》独有的这种随刊地图编印、发行的传统叫作《国家地理》的"地图文化"，进而还可以反过来把这些地图笼统称作《国家地理》的"文化地图"。由于是随刊发行，所以这些"文化地图"流传很广，"地图文化"也伴随着科学知识走进千家万户。下面选介几幅地图。

1. 加拿大（1985 年 11 月号）

这张宽 86 厘米、高 58 厘米的大张横幅地图，正面是加拿大详图，不必细说，背面图是"加拿大假日旅游图"，介绍了落基山、温哥华、多伦多、魁比克、蒙特利尔等十多处的旅游资料，还附有区域小图和风光彩色画。有此一图，可以走遍加拿大，不会感到茫然。

2. 二战时的亚欧非（1991 年 12 月号）

一面是二战时期亚洲和太平洋地区图，是 1937 ~ 1945 年期间的战争图解。有若干重大战役的起迄日期，被日军占领地区小图和被攻克的时间，多幅战时战场照片等。另一面内容相似，但却是欧洲和北非地图和与德军作战的情势，外加近 20 幅照片和图解。看了这两面图，对第二次世界大战的情况能有一个全面的了解。

3. 欧洲和新欧洲（1992 年 12 月号）

正面是 1992 年时欧洲所有国家的行政区图，背面的图名为"新的欧洲"，有

42 个国家的彩色国旗及欧联体的旗帜图案。此外有欧洲的卫星地图及欧洲人口、语言、工业、建筑、交通、技术方面的简介和图解，并以十多处欧洲著名建筑的图案为本图的背景图案。读此图可对现代欧洲的全面知识有个概括的了解。

4. 欧洲和欧洲史（1983 年 12 月号）

这幅大图（88 厘米 ×75 厘米）的正面是 1983 年时的欧洲各国行政区图，背面是到 1983 年为止的欧洲重大历史事件的图解，有马克思、列宁、丘吉尔等十多位近现代著名人物的头像以及欧洲史上有关拿破仑、凯撒等的事件图；有欧洲历史变革图及从公元前 1000 多年到 20 世纪的大事年表，并有详尽的文字说明数十处，用极小的字体排印，是一份很好的图文并茂的欧洲史图说。

5. 德国（1991 年 9 月号）

正面是 1/160 万的德国全图，背面是面对旅游者的德国旅游地图，包括 5 个旅游名城市区图、全德旅游路线图、重要的高速公路简介、著名景点位置及标记，还有名胜风光彩照数幅。

6. 法国（1989 年 7 月号）

正面是 1/230 万的法国全图，背面是以“历史中的法国——法国的革命”为题的宣传解说图。主要是纪念法国革命 200 周年，重点介绍 200 年来法国的历史，包括政治、战争、文化、科学，有人物、建筑、美术、历史等小型彩图 20 多幅，有科学家巴斯特、居里夫人和画家莫奈等人的画像。

7. （美国）得克萨斯州（1986 年 3 月号）

正面是得州 1/230 万的地图，背面是 6 幅 1919 年以来得州的历史变迁图及大量文字说明，并有得州历史名人休斯敦头像和得州文化背景彩图多幅。这类州图每州一幅，介绍美国各州历史、文化和地理情况。

以上的 7 幅图代表了这种文化地图中的一类，它们以历史和文化为主题，或是将历史事件和文化内容利用地图的形式展示在二维空间上，给读者时空一体的感受；或者以文化和历史作为区域地图的背景资料，介绍给读者，使之对地图区域有一个由此可见文化地图的好处是以长补短，珠联璧合。

更全面、更丰富地了解。这种图比单纯的地图更丰富，比单纯的历史文化资料更生动有趣。

挂图科普

在美国《国家地理》随刊发送的地图中，另外一类是以自然科学知识为主题的专题地图，也是图文并茂。这类图是科学教育和科学普及的极好教材，还可以作为科普挂图张贴悬挂，既可装饰厅室，同时又宣传了自然科学知识。下面选介几幅。

8. 美州鸟类的迁徙（1979 年 8 月号）

图高 92cm、宽 58cm，正面是 1/2000 万的北美和南美洲详图，为普通地图，包括城市、道路、湖泊、河流以及行政区域。背面是美洲鸟类迁徙图，绘有 67 种鸟在不同季节在各地间来回飞行的路线，这些鸟的准确而美丽的图画，以及详细的文字说明和注解。这张图集中了鸟类学家和鸟类爱好者长年累月观察和研究的成果，是该学会非常杰出的一幅科普挂图。

9. 在危机中的地球（1988 年）

这幅巨大的挂图（115 厘米 ×70 厘米）是为了纪念学会建立 100 周年而编制的。正面是全球范围的普通地图，并叠加有行政区域，背面则是关系人类命运的环境科学组图，名为“危难近逼地球”。用生动醒目的图解说明人口压力、大气污染、臭氧层的破坏、酸雨、水资源的不足、辐射灾难、滥捕鱼类等对地球的危害，并特别重点说明二氧化碳排放造成的温室效应对地球的严重威胁等。

10. 地球板块构造（1985 年 8 月号）

这是一张全球的板块构造图解，上有板块交界线、5.4 亿年以来大陆的分布。另一面图解北美洲大陆的形成和西移。这幅图是自然地理和地质学的绝好教学材料和科普挂图。

11. 珍贵的水资源（1993 年 3 月号）

这幅巨大的地图，一面是美国全图，另一面是全面介绍美国水资源的图解。中

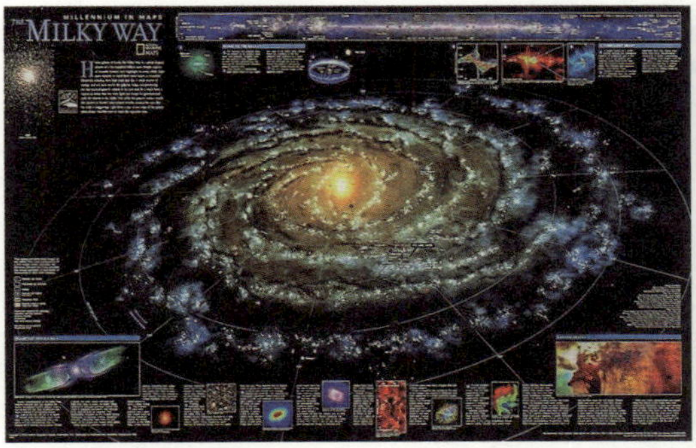

《银河系》挂图

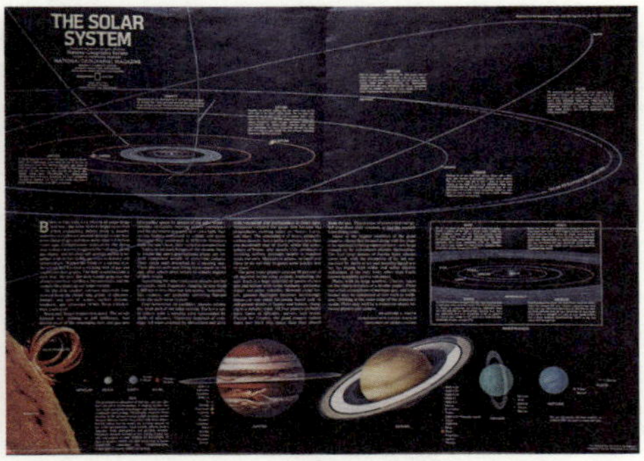

太阳系挂图

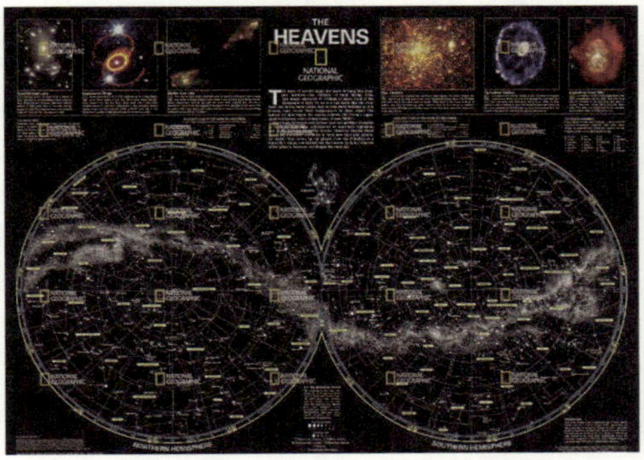

《星空》挂图

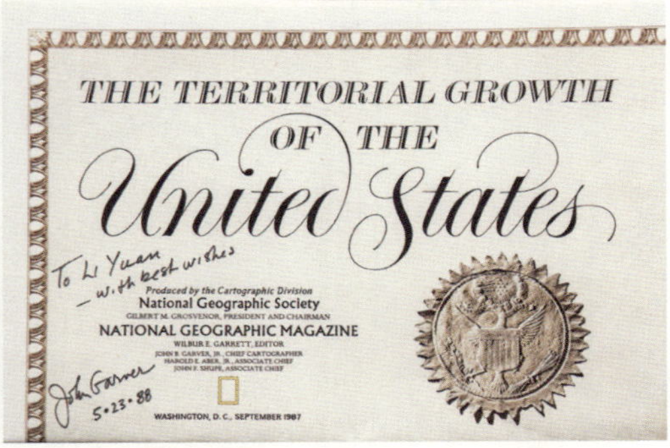

《美国国家地理》赠予作者的地图

作者与 1973 年出版的《火星》挂图

乐在图前，喜在画中。

《西班牙与葡萄牙旅游地图》

央是美国地上水系图，周围多幅较小的图分别说明美国历史上大陆江河泛滥的路线、水土保持的作用、水污染的途径、美国水资源的使用情况等。图片说明中提醒美国人要了解一个世纪以来美国水资源使用的历史和现状，如何珍视水资源，以便进入21世纪。这种水资源挂图，不论是对美国还是世界各地都是十分迫切需要的。合理用水和有效治水是相互牵连的两个问题。目前，地球上一边是缺水，同时又有洪灾，因此“水”知识的普及就显得必要和迫切。

12. 恐龙时代的北美洲（1993 年 1 月号）

这幅图一面是 7400 万年以前北美洲恐龙的地理分布和时代分布，有许多恐龙的生动图形，另一面是恐龙时代的模拟生态环境的绘画。

从上面几幅图中可以看出这些专题地图所包含的科学和科普内容。这种地图不论在课堂还是在展室，不论在室内还是在室外，都可以张贴悬挂。它们既可以有选择地单张悬挂，也可以统统挂在一起组成一个多学科的科普挂图博览会。总之，科普需要优秀的挂图，而优秀的挂图必然增强科普的效果，这就是挂图科普。杂志中夹带的科普挂图在美国很多科普杂志中都有，有些还是少年科普杂志，只是不像《国家地理》出得这么多，而且以地图为主图。其他杂志社出的科普挂图内容也包罗万象，天文、地理、自然环境、动物、植物、科学、技术都有。这些挂图，散布广泛。我在美国的图书馆、学校、公共场所，甚至于幼儿园内都看到有这类的科普挂图，相当普遍。这种题材丰富、形式灵活而且卓有成效的科普方式是很值得推广和学习的。日本的科普杂志就常附有科普挂图，而且相当成功，特别像《牛顿》杂志的科普挂图编印得非常好。我之所以不厌其详地介绍美国的这类挂图就是为了提醒我国的有关方面也应该开始编印这类地图和挂图了。

科普挂图精美，挂图科普精彩；互为表里，相得益彰！

提醒备忘，实为呼吁。吾人其勉之。

我爱天空和望远镜

——纪念《天空和望远镜》50 周年

写下这些文字时，李元本人已经致力于天文科普半个多世纪了。

首刊

第二次改版

我爱好天文已经有半个世纪了，起初是爱上了天空，后来又爱上了望远镜。就在同时，大洋彼岸创刊了《天空和望远镜》杂志，但我是在 1947 年到紫金山天文台工作后才第一次看到它，从此我就把它当作良师益友，几乎期期必读。今天来写这篇短文祝贺它的 50 岁生日，感到衷心快慰。

S+T= Sky and Telescope

在天文界，人们习惯把这本期刊简称为 S+T，它由 1931 年创刊的《望远镜》（*The Telescope*）期刊和 1936 年在纽约天文馆创刊的《天空》（*The Sky*）期刊合并而成，诞生于 1941 年 11 月，50 年来已成为世界上流传最广，名声最大的天文学期刊。编辑部原设在美国哈佛大学天文台内，后来独立成为天空出版社，社址距天文台不远。在该刊以前，最著名的天文科普期刊是 1893 年创刊的《大众天文学》（*Popular Astronomy*），有相当的权威性，但于 1951 年停刊。在 S+T 以后，1943 年又创刊了一种《天文学》（*Astronomy*）期刊，颇有创新，特别是艺术化的编排特别吸引读者的兴趣。但是在天文学大众化和推动天文学的发展方面，《天空和望远镜》仍是最有影响的天文学杂志。

以前的天文科普杂志，版面小，图片少，早已不能反映天体形象之美，S+T 以空前宽阔的版面（21.5 厘米 ×28 厘米），前所未有的众多图照，十分精美的印刷是天文科普刊物的一个新的

从《望远镜》和《天空》到《天空和望远镜》。

里程碑。从它开始，世界上也逐渐增添了几种类似的天文刊物。如德国的《星和宇宙》，法国的《天文学》，英国的《当代天文学》等。

S+T 的篇幅、连同四封，从 20 世纪 50 年代以前的每期 32 页，增加到 60 年代的 72 页，70 年代的 116 页。到目前为止，每期保持在一百多页。

从创刊号到现在

1941 年 11 月的创刊号，封面是一张北极光的照片，封底是立克天文台所拍的满月照片。主要的文章有《望远镜》和《天空》两本天文期刊的小史，也就是 S+T 的来由，还有介绍狮子座流星雨、神秘的火星、美国变星观测者协会第 30 届年会以及美国天文爱好者协会的组织章程等。栏目有“天文爱好者”“磨制望远镜”“初学者之页”“图书评介”“你知道吗”“观测园地”“天文馆动态”和“每月星空”等。所登的十多篇专文也多是简短的通俗作品，显然这是一本为天文爱好者喜闻乐见的杂志。

再看一下 50 年后的 S+T，以 1991 年 7 月号（82 卷 1 期）为例，主要文章有讨论为什么今年 7 月 11 日的日全食是 2132 年以来观测条件最好的日食，有介绍有关地面光学天文学的前沿课题，有展示麦哲伦探测器对金星的表面探测及其发回的金星表面图相，有谈论红外天文学对近到太阳系卫星、远到星系的成功探测等。其他的专栏有天文爱好者“天文计算”“图书评介”“天象报道”“50 年和 25 年以前”“焦点问题”“望远镜磨制”“读者来信”“新闻信息”“观测者之页”“星空漫步”“南天之星”等。现在的 S+T 已经是天文爱好者与职业天文学家们共同的刊物。

此处显然是指两千多年以来而非公元 2132 年以来。

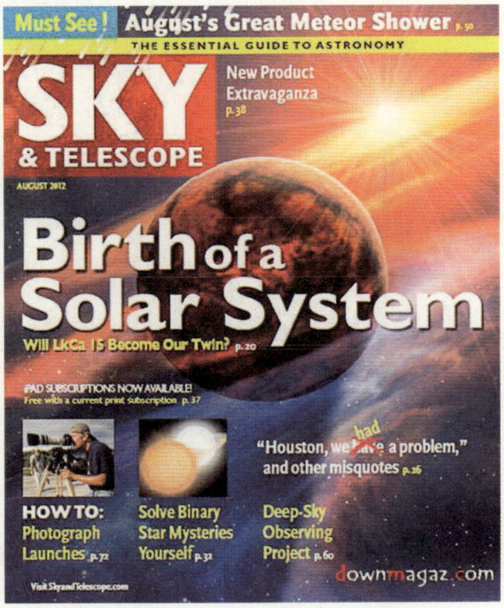

今日版面

本文题目下就是 S+T 50 年来刊名字体的变化情况，左边为早期图案，右边为中期的，中间是 1991 年开始的新字体。

在 1960 年以前，每卷第 1 期是 11 月号，

1-70 卷的总索引,300 页,殊为壮观!

查找时不太方便；从 1961 年起改为从 1 月号开始计卷，每卷都有索引，1988 年出版了 1-70 卷（1941-1985）的总索引，共 300 页。

S+T 的特色

特色一：文章雅俗共赏　该刊的许多文章都请天文学各方面的专家撰写，多是第一手的材料，而且做到通俗易懂，雅俗共赏。著名天文学家 O · 斯特鲁维在 20 世纪五六十年代为该刊写了大量文章，反映当代天文学的成就动向，对天文学家也有参考价值。1969-1970 年连载的 14 篇“行星状星云”也是权威之作。美籍华裔天文学家黄授书也曾撰稿探讨地外生命问题（1961 年 6 月），“宇宙中的盘状和环状结构”（1969 年 2 月）等。这种专题性的文章每期都有几篇。该刊也不乏轻松有趣的作品，如到著名天文台、天文馆、博物馆的参观访问记。还有第一次登上月球，旅行者访问行星世界，哈勃望远镜的第一批探测成果等，这些空间天文学的新进展都有详尽报道。

特色二：图照丰富多彩　这可能是该刊胜过以往各种天文期刊的最大特色之一。天文学是最富形象化的科学，大量的天文照片和艺术绘画对爱好者和大众都具有极大的吸引力。特别是从 1959 年彩色天体照片取得进展之后，更使该刊的图像资料大为丰富起来，受到广泛欢迎。许多大幅精美天文照片都出现在该刊的专栏或中心页上，如双页照片 M101 星系（1953 年 11 月）；4 页的地球与月球合影（1966 年 12 月）；天象厅中月面景色全景画面（1957）；美国宇航局月面详图，宽达 6 页（84cm），两面印刷，也是最详细的月面图之一，有 500 多名称，其中也有以中国天文学家张衡、祖冲之等人命名的月面特征（1970 年 10 月）。20 世纪 70 年代末，英澳天文台的 D. 马林用新技术使彩色天文摄影达到一个新的高度，这些自 1979 年 4 月号起曾多次报道。1985-1986 年哈雷彗星回归期间，该刊也刊登了大量有关哈雷彗星的照片。

被称为时代艺术的太空美术在该刊上也有大量反映，1984 年 7 月、10 月，1985 年 6 月，1986 年 12 月号分别介绍了美国、法国的 4 位著名太空画家邦艾斯泰、吕都等。该刊在 1977 年到 1978 年间还集中介绍了数百张天文邮票。

特色三：信息及时迅速 50 年来，该刊每期都有“天文消息”专栏及时简明报道世界天文学动态，几乎是天文学家和爱好者们必读的栏目。此外国际天文学联合会的每届大会，美国天文学会的年会都在该刊及时报道并附有许多照片。世界重要的天文会议、活动该刊也及时通报，1954 年 11 月号介绍苏联普尔可沃天文总台战后重建开幕盛况，还特别提及中国代表团所受到的礼遇。“美国天文学家的报道”专栏专门发表在美国天文学年会上宣读的论文提要。

“图书评介”也是该刊的重要栏目，世界上的天文书刊大多在此作长评或简介，使读者眼界大开。20 世纪 50 年代我们筹建北京天文馆时，许多信息来源于此，如有关蔡斯天文馆，天象仪的重要资料都是在 20 世纪 50 年代初期从该刊了解到的。重要的星图、星表也多半是该刊首先介绍。

该刊源于纽约天文馆的《天空》杂志，所以特别重视天文馆动态资料，五、六十年代每年 9 月都有美、加天文馆的详细目录（如 1968 年 9 月号就有 117 个天文馆的介绍），从 70 年代起另印单册供应。

该刊经常报道天文爱好者的各种活动和会、社及通讯录，1988 年 11 月号是一期天文爱好者专号，有十多篇文章和大量资料，指导爱好者的活动。详尽介绍了爱好者需要的仪器和星图。

特色四：资料全面实用　该刊每期都有大量的天文观测资料。如每年年初的天象图解历，每月的星图，行星动态图，各种天文仪器图表的介绍，应有尽有，对天文教学和普及都极为实用。

该刊曾经将发表过的重要文章，分类编成一套《天文学丛书》出版。据 1970 年 8 月刊出的介绍，丛书共有 8 册：《银河之外》《银河中的恒星和尘雾》《恒星的演化》《星光》《望远镜》《太阳系的起源》《地球的邻居》和《天空的流浪者》；每册 300 多页，100 多幅图。1984 年又把该刊多年来发表的极受欢迎的天文史话 83 篇结集出版，书名为 *The Astronomical Scrapbook*（可译为《天文史料》）颇有参考价值，全书 468 页。

S+T 中的中国天文学

该刊介绍哈佛大学天文台于 1947 年将一架著名的折射望远镜赠送给中山大学一事，可参见第七章之《漫步在哈佛大学》一文。

该刊也经常报道中国天文学方面的文章和动态，例如：李珩对红巨星的研究（51.5），中国大陨铁（新疆大陨铁）（95. 12），紫金山天文台（66.5），中国《天文学报》英文版问世（78.5），吉林陨石雨（78.9），美国天文学家访问中国（78.10.11），张钰哲对哈雷彗星历史的研究（79.9），中国古代天文仪器（80.5），卞德培写的“中

“我爱天空和望远镜”——作者在观测

国的业余天文学”（80.10），温学诗写的“北京天文馆”（89.2）等。

特别值得一提的是中国著名天文学家张钰哲和张家祥，于 1984 年 9 月 28 日，在美国由哈佛大学天文学家邵正元陪同访问了《天空和望远镜》编辑部，由主编鲁宾逊（Leif J，Robinson）亲切接待，并惠赠星图星表，这也是中国著名天文学家首次访问该刊。1986 年 7 月，张钰哲逝世后，该刊于 1987 年 5 月号发表了张的小传及这张照片以为纪念，这也体现了中美天文学家的珍贵友谊。

20世纪的缩影
——漫谈美国《时代-生活丛书》

古士特即库斯托，见第六章之《让人类拥抱海洋——美国海洋科普》一文。弗莱明即青霉素的发现者弗莱明（Alexander Fleming, 1881-1955）；范爱伦即范艾仑（James Alfred Van Allen, 1914-2006），是地球辐射带（即范艾伦带）的发现者。

《TIME》（时代）周刊和《LIFE》（生活）画报以及用它们名字组成的《时代-生活丛书》在美国享有极高的声望和影响，而且传遍全球。它们是了解美国的钥匙，也是瞭望世界的窗口。在访美期间，我有机会翻阅了大量它们的前期刊物和丛书，给我留下了深刻印象。我确切感觉到这些书刊在相当程度上可以说是20世纪科学文化的见证和缩影。

《时代》与《生活》

《时代》周刊创刊于1923年，到1998年正好75岁。这是一本有全球影响的时事周刊，在全世界广泛发行。它以时事新闻为主，但也对科学技术加以及时报道，设有科学专栏。几十年来它的封面以著名人物为主，但最近20年来也常以重大新闻或科学事件为封面。人们以能成为《时代》周刊的封面人物为荣。爱因斯坦、古士特、佛莱明、爱丁顿、凡爱伦、奥本海默、哈勃等名人，以及著名科普作家卡尔·萨根都曾成为其封面人物。重大的科学发明和进展也都是它报道的重点。如1945年的原子弹爆炸，1948年世界最大的望远镜落成，1957年人造地球卫星的诞生，1969年人类登上月球，

《时代丛书》20世纪的世界名人

1994 年彗星和木星碰撞，1997 年海尔 – 波普彗星，以及 1998 年国际海洋年等都有及时并详尽的专题文章和精美图片。《时代》周刊 75 年来的近 4000 幅封面，登载了数千名世界人物的头像以及有关他们的报道，这可以说是 20 世纪名人的活动记录，成为本世纪的重要历史资料。

《生活》画报创刊于 1936 年，是一本大型画刊，每期刊有大量图片照片，内容极为广泛，以时事新闻为主，但对文化与科学也予以充分注意。在相当时期内它更受人们的喜爱，因为它贴近人们的生活并能满足人们对文化修养的需要。1936 年和 1944 年它先后报道过著名的太空美术作品，刊登了大幅的彩色画作。1947 年到 1948 年间曾推出文艺复兴时代的著名美术作品，把大量的世界名画引进千家万户。20 世纪 50 年代初又以连载形式发表了关于地球（包括地球史、地球上的大气、海洋、自然带）和关于宇宙等的图文并茂的专栏文章，动员了近 200 位作家和摄影记者从全球报道。关于人类进入太空时代，从人造卫星到宇宙飞船；从加加林的环球太空飞行到“阿波罗”的登月，一直到“旅行者”的太阳系飞行，它都有详细和及时的报道。但是由于后来受到电视的冲击，《生活》画报一度停刊，以后又复刊为月刊，直到如今。几十年来，《生活》画报中所刊载的数以万计的时事、科技、文化的图片和照片，成为人类科技和文化发展的重要史料，以及 20 世纪的历史见证。

LIFE 出版物《我们居住的世界》

《时代 – 生活丛书》

《时代》和《生活》两大期刊几十年来积累了大量图片和资料，利用这些资料编辑出版科学、文化、历史读物以及各类丛书自然是顺理成章。因此从 20 世纪 50 年代起，作为“副产品”的各种出版物就源源不断地被陆续推出，包括单行本和成套的《时代 – 生活丛书》（TIME LIFE BOOKS）。所有这些书籍都是图文并茂的彩色版本，融知识、趣味、美术为一体。

著名的大型单行本有：

《我们生活的世界》是描述地球的历史和现状的巨著，是一本空前的有关自然地理的大书。不论从彩色图解和照片还是科学叙述上，它都是一本优秀的高级科普著作，后来还被改编出版了青少年版。至今很少有超过它的同类作品。

《地球生物探奇》是环球生物考察旅行记，全彩色的大书展示了绚丽多姿的生物世界和奇花异草的自然风光。

《濒临绝种的动物》是一本彩色动物图集，它向地球人敲响警钟——必须加强对濒临绝种的动物的保护。漂亮的照片和生动的叙述使其成为一本自然环境保护的优秀科普作品。它除了提供充分、准确的科学资料外，还能拨动读者的心弦，鼓励读者主动地参加到保护珍稀动物的活动中去。

确实，最难的就是“动人心弦”，做到了这一点，就会有许多读者“主动地参加到保护珍稀动物的活动中去”。

《生活在太空》是特大型图册，真实反映了人类征服太空的成就，记录了人类登月和探测行星的成果。

《生活杂志精粹》《生活在战争中》《生活的电影世界》都是历史文献记录图册，很受欢迎。

《时代－生活丛书》中最具影响力的还是它的几套系列丛书，其中有：《生活自然文库》《生活科学文库》《少年儿童知识文库》《人类的伟大时代》《世界原野奇观》《世界美术文库》《摄影技术》《电脑》《各国概况》《世界大城市》《行星地球》《到宇宙去旅行》《航海的人们》《人类的起源》《人类的行为》《生活园艺百科》等。

20 世纪 60 年代起陆续出版的《生活自然文库》探索自然界中大量引人入胜的现象，以丰富的例证、珍奇的图片讲解大自然的各种基本规律和原理。其中有《宇宙》《海洋》《原始人》《昆虫》《南北极》《地球》《沙漠》《森林》《动物行为》《生态学》《鸟类》《植物》《山》《进化》等。每册 190 多页，16 开本，有大量图片，彩图很多。它是自然爱好者最理想的读物。

上述文库的姊妹篇是《生活科学文库》，说明当今的人类已经与科学合为一体。本文库深入浅出，详细介绍了人类在科学的各个领域中的进展和许许多被解开了的科学之谜。这套文库有：《数学》《天气》《声和听觉》《水》《食物与营养》《能》《光和视觉》《机器》《人体》《轮》《健康与疾病》《头脑的秘密》《物质》《时间》《药物》《人与太空》《行星》《船》《飞行》《高分子》等。

这两套文库覆盖了现代自然科学的大部分领域（共 49 本），对开阔眼界、认识世界、了解科技具有较高价值，所以以多种文字在世界发行。改革开放之初，我这批中文版《生活自然文库》和《生活科学文库》，就当时国内的出版印刷水准而言，算得上是相当精美了。此处插图《数学》一书，中文版译者是评注者的老友、我国数学科普名家谈祥柏教授。另外，《宇宙》一书的3位校订者马星垣、李元和翁士达都是天文科普家，也都是评注者的老友，可惜他们已在近十年间先后作古。

LIFE 科学丛书之一《数学》

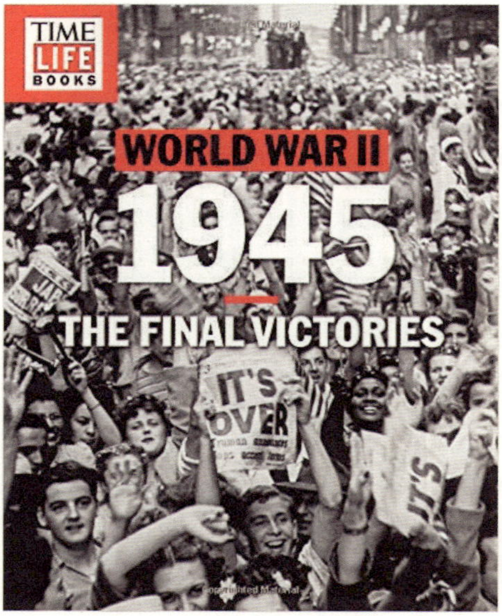

TIME–LIFE《第二次世界大战 –1945 最后的胜利》

曾上书中央有关部门，建议翻译出版这两套丛书。后来由科学出版社与美国时代公司合作于 20 世纪 80 年代翻泽出版了中文简体字版共 30 种，可惜发行不力，流传不广。目前这两套丛书的中文译本正在由别的出版社准备再次出版。《少年科学知识文库》也由科学普及出版社出版了中译本。

《到宇宙去旅行》丛书

从 1988 年到 1992 年陆续出版的《到宇宙去旅行》丛书共 20 册，特别引人注目，原书名为《Voyage Through The Universe》，大 16 开本，每册 144 页，全部彩色印制，为天文科普丛书的世界之最。德语版等译本已经发行。该丛书介绍了太阳系、恒星世界与星系领域，还包括研究宇宙的工具方法、地外生命的探索、太空技术等。有人说下一个世纪是天文学的世纪，这也许言之过早，不过可以确信的是，21 世纪将是人类更大规模探测行星、飞往火星和别的天体的时代，届时，天文学与人类的关系将更加密切。

20 世纪的回顾

当本文快要完稿之际，伟大

的 20 世纪已经接近尾声，我收到了时代出版社最新出版的两册书:《20 世纪的大人物》（Great People of the 20th Century）和《20 世纪的大事件》（Great Events of the 20th Century）。书中有大量 20 世纪著名科学家和科技发展的记录和图照，的确是 20 世纪人类活动的缩影。我非常盼望这两本书能在中国翻译出版。

回首即将过去的 20 世纪，美国的《时代》周刊与《生活》画报，以及丰富多彩的《时代－生活丛书》，不但是本世纪人类活动的记录，而且也是人类文化的宝贵财富。

TIME–LIFE 未解之谜系列之一《时间与空间》

第六章

充满知识的乐园

评注者读及此文之日，适逢上海迪斯尼乐园2016年6月开园周年纪念之时。

迪斯尼世界
——全球最大的游乐园

从白雪公主到迪斯尼乐园

“迪斯尼乐园”英语是Disneyland，“迪斯尼世界”英语是Disney World，请注意两者的关系和区别。

充满了知识趣味和欢乐，意味着智慧之光随处闪烁。

迪斯尼的图书和影片已经风行全球，自从1937年成功地上演了第一部彩色动画长片《白雪公主》，至今已七十多年了。1994年又推出了《狮子王》，再一次轰动世界。但是仅有这些还不能充分反映出天才的沃尔特·迪斯尼（Walt Disney）的全部设想。他要把迪斯尼影片中的人物、动物、风光都活生生地展现在你的面前，他要创造一座人间的乐园，他要开辟一个新的世界。通过精心设计和不懈地努力，第一座迪斯尼乐园（Disneyland）终于在1955年7月17日落成开幕，它座落于美国加州南部的阿纳亥姆（Anaheim），在洛杉矶东南约60千米处。到1971年6月的16年中，观众已达1亿人次！巨大的成功促使东京的迪斯尼乐园在1983年诞生；巴黎的迪斯尼乐园在1992年开幕。1995年春我去美国的迪斯尼乐园时，正值庆祝建园40周年，自然是热闹非凡，给我留下了难忘的印象，深感这的确是座充满了知识、趣味和欢乐的人间乐园。我有幸在1个月后，又来到美国东南半岛的佛罗里达州的迪斯尼世界（Disney World），这使我的眼界进一步扩大了，它比迪斯尼乐园更大更好。

迪斯尼乐园

《生活》画报庆祝迪斯尼世界开园

欢腾的迪斯尼世界主街

真正的世界

迪斯尼世界位于奥兰多（Orlando），它原是美国佛罗里达州中部的一个城镇，这里早些年还是一片荒芜的沼泽地带。迪斯尼公司以低价买下了这片待开发的处女地，加以彻底改造，建成了今天天堂般的迪斯尼世界。自1971年10月1日开幕以来，这个世界最大的游乐园每年接待来自美国和世界各地的游客千万人次以上。迪斯尼世界是众多游乐园的总称，占地巨大，它的组成部分是：未来世界中心（Epcot）、梦幻王国（相当于迪斯尼乐园）、电影城、快乐岛、台风湖、发现岛等。有高架流线型列车、大巴士和渡轮往来其间；有众多的旅馆、度假村、饭店穿插于中，这里是一个真正的世界，一座新型的城市。

未来世界中心 (Epcot)

迪斯尼世界中规模最大、最引人入胜的未来世界中心在11年后的1982年10月建成开放，可见其工程的艰巨和规模之宏大。这里最引人注目的就是那个远远就能看见的银色大球。当我们到达时，广阔的停车场已经排列了上千辆汽车。人们必须记住自己车辆停车的准确位置，因为游罢归来肯定是在夜晚九十点钟。一串串的小型电瓶车队已经停在那里，把一批批的游客送到售票处。游客可以根据自己的计划购买一日票或数日票，想在一天之内游历两个园区几乎是不可能的。漂亮的流线型高架列车把我们带到这巨大银球的面前，它的名称是“地球飞船”，直径55米，

未来世界中心

由 954 块立体三角形的铝片组成，十分壮观。据说这是地球上当前最大的人造球体。1995 年 5 月正是这里的第二届国际花卉和园艺节，鲜花遍地，色彩缤纷，美不胜收。建筑物的各种几何图形和花草组成的美丽图案相互辉映，真是令人赏心悦目。但是将要出现在我们面前的是一次更加丰富多彩的科普之旅。以地球飞船为中心，在它的周围有七八个科普展馆以及十几个国家组成的世界公园。科普展馆有：地球飞船（信息馆）、能源馆、生命馆、汽车馆、电子馆、新技术馆、大地馆、海洋馆。在银色圆球的后面是一个清澈的湖，有点像北京的北海或昆明湖，沿湖是世界各国的建筑、展厅、商店、饭馆等，俨然一个国际社会。

4 万年的人类历程

从大圆球的门口进去，就走进了信息时代，数不清的银屏向你显示有关迪斯尼世界各处的信息和资料，为你的参观提供方便，也可以为你提供世界各国的现况和各种信息。我在一个银屏前按了一下中国的电钮，立刻就看到有关中国的情况：中国地图、首都、国旗、国徽、国歌以及它的历史和现状。五星红旗在飘扬，人们在天安门前歌舞，那一幕幕的亲切画面展示在身在异国的游子面前，多么令人激动。

一些外国朋友也围过来高兴地看看，也许因为他们对中国更有兴趣吧。

很多人在那里排队，我们也加入了他们的行列，每批二三十人，两人一车厢的时代列车开动了。它就在这个大球内上下盘旋，回顾人类过去的历程。从三四万年前的克罗马农人直到现在的一些文化科学发展片断，多半取材于西方世界。其中有原始人的岩画、拼音字母的发明、古代的天文观测与航海技术、寺庙和教堂的兴起、印刷术的演变、文艺复兴时期的灿烂文化等。有些是活动模型，有些是布景、图画或影视。一直到人类飞向太空，从宇宙中瞭望到我们的地球，我们的时代列车方才到站。15 分钟的旅行跨越了人类几万年的历程，是一部浓缩了的世界史。据说这是由著名的史密松学会的专家们以及文化机构与科幻作家共同设计而成的。

地球飞船由美国电报和电话公司赞助提供。未来世界中心的许多科技展馆都是由著名的科技公司合作赞助，这种形式是十分有效和值得学习的。

史前探险记

在宇宙能源馆前欢迎我们的是几个用绿草做成的恐龙，侧面有一大排的黑色圆盘正是太阳能电池板，这是古今能源的标志，馆的名牌上说明由艾克森石油公司提供赞助。刚进大厅就看见不断放映着的地球史宽银幕影片，内容是各种能源的来历。我们在一个电影厅内坐下，也是看不完的讲解能源的影片。不知不觉中我们的座椅移动了，而且有次序地排成一个队列慢慢地前进着，把我们送进了史前时代。在我们身边，太阳系渐渐形成，地球诞生了，遍地还是流动着的炽热的岩浆；忽然雷鸣电闪，大雨倾盆，原始的地球正在漫长的年代里经历着翻天覆地的变化；原始生命在地球上出现了，它们在不断地演化着，从海洋爬上陆地，居然演变成了巨大的恐龙；转眼间我们被恐龙包围了，前面正有两只恐龙在打斗嘶叫；忽然觉得头上好像有东西在蠕动，抬头一看长颈龙的头正伸到我们面前；远处的火山在喷发，还不时感到地震……这惊险的场面一幕一幕就发生在我们眼前……古代的森林倒下了，被深深埋在地下；恐龙们失去了食物，一个一个在身旁倒下，从地球舞台上消失了；地壳运动、海陆变迁，多少万年后，史前的动植物变成了石油和煤炭；后来被人类开采出来，成为能源进入现代生活。经过漫长的旅途，简直是一场探险，我们又回到了现在，又安坐在电影厅里。不仅生物能源，影片还在揭示着未来的主要能源——核能、风能、水能和太阳能，以及对它们的开发利用。这的确是一次难忘的 45 分

生动的故事情节，巧妙的叙事手法，真的将能源科普做到了源头。

很强的参与感。凡读过 I. 阿西莫夫著《奇妙的航程》一书的读者，一定会对此有更深的感触。

钟的惊险的旅行。

生命的奇迹

一个彩色的双螺旋 DNA 模型立在生命馆门前。各种图表、演示、模型都是为了向观众揭开生命的秘密。《人体内部的战争》是一部杰出的动感影院的影片。观众们好像被一趟未来的缩微列车载着在人体血管中穿行。观众的座椅可随影片中的情节升降摆动，气氛颇为紧张。内容是描述细菌侵入人体后，人体内部的组织怎样同侵入者战斗，直到最后取得胜利的情景。观众既是观战者，又是参加战斗者。这趟列车随着血液驶向人的心脏、大脑以及其他各处。这是一次别开生面的微观世界的奇异旅行。

大地哺育了人类

大地馆就是农业馆，展示了高科技如何促进农业发展，为人类创造美好的未来。乘坐小型船队的 13 分钟的旅行，让我们看到热带作物以及沙漠的生物和南美洲的植物。这些都是真实的活生生的植物。除此以外还有 19 分钟的环保影片和 45 分钟的关于暖房的旅游。在大地馆里可以看到 20 多个国家农作物和植物生长的情况。美国宇航局还特别展出了植物在太空中所受到的影响和未来太空农业的展望。

滚动的世界

汽车馆里并不讲汽车，实际上它叙述的是人类交通运输的史话。从古老的牛车一直到现代快速复杂的车辆和运输系统。在世界各地，日日夜夜数以亿万计的车轮在路上转动，这是一个无休无止的滚动的世界。参观开始，人们坐上一辆辆小车，在螺旋形的轨道上盘旋而上。这真是古今车辆的大汇展。进入视野的有的是布景和模型，有的是真人实物。在短暂的十几分钟的滚动旅行中，你看到了这个滚动世界的历史全貌。车轮的滚动竟然带动了人类的文明和发展！如果没有轮子的转动，这个世界不可想象。最后我们来到了现代汽车世界，各种类型的最新制造的汽车停满了大厅，你可以随意坐进车内，仔细了解，但是不能开动。这个馆由美国通用汽车公司提供赞助。

“历史的车轮滚滚向前”一语，正好与此合拍互应。

第三次浪潮

席卷全球的科技潮、发明潮改变了整个世界。这里的两个展馆不但展示了 20

世纪中科学和技术的最新成就，而且让人们感觉到已经走进了 21 世纪！

创新馆 (Innovations) 是一个电子世界，从这里展望不久的将来电子技术的发展给家庭和社会带来的改变。在五彩缤纷变化莫测的光电效应中，你被带入了一个神话般的奇妙世界。由许多著名厂家如 IBM、AT&T、苹果、GE 等提供的电脑、玩具、游戏机、电话机、电子乐器、电视机等最新电子展品，展示出电子技术和电脑网络未来在交通、交际、商业、教育等领域的广泛应用。这里还设有少年儿童专台和为教师教学提供服务的专台。

地平线馆（Horizon）展示了人类发明的历史和在人类科技的地平线上升起的未来。生动的声光表演《看看明天》和在球幕电影中展望的 21 世纪的海洋牧场、沙漠农场，以及太空城市，使观众们仿佛已经坐在了 21 世纪的列车里。人类总是在这第三次、第四次……一次次科技浪潮的不断冲击和推动下，进入一个又一个新的时代。

蓝色的海洋

海洋馆的外形就像是起伏的海浪，馆前是一块不断被海浪冲击着的巨大岩石。这里展出了潜水技术的发展，展示了迪斯尼影片《海底两万里》的水下奇景和影片使用过的鹦鹉螺号潜艇的模型。在一个巨大的水箱（约 70 米长，9 米深，是一个海区的样品）里，许多海洋生物在里面游动和栖息。有各种各样见也没见过的鱼，巨大的海牛（曾被称作人鱼），还有水母、珊瑚、海参、寄居蟹等。从楼上高处看到的是海洋上层的风光，而在楼下隔着玻璃则能观赏海洋生物在海中的生活动态。穿戴装备的潜水员不时跳入海中去工作，这一切都是真真实实的。有一个大的玻璃筒，人们分批进入，就像电梯一样，把你降至“海底”隔着 20 厘米厚的玻璃去观看海洋奇景。潜水员带着海豚游到你身边，向你招手致意。这里展示的主要是与佛罗里达州相邻的加勒比海的情况。

《海底两万里》经典也在前进。

以假乱真的幻影馆

展示现代影视技术的幻影馆的节目虽然是以假乱真，但却是出自货真价实的柯达公司技术和器材。几百观众戴着立体眼镜坐定之后，享受影片放映出的三维立体效果，那真是绝妙的感受。一只鸽子眼看着飞出了银幕，就要落在你的肩上，但是用手去接，却是一场虚幻。我记得最生动的表演是：一位魔术师把一只小白鼠放进一架复制机器中，忽然成百上千的小白鼠从出口处窜入大厅，在座椅下钻来窜去。这时每个观众都感觉到腿底下有老鼠在跑，裤脚也沙沙发响。有尖叫声传来。其实哪里是老鼠，而是座椅下安装的像拖把一样的布条，旋转起来扫动大家的裤脚。伴着视觉的效果带给大家一场虚惊。其设计之巧，效果之真，不能不令人信服。转眼间，归队的号令发出，众鼠辈又纷纷冲上银幕，挤回那架机器中了，大厅瞬间又恢复了平静。大家才松了一口气，忽然银幕上又出现了一只小狗，模样可爱。它离你越来越近，转眼到了你的眼前，伸出了舌头，就要舔到你的的鼻尖了。你刚要往后躲，但来不及了。小狗突然打了一个喷嚏，口水顿时喷了你一脸，摸上去真的是湿乎乎的，有许多细水珠落在脸上。原来那些水珠来自于安装在前排座椅靠背后的一个喷雾水管。在小狗打嚏喷的一瞬间，水喷了出来。这就是以假乱真的幻影世界，也是所谓第 4 维的效果。

20 多年来，4D 的概念和产品就这样悄悄地流向了全世界。

这几个科技馆是常年开放的科普场所，粗看一遍起码也要半天时间。

活生生的世界公园

世界公园是一个很大的园子，就在地球飞船的大圆球后面。那里有墨西哥馆、挪威馆、中国馆、德国馆、意大利馆、美国馆、日本馆、摩洛哥馆、法国馆、英国馆、加拿大馆等。它们绕湖而建，湖里有两三处小岛点缀其间，这些小岛也作为音乐喷泉和发射焰火的基地。

在这个世界公园里不但可以看到许多国家的风景名胜的仿制建筑，而且可以领略到不同国家的风俗民情、风味美食、文化表演、自然生物和特色商品。这完全称得上是一个国际大家庭。我走进墨西哥馆，巨大墙面上的壁画就是玛雅文化的遗迹，金字塔和天文台。室外的热带丛林中，色彩斑澜的鹦鹉在向你问好，火烈鸟（红鹳）也在池边伫立，向你行注目礼。中国馆的天坛祈年殿在众多的外国建筑中特别引人注目。穿着中国衣裙的中国姑娘不时为游客介绍中国的情况，还出售中国的丝绸特产，有时还会表演红绸舞。

都是生动的文化标志。

难忘的湖上焰火

黑夜降临，世界公园各国建筑物灯火通明，争放异彩。游客越聚越多，为的是欣赏久已闻名的迪斯尼夜景。湖心岛上的音乐喷泉开始喷射。随着乐曲的节奏和曲调，彩色喷泉的水柱或高或低、或急或缓。从正面看去好像是一幅巨大的正在流动的五线乐谱。水面上繁星点点，波光闪动，其实都是灯光的倒影和喷泉击起的水波。大圆球及其周围各个展示厅馆及人行道两侧也被不同的彩灯照射着，美丽而壮观。

忽然，夜色中出现了几束绿色强光，从美国馆直射地球飞船的银色大球。随后，一个旋转着的巨大地球出现在了湖心，海洋陆地，轮廓分明，像是一个巨大的闪光的地球仪。实际上这个大地球及其旋转都是激光束的杰作。看上去精彩绝伦！

随着彩色焰火的腾空而起，天上地下一片辉煌。空中不时传来各国不同的乐曲，各国馆也各显其壮丽夜景。天空中响起了贝多芬命运交响乐命运敲门的主旋律，这是德国馆的主题。这时德国馆的灯光齐亮，许多激光束也射向那里。当广东音乐响起时，祈年殿在来自中国的焰火的相伴下大放光明。此时，我们这些中国观众自然更是兴奋。焰火演出持续了半个多钟头。踏上归程的人们，还深深地沉浸在一整天激动人心的游览之中。我走到一家灯火通明的售品处买了一些纪念品。这时我发现门外地面的水磨石也在不时地发出点点星光。细看之下才发现是有些小彩灯镶嵌在地面，当人走过时，触发了开关，因而闪光。园中类似的设计还有多处，我不禁想起了苏东坡的名句：“起舞弄清影，何似在人间？”

构思何其精巧！难怪作者不仅要自问：“何似在人间”了。

奇妙的梦幻王国

“梦幻王国”是迪斯尼世界中与“未来世界”并肩的第二个娱乐中心。如果说“未来世界”是科技园和地理园的话，这里则是一个充满了刺激的游乐园。它由探险乐园、西部乐园、梦幻乐园、美国市场、米老鼠之家等子园组成。每一个子乐园中都有许多使你玩不够、看不够的节目和风光。

“梦幻乐园”只是整个“梦幻王国”的一个组成部分。

热带森林的冒险

据说“森林之旅”是这里最受欢迎的项目之一。当你踏进“探险乐园”的大门，一下就被热带森林包围了。这里有一种湿冷奇特的气氛。我们走到一条小河边，那里有一条小船，十几个人坐好后，船就开了。船老大一路介绍着沿途风光。突然岸上传来呼叫声，原来是一头犀牛正追赶两个猎人。前面的一个赶紧爬上了一颗椰子树；后面的那个吓得把枪落在地上，来不及捡，紧紧跟上。他们这才免尝犀牛角的味道。凝神细看那后面的猎人竟是唐老鸭，煞是有趣！这时有几只漂亮的斑马正在河边饮水，若无其事。不知什么时候，听见船的另一边有东西咬住了船侧的救生圈，真个是栩栩如生！作者亲临其境，一支妙笔转换时空，各色“险象”纷纷跃然纸上。

眼看着另外几只张开大嘴的鳄鱼向我们游来，小船立刻转舵，加速前进才摆脱了险境。两岸都是鲜艳的花朵和热带雨林，在林间飞翔的有着美丽羽毛的鸟儿真让你看得发呆……这时又听见象群的呼啸声。在我们小船前进的方向，有四五只大象正在水中打闹喷水，搅得船身上下起伏，乘客十分惊慌……十几分钟的旅行险象环生，终于平安结束。那些活生生的动物原来都是假的，是用高科技的手段制作和表演的。

小小世界和灰姑娘城堡

“小小世界”是“梦幻乐园”中的一个节目。搭上小火车进入一个山洞，就好像走进了《天方夜谭》的世界。你能看到穿着各种民族服装的几百个小娃娃在电脑控制下载歌载舞，音乐也十分好听。仅仅 10 分钟的时间你已经周游列国，虽然不想离去，但车子已经把你送到出口。那高耸入云的灰姑娘城堡已经在我们面前，那么神秘，那么漂亮。美丽的城堡已经成为世界上其他迪斯尼乐园的共同标志。

这里可以游玩的地方还有很多很多：坐上马克 · 吐温的汽船可以去美国西部世界，看看当年移民开发的场面；坐矿山火车，让你提心吊胆，发誓再不坐第二次……

从电影城到发现岛

迪斯尼公司是从电影起家的。迪斯尼成功的动画片、故事片以及科幻影片，不仅给它们带来了大量资金，而且带来了全球的声誉。所以几乎每年该公司都要推出一部卡通大片，如《狮子王》（1994）、《彭克哈纳斯》（1995）、《玩具总动员》（1996）等。迪斯尼世界里有一个电影城就是展示迪斯尼影片的历史、制作和演示的乐园。有趣的是其中还有一个中国电影院。电影城也经常举行焰火晚会。

灰姑娘城堡夜景

发现岛简直就是一个热带雨林动物园，它位于海湾湖中央的岛上，是自然爱好者的乐园，也是环境保护的标志。据说这里的一切还将要大大扩展，并另建一座野生动物园。

灯火游行中的彩车

迪斯尼世界“欢迎来到新梦幻乐园”表演

迪斯尼的理想

高雅的理念和情趣："得到欢乐，获得知识。"

沃尔特·迪斯尼（Walt Disney 1901–1966）不但是米老鼠之父，而且也是迪斯尼乐园和迪斯尼世界的创始人。他所设计的这个"世界"是在他去世5年之后开幕的，而Epcot（未来世界中心）是在他去世16年之后的1982年才开放的。1996年是迪斯尼世界诞生25周年，据迪斯尼公司宣称，这个"世界"的投资已累积达1亿美元，以后还要继续发展。回顾迪斯尼生前对建立"乐园"和"世界"的理想，他说："乐园能使你得到欢乐，获得知识。这里将是博览会、展览会、游戏场、社团中心、活的博物馆、以及美与幻术的窗口。我们居住的这个世界上的一切成就、欢乐和希望在这里应有尽有。乐园将显示如何使奇迹成为我们日常生活的一部分。"

知识娱乐化是一种巧妙的手段，娱乐知识化则上升到了更高的境界。评注者近年来不时宣传这一概念，在此又得以发扬，幸甚。

迪斯尼世界是沃尔特·迪斯尼对文化娱乐事业的最后贡献，造福千秋。出于我的职业本能，我在想：当我们漫游在这个世界中时，除了得到知识和欢乐之外，是否还会进一步思考我们在兴建我国的大大小小的游乐场所时可以从中得到哪些有益的经验。我想应该是以艺术和科学为主题，寓知识于娱乐；而不是那些宣扬封建迷信、污染精神的东西。

到迪斯尼世界去

让人类拥抱海洋
——美国的海洋科普

海洋世界（Sea World）

海洋是生命的源泉。

海洋是生命的舞台。

海洋是地球的特征。

海洋是人类的财富。

海洋是开发的领域。

海洋自古拥抱人类，

让人类更拥抱海洋。

海洋世界标志

从资源、交通、食物、能源、环境等多方面去看，海洋和人类的关系都非常密切。21 世纪将是大力开发海洋的世纪。因此海洋科学引起人们极大的兴趣。

“海洋世界”在本书后文《旅游名城奥兰多》中亦有提及。

美国人热爱海洋，热爱海洋生物，热爱海洋科学。美国的海洋科普多种多样，特别值得一提的是寓科普于游乐，趣味生动，引人入胜，人们在娱乐中学习海洋科学知识。美国有数不清的水族馆，分布在各个大中城市。“海洋世界”（SeaWorld）则是一个像迪斯尼乐园一样大型连锁式的海洋动物主题公园，在美国有三处，分布在加利福尼亚州、得克萨斯州和佛罗里达州。其中加州南部圣迭哥市的“海洋世界”最大也最有名，可能它也是全世界最大的海洋动物主题公园之一。“海洋世界”有一个统一的设计精美而生动的标志——海波上跃起的海豚或鲸，让人一望便知这就

圣迭哥海洋世界导游图

是海洋动物的世界。因为加州是我这次访美的头一个州，圣迭哥市的“海洋世界”自然就成了我们的首选。我们是接近中午时到达的，停车场上的小汽车已经是一望无边，千辆左右排列整齐，可见游客之多。

内容多样 场面宏伟

一进大门，一张“海洋世界”的导游图已经人手一张。几十处馆池，十几处景点使你眼花缭乱，不知从何看起。有经验的观众提醒初来的人，先要注意各表演场所的场次和时间，做出全面的优选安排。至于那些不限时间的，如“海洋动物走廊（海族馆）”“淡水鱼类馆”（水族馆）“红鹤园”“海豚池”和“海狗岛”等则随时可看，可以暂且不去管它。但精彩的海兽表演，一天只有两三场，都定时开演，如不提前到达，恐怕连座位都难保。特别像海豚表演、海狮对话、虎头鲸集体花样戏水更是演艺非凡，世上少有，很多人都是为此而来。于是我们纷纷研究起地图上各个表演热点的场次和时间，定好参观次序。但这么大的“海洋世界”好比大都市中的一个行政区，先往何方，哪里是最短的路线，也一时拿不定主意。踌躇间，不知不觉地来到一个高塔的下面（我想这一定是设计者的巧妙引导）。几十米的高塔上美国国旗迎风招展，其本身就对观众有一种吸引的魅力。与其说它是塔还不如说是一根巨柱，柱子外套着一个能升降的滑动圆厅，可乘几十人。观众走进圆厅，旋转上升。到达塔顶，居高临下，各处美景一览无遗，令人心旷神怡。远处是太平洋的波涛滚滚，近处是鱼、鸟、兽的歌声阵阵。至于奇特的海兽池，坐满人的看台以及布满园间的花草树木、丛林花坛，更把这个海洋世界打扮得色彩缤纷，香气扑鼻。这哪里是海兽的场所？简直是人间仙境。我不禁触景生情，吟起昆明大观楼的长联："五百里滇池奔来眼底……数千年往事注到心头……"更有"滕王阁序"中的绝唱"落霞与孤鹜齐飞，秋水共长天一色"。对此良辰美景我自然不能空手而去，于是抓紧时间抢拍了一些远近风光，后来印出照片果然效果甚佳。

李元一生爱好文学、艺术，颇有诗人气质。如此触景生情，真是再自然不过了。

和海豚交朋友

海豚是最聪明也是最通人性的可爱动物。海豚池就在路边，任人围观，少年儿童最喜欢在这里和海豚交朋友。花一美元便可买到一袋专供喂海豚的饲料，其他食物是禁止的，这主要是为了保护动物的安全。曾听说我们的一些动物园中的动物因观众乱投喂食物或物品而致死。而在美国，人们用这种合法的食物去喂海豚，结果是观众得到欢乐，园方节约开支，一举两得，何乐而不为。喂食时那海豚直立起来摇头晃脑，姿态优美可爱，一定要你喂了它才肯游去。有的小朋友由大人抱着甚至

海洋世界海洋动物走廊

可以和它亲吻、贴脸表示友好。这是人和动物友谊的生动表现。海狗岛也一样热闹，海狗纷纷仰起头来，等待喂食，并且高声呼叫。

穿过海洋隧道

人们穿过海洋隧道时，仿佛是在儒勒·凡尔纳《海底两万里》中乘坐尼摩船长的鹦鹉螺号潜艇漫游海底世界。在你的两旁和头顶只隔着一层玻璃和鱼儿们相望。当然人们最爱看的是色彩艳丽、形状奇特的热带鱼和海洋动物，但有时也会看到凶猛的鲨鱼贴身而过。一边走一边看，真正是海底漫步。

参观精彩的场馆，无论是科学的还是艺术的，总有一种永远相伴的感受：实在是太匆忙了，“来不及细看”。

在这个海洋世界中，竟然也有淡水鱼的一席之地。另一个江湖隧道中展示的全是淡水鱼类。有一种长约两米的粗大的鱼，据说是生长在亚马逊河中的世界最大的淡水鱼。在这两个鱼类馆中都有许多制作很好的说明牌，对每一种鱼都作了分门别类的详细介绍。这对鱼类爱好者无疑是一个最好的课堂。但时间紧迫，表演快开场了，我们只能匆匆过目，来不及细看。

把海兽池变成大课堂

有半个足球场大的海兽池满装碧蓝的海水，池子的对面就是观众台，一层一层围成弧形，足容千人。坐下后，我又不禁联想起古罗马的斗兽场，也具有类似的场面，但内容可大不相同。当年贵族们在那里坐看猛兽残酷地撕碎囚徒和奴隶，并且把他们吞食掉，以此取乐。如今的这里则是人民大众接受科学文化知识和享受娱乐节目的场所。场中有一些是专供残疾人的优惠座位，非残疾人从不占用，即便空着。在美国，残疾人处处受到尊重和优待，这是社会高度文明的体现。大水池的背后，有一个超大电视银幕面对观众，随时放映现场情况和有关画面。

科普，只要条件许可，就应该设置互动环节。这已成为越来越普遍的共识。

每场表演约一小时左右，内容热烈而有趣。在节目过程中，不知什么时候，节目主持人忽然变成主考人。他向观众们提出有关海兽和海洋的问题。比如：鲸是鱼吗？鲸是卵生还是胎生？鲸能游多快？鲸也睡觉吗等，请观众选择答案。而那些踊跃的自告奋勇的观众，在主持人指导下又分为成人队和少年队，进行答题竞赛，场面非常活跃。这种主持人与观众互动的做法真是很值得提倡。海兽表演的全过程中主持人、表演者都和观众随时交谈，打成一片。驯兽师打扮成村姑或渔人的样子和海豹、海狮、海象谈笑风生，指挥自如，一边表演一边说笑话，时而引得人们哄堂

海洋世界鲸鱼表演

大笑。最精彩的节目是虎鲸表演。这种满嘴利齿、性格凶猛的虎鲸在驯兽师的指挥下，表现得非常温顺有趣。它们一会儿把驯兽女郎高高抛起或顶立在嘴头上直立水面，一会儿快速游水而且跃出水面，形态优美无比。突然间，它们游到池边掉过头来，用那硕大的鱼尾对观众猛打池水，顿时海水飞溅，离“海边”近的观众最先受益，一片惊叫夹杂着后排传来的一片欢呼。被水打湿的人们也满不在乎，反引以为乐。特别是一些青年人专门去迎接这些海浪，兴奋异常。像这样的海兽池园中有好几处，最主要的就是鲸和海豚的表演。“海洋世界”中有趣的东西很多，它的主旨就是通过表演和展示把海洋科学知识用生动有趣的方式普及给人们，寓教于乐。每逢夏季，还有夜场，更具魅力：高塔顶激光四射，兽池旁彩灯辉耀，天空中繁星灿烂，海水里鲸豚飞舞，观众间欢呼雀跃。

何其生动的画面！

“海洋世界”不但让观众赏鱼，而且可以把观众变成鱼儿游入海中欣赏龙宫美景。一种活动是穿上特制服装背上氧气筒，戴上面罩在珊瑚礁旁穿梭漫游；另一种是乘坐小型潜艇拥抱海洋，游览海底奇境。

献身海洋科普的古士托

说到美国的海洋科普，没有人不知道古士托，他的全名是 Jacques-Yves Cousteau（雅克伊夫 · 古士托）。他本是法国人，把全部身心投入海洋事业，进

古士托和他的卡利普索号

在海洋世界中与海龟交谈

行探险、摄影，对海洋科学、海洋科普和海洋保护做了大量工作，有重大的贡献。

20 世纪 50 年代初他在美国国家地理学会的资助下，驾驶着他自己的卡利普索（Calypso）号海洋考察船前往印度洋、红海、大西洋和太平洋等处进行海洋考察和探险，其间拍制了大量海洋影片，如《静静的世界》等，在全世界放映。并在美国《国家地理》上发表了 10 多篇海洋探测和考古的文章，第一次让广大读者认识海洋，欣赏海洋和热爱海洋。他在摩洛哥创办了世界一流的海洋博物馆。1960 年 3 月 28 日他上了《时代》周刊的封面。70 年代他在美国编著出版了 20 本大型海洋科普图册，约 3000 页，彩照彩图数千幅，最全面最生动地普及了海洋知识。从《太空中的绿洲》《海洋的窗口》《海洋的财富》《海洋的挑战》一直谈到《海洋的危机》。他还发明制作了新式简便的可以游来游去的潜水服、海洋摄影机等。他在后半生成为一个最积极的海洋保护者和自然保护主义者。20 世纪 80 年代他又编写出版了巨册《古士托的海洋世界》和其他大型图书。1989 年他的第一本传记出版。1995 年，他 85 岁，那年 4 月号的法文版《PHOTO》（摄影）出版了古士托的图册专号。美国电视台在 1995 年 11 月播放了两小时长的《我的 85 岁》——关于古士托的电视片，还在电视节目杂志的封面刊登他的彩色照片。

古士托的晚年致力于环境保护，坚决保护海洋，勿使海洋污染。他还组织了古士托学会，出版海洋保护刊物。古士托于 1997 年 6 月 25 日逝世。联合国发言人称他是伟大的自然保护主义者！他走完了 87 年的历程，为全人类的海洋事业贡献了一生。

古士托，更常用译名是库斯托。他的事迹非常令人钦佩，美国科普巨匠艾萨克·阿西莫夫（Isaac Asimov，1920-1992）曾形容他“一生中在水下似乎比在陆地上更能得心应手”。

库斯托生于 1910 年 6 月 11 日（顺便一提本书作者李元先生的生日也是 6 月 11 日，生于 1925 年）。李元曾力荐国内一些出版社推出库斯托传记的译本，惜未如愿。

旅游名城奥兰多

奥兰多是佛罗里达州中部奥兰治郡之郡治，其“幼年—童年”的大致情况是：1837 年前在加特林堡（Fort Gatin）附近拓殖；1850 年建城；1857年定名为奥兰多，一说是因为纪念在塞米诺尔战争中遇难的一位印第安士兵奥兰多·里夫斯（Orlando Reeves），但也有别的说法，1875 年设市。

美国东南半岛上的佛罗里达州是美国最迷人的州之一。位于大西洋海滨的迈阿密早已闻名世界，那银色的海滨浴场、碧绿的海涛、面向海洋的度假村和高耸的棕榈树，在灿烂的阳光下显出无比的美丽。离此不远的佛罗里达岛链，像天鹅绒上的一串珍珠，把人们引向海洋深处——基维斯特（Key West），美国的最南端。与此遥遥相对的是那些加勒比海中的群岛诸国，而古巴就是其中的一颗明珠。这些富有热带风光的海国情调正是吸引着众多海内外游客来此观光的缘由，然而这些只是 20 世纪 70 年代以前的情景。自从一座新兴的旅游名城奥兰多（Orlando）在佛州中部发展壮大之后，佛罗里达对世界各地的游客又有了新的诱惑。奥兰多像一块巨大的磁铁一样，它的磁力线伸向世界各方，把成万上亿的旅游者、观光客都吸引到这里；真是海陆空齐头并进，条条道路通向奥兰多。这在世界旅游业和游乐业的历史中是一个奇迹，是一个里程碑。

日夜兼程奔向奥兰多

在去美国以前，我的亲友已经拟定好前往奥兰多的计划。因此，我的赴美签证虽然有些波折，但终获成功。当我向美国使馆负责签证的女士叙述了我们在美国的精心安排真实可信的旅游计划后，她欣然同意并祝我一路顺风。其实当我初到美国时，奥兰多还是一个陌生的地名，它是怎样一个城市在我心中还是一片空白。在翻阅了几本游览指南之后，我才惊讶地发现，它的名字居然和纽约、华盛顿这些世界名城并列，才知道奥兰多简直是一个旅游博览会、娱乐大世界。我们一个家庭旅行团，老少 10 人，驾驶了一辆租用的中型面包车从得克萨斯州南部的休斯敦出发，向东沿着墨西哥湾的海岸长征，日夜兼程奔赴奥兰多。一路上我们穿越过路易斯安

美丽的奥兰多

那州、密西西比州、阿拉巴马州，然后进入佛罗里达州，全程 2000 多千米，途中有说不尽的风光。我们曾跨过美国最大的密西西比河的大桥，穿越过在沼泽地带修建的 30 千米长的矮桥……许多地名过去曾经在马克 · 吐温的文学作品中读过，在福斯特的歌曲中唱过，如今身临其境，感触自然不同。

奥兰多你好！

在一个美丽的春天的早晨，我们的车徐徐开进了奥兰多，不敢快开就是因为初次光临，人地生疏。使我大为惊讶的是这哪像一座名城？既无高楼大厦，又无人声喧闹，只是一座平静的城市。也许是刚刚从夜幕中苏醒，我边看边喃喃自语：奥兰多，你好！奥兰多，早安！我们终于在一间汽车旅馆 Days Inn（阳光旅馆）前停车了。在美国驾车旅游，一般都愿意住在这种经济的汽车旅馆中，两间一套，还有一个简易的厨房，我们可以煮粥下面，吃我们可口的中国饭。当然，旅馆免费供应的美式早餐还是要去品尝的。一切安顿好后，略事休息，接下来重要的事就是去打听游览事宜和买票，这些自然是由居住在美国的年轻一代去完成。我趁此空闲到周围走走转转。在旅馆前台，陈列着许多免费的旅游指南，分别介绍各个景点的内容和特色。有一本数十页的小型旅游指南最令我满意。这 32 开本彩印小书，内容极为丰富，有奥兰多的详图，有各个景点的地图、照片，有饭店旅馆介绍、购物指南、交通

实用的奥兰多小型旅游指南

情况以及娱乐场所的大量广告，其中有十几页印满了各个店铺的优惠券（coupon）。这种coupon在美国到处可以听到和见到。懂得使用coupon的人可以节省许多开支。

奥兰多的心脏：WDW

WDW 是 Walt Disney World（迪斯尼世界）的英文缩写，它的确是奥兰多的心脏或游览中心，几乎所有的游客都是奔她而来。迪斯尼公司在加州洛杉矶还开有一个游乐园叫作迪斯尼乐园（Disneyland），历史较长但规模没这个大。迪斯尼世界占地巨大，约 111 平方千米，它的兴起带动了好多旅游景点的建立。1971 年 10 月 WDW 开幕，1982 年未来世界中心（Epcot）落成，从此 WDW 共有梦幻王国、未来世界中心、世界公园、迪斯尼 – 米高梅电影城、发现岛、动物王国等 8 个分园，好几个高尔夫球场以及庞大的旅游度假村。这就是当今世上最大的游乐园 WDW 的阵容。

奥兰多通往迪斯尼世界大道上方的欢迎彩门（沃尔特 . 迪斯尼世界——那里梦想成真）

园中园与园外园

前面讲了，世界公园是迪斯尼世界的一个园中园，而它又是由 11 个不同国家风格的园林与建筑组成，中国园即是其中最引人注目的一个，可谓园中园吧。北京天坛的祈年殿被依比例缩小搬进园中。那蓝色的琉璃瓦顶，大红色的梁柱，在周围的苍松翠柏的衬托下显得格外好看。加上作为导游的身着各色旗袍的中国姑娘，往

海洋世界在奥兰多

奥兰多海洋世界中的“过水车”

请参见前文《让人类拥抱海洋——美国的海洋科普》。

来穿梭，更使得园中热闹非凡，吸引了大批游客，成了迪斯尼世界中的一景。

奥兰多不但有园中园，还有两个有名的园外园。一个是美国著名的海洋世界（SeaWorld）主题游乐园的三大园之一——奥兰多园，它与加州圣迭哥和得州圣安东尼奥的海洋世界同属一个公司。为方便各地游客，海洋世界的三个园分布在美国东西两海岸和中部。但由于气候原因，却都建在美国的南方。其实，三个海洋世界的设施和节目也都大同小异。

奥兰多的另一个园外园是仅次于迪斯尼世界的佛罗里达环球影城（Universal Studio Florida），这也是一个世界著名的主题公园，与加州好莱坞的环球影城同在环球电影公司旗下。来到这里人们仿佛进入到一个惊险世界之中。我将在下边做简略介绍。

汇集三个世界级的主题公园于一个城市，这恐怕在全世界也不多见，奥兰多也因此而声名鹊起。游客只需到此一地，便可玩遍三个不同内容的大主题公园，又刺激又划算，何乐而不为之。更有甚者，世界著名的肯尼迪航天中心就在其东不到100千米的东海岸。所以，五洲四海的游客四面八方而来，使这成了世界著名的游乐中心、旅游胜地。

环球公司的电影城

佛罗里达环球影城

环球公司是美国的著名电影制片公司，除了在洛杉矶的电影王国好莱坞建立了该厂的电影城外，后来又随着迪斯尼世界的建立也在奥兰多建立了佛罗里达环球影城。多半根据它过去拍摄的名片，如《金刚》《E.T.（外星人）》《侏罗纪公园》《大鲨鱼》等内容，设计师们设计了好多令人惊奇、引人入胜的景点，使观众如亲临其境，比看电影更富有临场感和震撼感。这里经常还有电影明星亲临现场和观众见面。入口处是一个巨大的用经纬线网组成的不锈钢地球模型，上面有五洲四海的轮廓，这就是环球公司的标志，观众很喜欢在这里与人类之家“地球”合影，然后进入两旁有高大棕榈树的城门。从导游图上可知各场馆的节目内容和表演时间。我们先在大院内漫步观光，见各国国旗飘扬，而五星红旗正在中央位置，我们顿时感到无限欣慰。

家庭旅游团

在强烈的“地震”中逃生

普及地震知识的地震馆，自然是吸引人们的去处。进门不久，地震科普讲座和演示开始。用模型、道具讲解地震的原理，包括地球的构造、地震波的传播、地震时房屋倒塌的情景和地震时的躲藏办法等。讲解清楚，演示真实，也有真人用绳索从高楼上下滑逃离险境的实况表演，但人们都安静听讲，并无异样。上完地震课后，导游请大家乘坐电车往别处去参观。我们坐上了那种老式电车，等待出发……忽然间雷声大作，地光闪耀，车厢剧烈震动，起伏不停，让人坐也坐不住，站也站不稳。这时人们惊恐万状，而车窗外的情景更令人胆战心惊。车站房屋纷纷倒塌，一辆大卡车随着地面的倾斜，急速地滚滑下来，

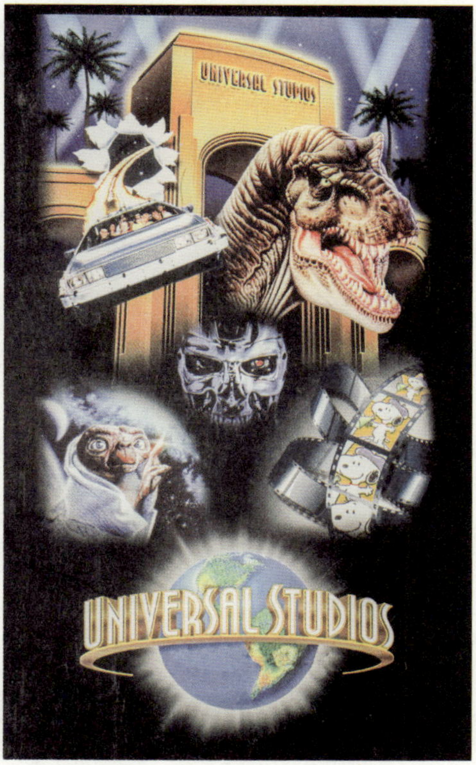

环球影城折页

环球影城模拟地震中洪水涌入车站

几乎和电车相撞。另一边是堤坝决口、洪水猛烈冲来，激起数米高的浪花……这时车内车外一片大地震的临场感，这时已顾不得去思索，只想先躲过这场突然降临的灾难。几分钟后，地震停止，人们才喘了口气。只见车窗外，原先倒塌了的房屋，倾斜的汽车，发来的洪水都依次恢复原状，又是整洁无恙的车站，仿佛什么事情也没有发生过——原来只是一场虚惊，是一场人工制造的用来拍电影用的大地震的场景。事后回想起来，这也是一堂难忘的科普演示课，它所模拟的规模与逼真程度，实在令人赞叹不已。好莱坞的工程师们真是什么都能造出来！

制造这种场景，实在是下了真功夫的，绝非耍点儿小噱头所能同日而语。

外星人在哪里？

从地震馆出来，在一个展示室内看到一个巨大的死恐龙躺在地上，那是1亿多年前的史前动物，怎么会躺在这里呢？导游小姐告诉我们，那就是著名科幻影片《侏罗纪公园》中的一只凶猛的独角龙，影片拍成后放在这里供参观。显然，这又是好莱坞的工程师的一个杰作。我赶快和它合影留念，我觉得地球上的生命真是多种多样，这个世界有多么奇妙。但是导游小姐说，更奇妙的还是那些外星人呢。她指向远处的一座小山说外星人就在那里。果然山洞上有两个醒目大字：E.T. 是外星人的缩写字母，全文应是 The Extra-Terrestrial，是指地球外的事物。我们进入山洞，坐上宇宙飞船，系好安全带，随着一阵轰鸣，飞船起飞，我们已经上路了。我们越飞越高，天上是一轮明月，地面是万家灯火，那一幢幢的楼房，那树林与河流都变得越来越小，显得十分遥远。我们已经离开了人类的家园，去往遥远的世界，去寻找地球人的伙伴，去寻找外星人。忽然我们看见有骑着自行车的人从月球前飞驰而过，还向我们招手，接着一声巨响，我们已降落在一个星球上了。我们又坐上一列旅游车开始新的旅行，道路是曲折而漫长的，而且充满惊险，仿佛是儒勒·凡尔纳《地心游记》中所描写的情景。前方终于"柳暗花明又一村"，眼前一片明亮，一片光彩，我们看到了奇花异草的外星世界。忽然有人大喊："快看，E.T. 在那里"果然我们看见了形状丑陋的几个外星人，口中喃喃有词，也许在说："瞧，从哪里来了这么多怪物！"……这也真是一次奇妙的旅行。

环球影城中的大猩猩金刚可坐在纽约百层高楼上把飞机撕得粉碎……大鲨鱼张开巨口向你冲来……这一切的一切既传播科学知识，又使人身临其境。没有精心的设计和高科技的配合，这一切是不可能的。

这些只是旅游名城奥兰多的几个片断和镜头而已。

哦，只是"而已"而已！

此篇与前面"迪斯尼世界——全球最大的游乐园"虽略有有重复，但是视角、详略有所不同，可互为补充。

漫游迪斯尼乐园

——纪念迪斯尼乐园50年并祝贺香港迪斯尼乐园开幕

纪念迪斯尼乐园50年

2005年对"迪斯尼乐园"(Disneyland)来说是一个重要的年头，这一年不仅是它创建50周年，而且9月份它的第四座乐园在中国香港落成开幕。

本文作者有幸多次去过美国和日本的迪斯尼乐园，而且也做过一些调查和资料搜集，借此机会让我们共同去漫游闻名世界的迪斯尼乐园，去寻找幸福、欢乐和知识，而且这些知识是在娱乐中学到的。

迪斯尼的梦想成真

1945，抗战胜利的那年，我正好20岁，饱尝了战争痛苦之后，是迪斯尼给

沃尔特·迪斯尼与迪斯尼乐园规划图

鼎鼎大明星米奇的魔术

我打开了一扇神奇的窗口，让我知道天下还有这样一个美妙的世界。那一年我在重庆带着我的小妹妹欣赏了迪斯尼一举成名的彩色动画影片《白雪公主》（Snow White），我一下就被迪斯尼的美妙艺术所深深吸引，后来我又看过多次，直到现在还是看不够。以后我又看了迪斯尼公司的许多卡通动画片，像《木偶奇遇记》《小鹿斑比》《幻想曲》《彩虹曲》……以及科普片《唐老鸭漫游数学奇境》等。我深深地喜爱迪斯尼的艺术风格和他笔下那些生动美丽的卡通形象：美丽善良的白雪公主，七个各具性格的小矮人，天真无邪的匹诺曹，活泼可爱的米老鼠，豪爽幽默的唐老鸭等。同时我也被迪斯尼影片的创作艺术和制作技巧所折服，特别是对贯穿在迪斯尼创作中的主题思想：欢乐与幸福、善良与正义、知识与智慧有了越来越多的认识和思考。沃尔特 · 迪斯尼（Walt Disney 1901–1966）是一个制造并传播欢乐的天才，他的艺术已经成为 20 世纪人类文化的一部分。他在成功地制作了许多传世的动画影片之后，脑海里涌现出了一个新想法——创造一个以迪斯尼动画片中的

不同凡响的创新思维。

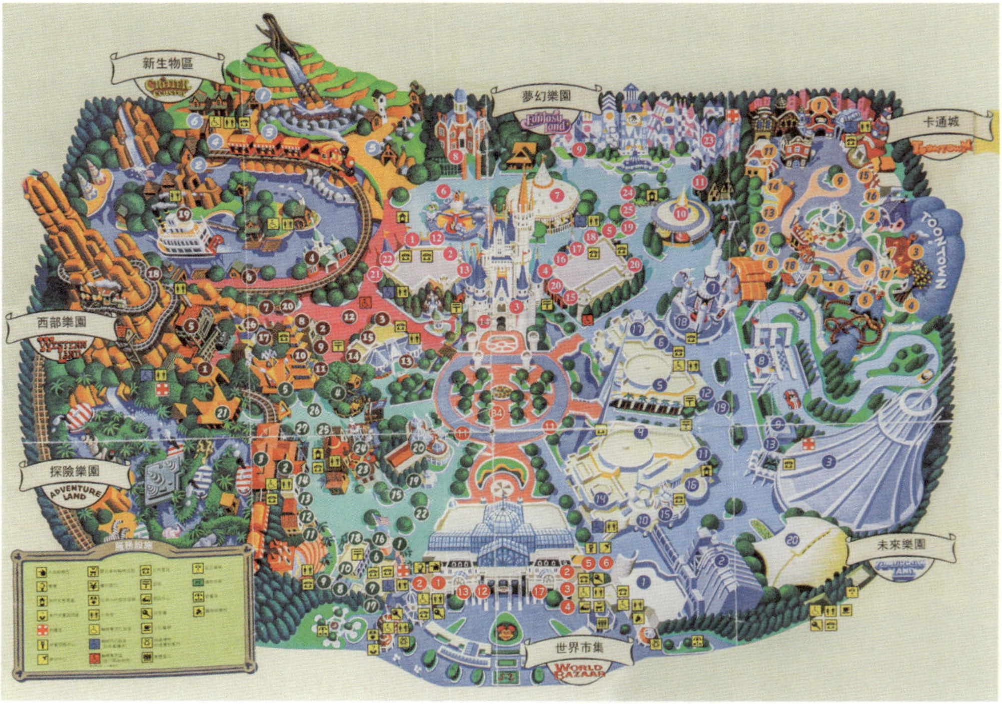

迪斯尼乐园导览图

故事和卡通形象为主题的有趣的人间乐园，他要让观众参与到影片的人物和故事中。他的这个梦想终于在 1955 年 7 月 17 日，第一个迪斯尼乐园开幕时实现了。

"Disneyland, The Happiest Place on Earth"（迪斯尼乐园，地球上最快乐的地方）。第一座乐园在美国加州洛杉矶附近建成，开幕之后大受欢迎，一时间国内外的观众涌向迪斯尼乐园，大大带动了美国的旅游业和文化市场。观众成千上万，成万上亿。16 年后，1971 年观众已超过 1 亿人次。1983 年 4 月 15 日东京的迪斯尼乐园开幕，这是亚洲第一座迪斯尼乐园。令人惊讶的是开幕 8 年后观众已达 1 亿人次。此后，1992 年 4 月 12 日位于巴黎的欧洲第一座迪斯尼乐园建成了。2005 年 9 月香港的迪斯尼乐园也开幕了，它是世界上第四座 Disneyland。

细看乐园导游图

大体说来，4 个迪斯尼乐园的内容、建筑以及地理分布基本一样，同时也会因所在地区的特点而有些不同，但变化不会太大。进入乐园之前最好是细看乐园导游图和指南一类的读物，这会使你以最经济的方式，获得最好的效果。我们以美国和东京的乐园为例。简单介绍其主要内容。

世界集市 这是入园后的第一站。游客们一进入乐园，首先受到迪斯尼明星们的欢迎，米老鼠、唐老鸭等会主动上前向你招手和你拍照，顿时气氛就变得亲切、愉快。这也是提供信息和各种服务的地方，当然你还会看到创办人沃尔特 · 迪斯尼的铜像，他的旁边是他最亲爱的"孩子"——米老鼠。人们会对他充满敬意，感谢他给我们带来的欢乐。从导游地图的编号上可以知道世界集市的功能：① 迪斯尼大街服务处; ② 物品保管所; ③ 儿童车和轮椅出租; ④ 交通中心; ⑤ 迷路儿童中心; ⑥ 婴儿中心；⑦银行；这里还有⑧小剧院；⑨ 儿童游乐场；⑩ 画廊。在交通中心，电瓶车、华丽小火车、高架车送你去想去之处。街两边全是商店和餐饮。从世界集市出发去其他乐园，有左、右两条线供你选择。两条线所经景点都一样，只不过顺序不同。我们按左线顺序介绍。

探险乐园 是一个冒险与传奇的世界：① 加勒比海盗馆。② 惊险的丛林巡航。这一部分特别刺激和有趣，我们的航船走进热带丛林，遇到正在打斗的河马挡住了去路。大象一家在河中嬉戏，岸边一只犀牛正在追赶米奇，在危急中米奇赶快爬上大树才算脱险……然而，这些都不是真的，但又是活生生的现实。③ 西部沿河铁路，

卡通乐园

老式蒸汽火车在阵阵铜铃声中，饱览沿途风光，居然还能看到史前恐龙时代的场面。④ 瑞士鲁滨孙家族的冒险大木屋，是一部同名影片的再现。⑤ 欣赏奇花异草，有鸟语花香，音乐表演。⑥ 是商店和餐饮设备。

西部乐园 展现了美国西部开拓时代的往事，正是风行一时的西部影片的再现。① 射击场，付费才能亲自用步枪射击 15 发子弹。② 顽熊剧场。③ 西部剧场。④ 乘马克 · 吐温号游船航行，潇洒有趣。⑤ 在巨雷山废弃矿山中过山车的疯狂之旅，惊险万状，患心脏病者切勿乘坐。⑥ 汤姆莎耶岛的探险（日落后停止）。

新生物区 （小动物们的故乡）这一游览区是少年儿童们的乐园。①山区动物世界，乘坐圆木舟游览美国南部沼泽地的动物世界，是一次惊险的浪漫之旅。②坐独木船的环绕美国河一周。

乘小飞象旋转高飞

童话世界的列车

“白雪公主”和七个小矮人

1	2
	4
3	

1 林中游历

2 奇花异草的世界

3 和小木偶匹诺曹玩耍

4 林中趣游

梦幻乐园 是让大人和儿童都会愉快的童话世界。① 小飞侠（潘比德），坐海盗船，在伦敦的夜空中高飞，飞到幻想世界中去探险。② 白雪公主和七个小矮人的故事，是孩子们最喜爱的表演。③ 在灰姑娘城堡，听听玻璃鞋的传奇故事。这个众多尖塔的城堡成为迪斯尼乐园的象征。④ 米老鼠剧场，是迪斯尼卡通人物的汇演之处，由米奇担任总指挥的快乐演奏会，让迪斯尼影片中的场景再现眼前。⑤ 木偶奇遇记，可以体验小木偶从木偶变成人的有趣过程，老爷爷告诉小木偶，

1 沃尔特·迪斯尼领着他的“孩子”米奇欢迎游客来到迪斯尼乐园
2 洛杉矶迪斯尼乐园
3 迪斯尼乐园

做人的道理是：勇敢、诚实、不要自私。⑥ 乘坐可爱的小飞象，飞上天空。⑦ 灰姑娘请你们坐 90 匹白马随音乐旋转。⑧ 幽灵公寓，很刺激，胆子小的最好别去看，特别是小孩子。⑨ 小小世界，一家人坐着小船环绕这个世界，有世界各地的小朋友穿着华丽服装，边歌边舞，"小小世界"这首歌曲令人难忘。⑩ 爱丽丝的午茶会，左右旋转的茶杯中坐着你、我、他真是妙趣横生。最后是乘坐去未来乐园的缆车，带你从空中俯瞰乐园，美景尽收眼底。

卡通城 共有 9 项精彩的表演：① 兔子罗杰的卡通运转车；② 米妮屋；③ 和米奇相会；④ 橡树屋；⑤ 云霄飞车；⑥ 唐老鸭的汽船；⑦ 跳跳屋；⑧ 奇妙的卡通公园；⑨ 摇滚乐电车。卡通城是少年儿童的最爱，也让家长重温儿时的记忆。

未来乐园 ① 宇宙与未来的世界。② 星际旅行是一场精心设计的惊险无比的太空旅行，入口处有提示：身体虚弱者最好免试。③ 坐太空飞船从太空山飞往银河彼岸，惊心动魄的梦幻般的宇宙之旅。④ 梦幻馆是超越时空的时光隧道。⑤ 缩微世界的探险，从极大进入极小世界。⑥ 星际门中有各种新式电动玩具。⑦ 星星火箭，可以操纵火箭高飞于未来乐园的天空。⑧ 你想要体验赛车的感觉么？这里可以让你驾车在跑道上飞奔。⑨ 乘坐通往梦幻乐园的缆车，乐园全景，尽收眼底。

美国和日本的迪斯尼乐园还有昼夜进行的化装表演游行，由真人扮成动画片中的形象，白雪公主、米老鼠、灰姑娘等都会出现在游行队伍之中，特别精彩、欢腾。中国香港的迪斯尼乐园也许会有一些新内容。

迪斯尼已经成为一种文化

不要以为迪斯尼乐园是最完美的娱乐场，还有更大的迪斯尼主题游乐园，就是位于美国东南部的佛罗里达州奥兰多市的迪斯尼世界，它比上面介绍的乐园要大五六倍，而且有很多的科技内容。

遍布世界的迪斯尼影片、图书、电视节目、制品、图案等，已经形成了一种文化，把人类带进一个快乐、幸福、和谐的世界，一个没有战争、没有恐怖的世界。

迪斯尼在生前就寄语参观乐园的人们：

"我深切期盼，迪斯尼乐园，是一个能带给每个人幸福的地方，也是一个不论老少都能体验生命的惊奇及冒险的乐趣，并且能留下快乐回忆的场所。"

多么富有诗意的美好愿望！也许，当人们走出迪斯尼乐园，心情复归平静时还会想到，要使这个世界变得更美好，人类实在还有太多的事情要做，让我们共同努力吧！

第七章 自然、文化、社会掠影

美国公路万里行

1995 年的初春，开始了我的访美之行，虽说此行是以探亲、访友、观光为主，但是我给自己定下的任务是：尽可能地对美国的科普与文化进行广泛的考察。

“尽可能地对美国的科普和文化进行广泛的考察。”此时，70 岁的李元已经投身科普事业半个世纪，有此宏愿实为顺理成章。

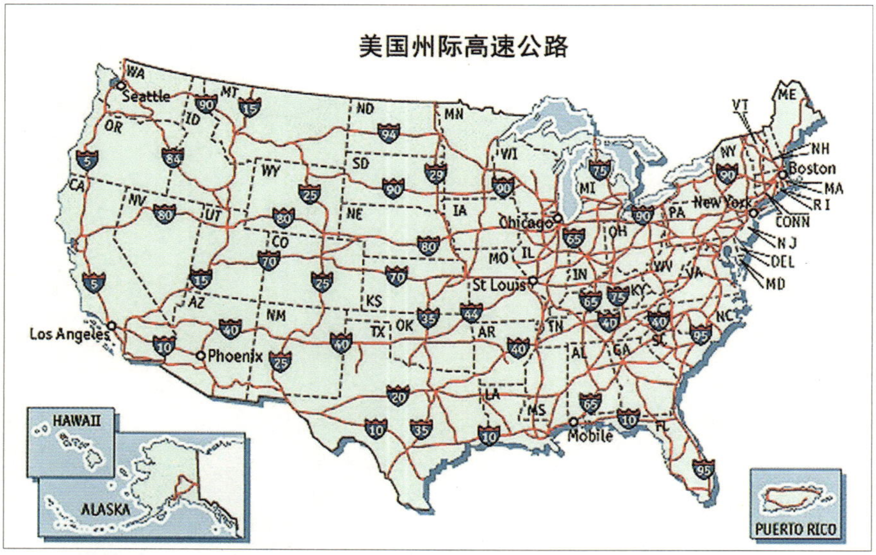

美国州际高速公路图

进入汽车的王国

从北京起飞，先到达韩国的汉城（今称首尔），在机场停留 2 个小时，换乘波音 747 喷气机做跨海飞行。大约飞行了 10 个小时后，机翼下出现了陆地，机舱里开始活跃起来，“新大陆”已经到了。当我踏上美国土地的时候，感触是很多的。首先我想到的是我比哥伦布晚到 503 年；想当年哥伦布是历尽千辛万苦，飘洋过海，经过漫长的航行才发现了这片新大陆；而今天，我们是乘坐先进的喷气客机只费了半天时间就跨过了太平洋，就是在 20 世纪 50 年代以前，这也是不可想象的事，这全靠科学技术的进步。

人家说“美国是一个汽车的王国”，身临其境之后，就会相信此言不虚。从我们到达美国西海岸名城旧金山之后，一出机场，我的外甥女小智已驾车来接，从此我就和汽车打上了交道。我和老伴的行李大大小小也有七八件。装车时，旁边的一位中年外国人主动把大件行李替我们搬上车。老伴说要不要付给他些小费，我说且慢，不要随便行事。我上前向他致谢，问他飞往何处。他说去德国柏林，我立刻和他说起前几年我对柏林的印象。那时柏林墙还没有拆，东西柏林都很美丽，西柏林的秃顶教堂，东柏林菩提树下的大街等。他听了十分高兴，连连握手表示友好。原来他也是候机的旅客，大家互相帮助是常有的事，如果真付给他小费，岂不成了笑话。

小智在国内只会骑自行车，但来美国才几年，驾车已经十分熟练。我开始注意公路上的各种标记和行车规律，觉得其中很有学问。

先要有车 才能上路

美国共有多少汽车，我不知道，但给我的印象是到处都是车，有车才能上路，无车寸步难行。不论穷富，在美国，一个家庭起码有一辆车；一个单身人当然也要有一辆车。一般的家庭中有两辆车是常事，有三四辆的也不足为奇。买车也大有学问。名牌车为几万美元，便宜的车也要一万上下。旧车几千元的，直至几百元的也有。买车也可以分期付款。

我有一个亲戚生长在美国，是一位中年医生，收入可观，因此车也漂亮，一部车要几万美元。一两年后又有新型更好的车，他宁可用还相当新的车折价后再加上一两万美元去买一辆新车。我还有一位朋友是国内来的中年访问学者，不知从谁手里只花 300 美元买了一辆旧车。虽说旧但一样好用，他开着它旅行了大半个美国。有一次被一辆车轻轻撞了一下，无伤大雅，但保险公司还是赔了他 200 美元，因此他的车等于用 100 美元买的。回国时他赠送了别人。

往往卖车的厂家都集中在一条街上，车牌标记显眼夺目，彩旗飘扬，气球飞舞，新车旧车依次排列，灯光彻夜不熄，十分壮观。最多的是美国车和日本车，我想什么时候中国汽车也能在新大陆开辟市场，和它们比个高低。

有车必有路 有路必有图

有好车还要有好路，有好路还要有好图，这是缺一不可的，在美国这方面已经是十分完备。

展开美国交通图，那公路真如蜘蛛网，密密麻麻，纵横交错。很多干线都是高速公路。

上路之后就会感到道路平坦，行车迅速平稳，各种路标随处可见，写得一清二楚。前方是何城镇，相距多少英里，限速多少，出口多远等。路旁相隔不远就有一部电话，可供中途抛锚时打电话求助。我们从旧金山前往洛杉矶走著名的南北大干道 101 公路；过后又进入 5 号州际公路去往南加州的圣迭戈。路极宽广，四条道并行，原来限速每小时 55 英里，近来有些地区又提高到 70 英里（相当于 110 多千米）！

夜间行车，各种高悬的地名等标记，灯光照后反光很亮，清楚易见。公路边上有反光标记，车灯照后全是黄色亮点，十分明显， 以确保安全。前方如有修路，也有明显的灯光不断闪现，指出可通行的方向。

公路行车地图十分详细完备，有全国图、地区图、城市图，随处可买。行车前，特别是远行之前需先把地图研究清楚，用色笔标明所走路线。有时对陌生地区，生怕走错，还要有人在旁边帮着看图指路，颇为紧张。所以研究路线，看图行车是必不可少的。

加油站亭处处方便

加油站亭到处都有，非常方便。随时可以停车加油，油价也用灯箱在高处显示，远远可以看到，以供选择。加油都是自己服务，把油加好后，柜台上早已显示价线，付钱开车。有时停车加油时，别的人还要用水擦车。特别是在高速行车时，许多飞蛾昆虫撞死在挡风玻璃上影响视线，所以要用水清洗。加油站还是一个小商店，食品、书报及日用品都有供应，有的加油站还出售《Popular Science》（大众科学）、《Scientific American》（科学美国人）等期刊。加油站还是旅客们方便之处，那里有厕所可用，手纸、肥皂等都是免费供应。厕所都十分整洁，没有异味。所以汽车停在加油站并不一定都是加油，而是让人们去方便。以前总以为厕所的英文名是 W.C.，到美国后没有看见 W.C. 的字样，而是用 Restroom（休息室）代替 W.C.。

停车用餐舒适方便

在远离城镇的公路旁多设有用餐处，在临近入口的地方都有标志牌告诉你下一个用餐处离此多远，以帮助你决定是否在此停车休息。用餐处大约可停车十多辆，有就餐木桌凳、遮雨遮阳的小亭、自来水、卫生间等。停车用餐相当舒适，并无服务人员，上路前把不要的东西扔进垃圾箱，把桌子擦干净。人人如此，大家方便。一次夜间行车，在途中看到一所灯光通明的去处，原来是一个休息处。在玻璃窗内有一张地图，标明停车处的地理位置。那里有一个很大的卫生间，可供洗漱方便之用，非常整洁，不亚于星级旅馆的标准。室外还有自动售货亭。那会儿正是凌晨 3 点，颇感寒意和困倦，于是投入 5 角硬币，只听机声隆隆，不久一杯香美的热牛奶咖啡从小口转出，十分可口和温暖。

旅馆汽车与汽车旅馆

在美国坐汽车旅行还必须提到旅馆汽车与汽车旅馆。美国人常喜欢一家人开车长途旅行，所以家庭居住式的房车就应运而生。这种车一般比普通轿车长一倍，是

乘车旅行

长方形的。里面卧室、餐厅、厨房、卫生间，一应俱全，堪称旅馆汽车。在公路沿线设有房车停车营地，多设在风景优美、树林环绕之中。交纳费用后，就可在此安家，水电都有，抽水马桶照样使用。这还是极好的旅行享受。爱好旅行的家庭往往购买这种旅行式汽车。

至于汽车旅馆是专为开长途货车及自己家庭开车旅游中途休息之用的。房间简洁，有厨房、卫生间等设备，价格便宜。我们在长途旅行中就住这种旅馆，自己做中国饭吃，又便宜又舒适，真是“吃中国菜饭，看外国风光”，很有意思。

灰狗车与三 A 协会

在美国长途旅行不外飞机、火车与汽车。其中以坐汽车比较经济灵活。最著名的是灰狗车，在车身上画着一只奔跑的灰狗。车长而舒适，车上有厕所。买车票后一个月内有效，随时可以上车。例如，我们从华盛顿到纽约，每天都有上10次的班车，坐任何一趟都行。到达纽约车站后，那里又有发往别处的班车，我们选择去波士顿的班车。从华盛顿到波士顿是美国东部的精华所在，部分称新英格兰区，秋冬之际路旁层林尽染、漫山红遍，风光极美，因而坐汽车旅行是极大的享受。

美国有一个三 A 协会，AAA 是美国汽车协会的缩写，人们都称它为三 A。很多家庭参加三 A 协会，一旦交纳会费成为会员，它就为你忠诚服务。你可得到它免费提供的导游手册（有的手册有几百页厚）和沿途各地的详细地图。它的分支机构遍布全美，所以不论走到哪里，它都会随地提供方便。三 A 协会还可以免费为你设计旅行计划，只要你提出旅行设想，三 A 协会就为你提出最理想的旅行路

周游全美的灰狗长途大巴

线图及沿途的风光名胜与服务机构等。很多旅馆与三 A 协会签有协议，会员入住这些旅馆，费用可打折。三 A 协会是美国公路旅行的一个重要组成部分。

服务周到的公共汽车

市区公共汽车也是重要的交通工具。上车后把票钱投入箱内即可，司机就是售票员，每车就他一人管理，秩序井然。如无人上下，车可过站不停。需要下车时，事先拉动座位旁的拉线，驾驶员头上的红字“要求停车”灯光亮了，到站就会停车。车上有老年人和残疾人的专位，而且是免费的。我多次看到对残疾人的周到服务。汽车停在坐轮椅的人旁，司机把车门踏板放下变成一片供轮椅停车的钢板，然后把钢板升起，把坐轮椅的人推入车内固定位置，系上安全带，然后把上车的踏板恢复成原状才开车。到站后又照原样把坐轮椅的人安全送到站台上，车才开走，司机工作热情周到令乘客感到温暖。下车时乘客与司机常常互致谢意与告别，如遇周末或节日，司机还会向你祝贺周末愉快、节日愉快，当然你也回礼答谢。所以在市区公共汽车上也好像是在自家的汽车上，充满人情味与互助精神，我觉得这也是我们应该学习的一种精神文明吧。

富有人情味的人，通常总要比缺乏人情味的人更能感受到四周环境氛围中的人情味儿。李元先生就是一位有着浓郁人情味的学人和长者。

廖庆齐先生小李元6岁，1931年生于香港；2014年4月23日卒于美国旧金山，享年83岁。

加州小镇访友
——访香港太空馆创建人廖庆齐

我在加州小镇访友是永难忘记的访美见闻之一，也是我在访美一年中最值得回忆的往事。我写这段小文是为了叙述一个旅美华侨的家庭情况，一个美国小镇的风光，和一个业余天文学家的退休生活；也是为了纪念香港回归祖国的庄严时刻。廖庆齐先生是香港太空馆创建人，我的话题自然要先从香港太空馆谈起。

从北京馆到香港馆

1987年，李元成为我国“天文馆事业的先驱者”荣誉奖唯一获得者。

京九铁路是贯穿祖国南北的大动脉，它是中国铁路史上最值得纪念和值得骄傲的。距离之长、工程之大、筑路之快都是史无前例的。它北起首都北京，南达香港九龙，不但把北京和香港紧紧地联系在一起，同时也把北京天文馆和香港太空馆一线牵连起来。那正是“茫茫九派流中国，沉沉一线穿南北”。从新中国诞生起，我在中国科学院紫金山天文台工作时就积极推动北京天文馆的建立。1952年写成建馆意见书，上报中科院后转致北京市。1954年奉召来北京开始筹建工作，向前民主德国订购蔡斯天象仪和天文望远镜。1957年10月1日北京天文馆建成向观众开放。3天之后第一颗人造地球卫星上天，开始了人类的太空时代，因而更掀起了席卷全

北京天文馆

香港太空馆

作者在廖庆齐（左）家做客

球的宇宙热和太空潮。在北京，人人争睹天文馆的《到宇宙去旅行》的星空表演节目，场场爆满，盛况空前。当我在天象厅的讲台上面对人造星空向广大观众讲解宇宙旅行时，真是无比兴奋。北京天文馆的这一宇宙热潮自然会波及到台湾和香港。1970年台北市立天文台在台内建立了一座中型天象厅。香港自然也不甘落后。其实，早在1961年，香港市政局就曾倡议在香港建立一所天文馆，但一直没有动静。后来在廖庆齐先生的呼吁和奔走下，终于在20世纪70年代中期从联邦德国购进蔡斯天象仪，开始筹建。1980年10月建成开放，廖庆齐为首任馆长。由于香港馆除普及天文知识外，还展示太空技术与成就，所以称为香港太空馆。它的建成虽然比北京天文馆晚23年，但后来居上。其设备先进，展示丰富，可以说是亚洲第一，世界一流。它不但有当时最好的天象仪，还装有最新式的全天域电影放映机，可以演示球幕电影，就如现在中国科技馆所放映的穹幕电影一样。由于这些历史的因素，廖庆齐自然成为我所敬佩的人。1986年他退休之时曾访问北京天文馆，当时只匆匆见过一面，未及细谈。后来他全家移居美国加州也仅有年卡来往。

从圣何塞到萨利纳斯

1995年2月，我收到廖庆齐从美国寄来的长函一封，邀请我去他家一叙。这封情意诚挚、文笔潇洒的书信使我沉浸在友谊之中，因此到达美国之后，趁尚未远游之际，首先前往萨利纳斯一叙友情。

我到达美国旧金山，就暂住旧金山往南约百千米的圣何塞附近的亲友家中。在美国旅行最方便的就是汽车旅游，而灰狗公司的长途车更是跑遍全美。我从圣何塞购票前往萨利纳斯，灰狗公司对老年人还有折扣优待。是日，天朗气清、惠风和畅，目睹加州田野风光，其乐何极。一个多小时后到达萨利纳斯车站，廖庆齐已驾车来接，他说因健康关系不宜远途驾车，所以对我坐巴士前来，深表歉意。不久到达廖寓，这是一所美国人的普通住宅。一层平房约六七间，有一个小院，院中有数株橙树，黄橙累累。廖夫人姚淑嫣女士擅长美术，她的风景油画悬挂室中和廖庆齐的天体摄影相互辉映，更显示出这个家庭的文化素质。廖夫人还在院内种植花木，修建小型花园，其中还有太白赏月等微型雕塑。花园旁就是廖氏天文台，是用天文望远镜观测星月的场所。在同一院落内小花园与天文台成为科学与艺术的和谐，看作是天和地的统一。美国人多喜欢用艺术品布置家庭，以树木花草美化庭院，有一本畅销杂志《Better Home and Garden》（美化家庭与花园）专门指导和交流这方面的知识和经验。目睹廖氏庭院，对此更有了深入了解。而廖庆齐的家庭天文台即使在业余天文观测和家庭天文台相当发达的美国亦不多见。在他的天文台内装备有 20 厘米折射望远镜，30 厘米反射望远镜以及许多架较小型的天文望远镜。

夜观星月 回顾往事

在美国，较大的城市入夜后总是灯火辉煌，夜空明亮，看星困难。但萨利纳斯小镇灯光污染较少，特别当夜深人静之际，太空一片深蓝，群星争相辉映，更是观天乐园。这也许是廖庆齐选择定居在这个小镇的主要原因。可他为何要投以巨资兴建如此一座天文台？不难从他给我的长函中得知一二。他写道：“弟自幼喜与大自然接触，常感人生之须臾，羡宇宙之无穷，晴夜无事仰视天际，荡涤胸襟，故一生为学习与普及天文此一理想而驱驰。年来得中外书图稍多，友朋之益渐广，遂锐意从事较有系统之实测，并倾历年积蓄，订制望远镜二台，冀能尽今后之岁月作目视双星之量度及变星照相观测……”

晚餐后先在他的书斋中流览，中外古今的重要天文图书，在此多能看见。如我国著名天文学家朱文鑫、张钰哲、陈遵妫等的天文学论著。有些在国内已不多见，而在此都有收藏。国内外重要天文期刊也陈列整齐，查阅方便。星表、星图齐备，连世界当前最珍贵的照相星图（美国国家地理学会 – 帕洛玛天图）也藏有一套，这在国内也只是大天文台才有。再看廖庆齐所拍的天文照片，都十分漂亮。照片背面详细记载着拍摄日期、地点、胶片牌名性能、拍摄对象与拍摄的有关数据，整洁详尽，足见其治学之严谨。他所拍的天体照片的质量与中外专业天文台拍的相比亦无逊色。他的摄影作品《月球直壁》在 1977 年全美天文摄影大赛中一举夺冠。看完照片，夜已深了，我们便打开望远镜瞄准一些有趣的天体，如双星、星团、星云。观测视野确实清晰，星光皎洁，一尘不染。久居闹市难得看到这样清沏的星空。看完星，已是凌晨，再回室内取热咖啡饮，略进糕点，继续长谈。

评注者致力天文半个世纪，私人收藏《美国国家地理学会帕洛玛天图》堪称闻所未闻，极不寻常。

我曾从世界著名天文期刊《天空和望远镜》（Sky and Telescope）中看到 1974 年 4 月号的封面正是当年廖庆齐和他的香港天文台彩照，很是高兴。因为据我所知，50 多年以来中国人能登在该刊封面上的仅廖一人而已。说明文中详述了他的天文观测与摄影。在我们谈及香港太空馆时，他既谦虚又热情地给我讲了许多难忘的往事，这对一个一生献身于科普文化事业的人是很自然的。

为创建香港太空馆奔走

1972 年 1 月 18 日香港某报有一则新闻用大字标题刊出“天文与人生， 业余天文学家廖庆齐昨在新界扶轮社演讲”。文中报道了廖庆齐在演讲时的呼吁：“本人在外国很多地方参观过不少民众天象馆、市立天文中心一类的机构，觉得凡是有这些机构设立的地方，天文知识多能普及。故本人在此恳切地希望各位能建议政府设立一稍具规模的天文中心……”时隔两年，香港太空馆正式启动。

廖庆齐还是把电脑引入星空表演中的世界第一人。当时世界各天文馆的星空节目都是用手操作的。随着星空表演项目的增加，技术日趋复杂，用手操作已显得力不从心。演出人员往往手忙脚乱，非常紧张，表演难以得到完美效果。廖庆齐向美国公司订购了电脑，但要电脑与天象仪匹配达到预期效果，也并不是件容易的事。电脑运到香港后，在许多同行的共同努力下装配终于完成。1980 年 10 月，太空馆开幕之日，当廖庆齐以首任馆长身份按动电钮后，由电脑控制的天象仪表演系统进行了完美成功的表演，在世界上树立了一个天文馆现代化的里程碑！

1980 年就实现了电脑控制的天象仪表演，真是走在了世界的前头。李元称此为“树立了一个天文馆现代化的里程碑”，殊不为过。

1996 年 1 月我回国前夕，再去萨利纳斯和他告别。当时正值明月高挂，他把电脑设备装在天文望远镜上，从电脑屏幕上看到的月面异常清楚。当我们共同观看月面环形山及其投影时，我的心情异常激动。坐在电脑屏幕前就能观赏望远镜中的月球世界，这也是天文普及的电脑化。从这方面也看得出廖庆齐是一位手脑并用的全才。

萨利纳斯街头巡礼

再次彻夜长谈之后，第二天中午，廖氏夫妇请我到美国餐馆用自助餐。这纯粹是西方风味，每客在10美元以内，进餐便利，适应各种口味。餐后的冰淇淋也任你选用，这在国内还尚未见过。餐后又到一些商场看了看，虽然不大但各种日常用品无不具备。走进一家书店，新出版的书刊，本本漂亮。廖买了一本新出的《天空与望远镜》使我纳闷，他都订阅了，何必又买。回家后才知是专门买来送我作为纪念的，而且一并还送了我许多其他天文书刊，真情可感。

在街上时，还去了一家文化用品商店。他为我彩色复印若干图片，16开大小的每张1美元，廖是常客，因此半价收费。这种彩色复印在美国到处都有，但我国还不多见。

萨利纳斯虽小，但街道整洁安静，家居甚为舒适。我在这里虽短期逗留，但得到廖氏一家的热情接待，深受感动。我也了解到一位华侨家居的情景。他们有一个孩子在著名的斯坦福大学工作，当时刚好在家，但他只会粤语和英语，不能说普通话。我们只能用英语交谈或汉字笔谈，这在美国华侨家中是常见的。

以后，每当回忆起在美国访问廖庆齐一家的情景，我就感到欢欣和快慰。特别是当香港回归祖国之后，我们各自参加创建的北京和香港的两座天文馆，更会紧密地联系在一起为中国的科普事业共创辉煌！

波士顿
——美国的文化科学名城

波士顿新老建筑对比

在访美过程中给我留下最美好印象的都市就是波士顿，她是一座文雅美丽的都市，是充满了文化科学气氛的都市。她位于美国东北部大西洋海滨。清澈的查尔斯河穿流其间。从飞机上俯瞰，不论是海上还是河面上都到处银帆点点，波光粼粼，给人的第一印象就十分美好。我对波士顿向往已久，因为这里有著名的哈佛大学天文台和享誉全球的《天空和望远镜》杂志，几十年来它们一直和我保持着联系。刚出机场，武宝琛博士已驾车来接，1948 年他以优等成绩获得麻省理工学院（MIT）

文雅美丽，充满文化科学气氛，这既是对波士顿这个城市的“点评”，也一语道明了作者的审美情趣。

美丽的哈佛大学

的博士学位；他也是新中国成立后第一批回国服务的留美学生，近年来他又来到波士顿，有他的指引使我得益很多。

哈佛大学和 MIT

著名的哈佛大学位于查尔斯河北岸的坎布里奇（也可以说是美国的剑桥），是世界第一流的大学。在它的东面不远是另一著名学府——麻省理工学院（MIT）。这两座高等学府颇有点像中国的北大与清华。不同的是，这里看不见院墙，也找不到大门，不知不觉间已经走进哈佛大学的校园中。美国的大学大多是这种开放性的校园。哈佛的建筑大多采用紫红色砖墙，有英国建筑的风格。其实在波士顿到处都是英格兰式的房屋，当初英国的移民最早到达的就是东部地区。紫红墙与绿草坪对比，在斜阳下变换着色彩，颇富诗意。我走到 J. 哈佛的铜像前摄影留念，后来才知道哈佛是一位传教士和慈善家，他不是哈佛大学的创建人，但却第一个给哈佛学院捐赠了一大笔财产——400 本书和 780 英镑。360 年来哈佛大学给美国培养出了许

开放性的校园，欧洲的许多大学亦是如此。有些小城市的地图上干脆直接就标记着××学院或××系，至于究竟是哪所大学则不言而喻。

作者夫妇在麻省理工学院

多杰出的甚至对世界都有影响的人物。MIT 的建筑形式显然不同，它的大礼堂圆顶颇有点像北京清华大学的图书馆。它的好几个教学馆都用著名科学家的名字命名，像牛顿、达尔文等，并把名字明显地刻在门墙的高处。这两所院校都有各自的博物馆。

哈佛大学天文台

这是一个世界著名的天文台，已有 150 多年的历史，它在变星研究、恒星光谱分类方面都有很大的贡献。20 世纪 40 年代前后担任台长的沙普莱在球状星团的研究上成功地确认了我们的太阳只是银河系的一员。这个天文台是世界小行星中心，也是国际天文电报中心，世界各地如有什么新的天象发生都要通过它转发世界各地。20 世纪 70 年代它与史密松学会合作、成为史密松天体物理天文台。当我访问该台的时候，在图书馆中看到悬挂着巨大的沙普莱的油画像，心中升起崇敬的感情。他不但在天文研究上贡献很大，还在科学普及方面做了大量影响深远的工作。20 世纪 40 年代，由他推动出版了一套全球闻名的《哈佛天文学丛书》，先后出版 10 多册，至今还不断修订再版。经过他的努力，1941 年出版了《天空和望远镜》高级科普杂志，至今已 50 多年，几乎是天文学家和天文爱好者们人人必读的刊物。它的出版和编辑部都在哈佛大学附近。我也曾去访问了这个杂志的编辑部和天空出版社。这里看上去只是一些不起眼的房屋，但却生产出世界一流的刊物！

这里的“莎普莱”即第一章中《小行星之家》《哈勃看宇宙》诸文中已提及到的哈洛·沙普利（Harlow Shapley，1885−1972）。他根据球状星团在天空中的不均匀分布，正确地推断太阳并不位于银河系的中心，这是一项具有深远意义的研究成果。他的儿子罗伊德·S. 沙普利（Lloyd S. Shapley，1923 年生），是 2012 年诺贝尔经济学奖得主。

哈佛燕京图书馆

中国的著名学者中很多是哈佛的高材生，也有不少是在哈佛任教的，如赵元任、任之恭等。另外，哈佛还有一个很有名的与中国有关的图书馆——哈佛燕京图书馆，可见哈佛和中国特别有缘。哈佛燕京图书馆是西方世界中研究东亚的最大的大学图书馆，从 19 世纪末叶就注意收集中国图书，后来也收集日文、朝文、越文等书刊。目前藏书已达 80 多万册，其中 46 万册为中文图书。有 1 万多种期刊，600 多种报纸，还有约 5 万多缩微胶卷。美国中国问题专家费正清对这个馆的建立出力不少，他也利用这里的丰富馆藏写出了若干著名作品。这里是一个东亚研究中心，也经常举行报告会、学术会议。这里还专为美国学生开设汉语教学课，听课的人有增无减。我在哈佛燕京图书馆遇到几位小姐。她们来自大陆和台湾，都在为更好地开展东西文化交流而热心工作着。

哈佛燕京图书馆

在离馆不远的地方有一个高大的汉白玉石碑，站在它的旁边就好像是站在北京文庙中的感觉。这是哈佛的中国留学生和中国学者们于1936年庆祝哈佛建校300周年建立的纪念碑。可惜年代久远，文字一时难以辨认，不得其详。我想在哈佛燕京图书馆中应该能得到它的资料。

此事已在本书中解决。见《汉字石碑中华情——记在美国的两座著名中国石碑》一文。

哈佛广场

活跃的哈佛广场

名为广场，其实并不很大，只是几条路的交叉口。有汽车站、地铁站；有报刊门市部、书店、饭馆等，人来人往特别热闹。这里特别引人注意的是，哈佛的学生们经常在这里聚会，进行艺术表演，有集体的，也有独立的，男男女女衣着各异，也不算所谓奇装异服。人们看惯了也不大惊小怪。据说哈佛的学费相当昂贵，但是从世界各地前来就学的骆驿不绝。因此这里也可以说是世界不同人种的小舞台，耳边能同时听到中、英、日、德、西、法等多种语言。餐馆也有中式、美式、德式、日式等。在这里呆上半天确实见闻不少，这里简直就是一个小小的国际社会。报刊门市部里也是有各种文字的版本。广义的哈佛广场是那个小广场周围的区域，著名的有科学中心和自然博物馆等。从远处看去，在科学中心的建筑上方有一个天文台圆顶，看来是那里科学普及的场所。

稀世珍宝的玻璃花

到波士顿不久，有朋友就建议我去看一下哈佛大学博物馆中的玻璃花。起初我并不在意，后来顺道去看了一下，才有相见恨晚之感。所谓玻璃花实际上是用玻璃做的各种各样的植物标本。有鲜艳的花卉，有农作物，还有水果。不论从形态上和色彩上它们都可以以假乱真。这不是随意用玻璃做些花朵，而是根据实物模仿制成，有严格的科学要求。这几千件的展品受到极妥善的保护。它们都是德国人布拉施卞父子在二次大战前为哈佛所订做的。它们是永远不会腐烂的活生生的植物标本，对教学与科研都很有用。遗憾的是这种制作技艺失传了，至今还没有人能做出同类的标本，因而现有的就成了稀世珍宝，每年吸引数十万人来此参观。有人说，没看过玻璃花，就好比没有到过波士顿和哈佛大学。

哈佛大学博物馆中的玻璃花

哈佛大学博物馆当有不少“镇馆之宝”，参观者可别忘了这些“镇馆之花”。

科学博物馆

位于查尔斯河畔的科学博物馆是美国最著名的科技馆之一。据说已经有 100 多年的历史，是从事科技教育和科普的重要场所，曾经关闭。1951 年 3 月又重建开放，内容更加完美，建筑与设备更趋现代化。科技馆大致分为下略三大部分：1. 物理科学；2. 生命科学；3. 空间科学，另设有奥秘影院、天文馆、天文台等。重要的展示有：构成生命基础的细胞、生物技术前沿、人体构造、科学发现中心、电脑世界、电学演示、小型动物的生活形态、傅科摆等。这个博物馆的主要服务对象是青少年，一般观众也不少。我十分赞赏这里的科学售品部。青少年需要学习的科学普及读物

波士顿科学博物馆

波士顿天文馆

应有尽有，还有各种科技模型、自己制作模型的材料和指导书以及科学玩具。父母带着孩子在此选购科普书刊、物品的很多，可见对科技教育的重视。

我是上午去的，天文馆不开放，但巧遇天文馆馆长，承他热情招待，为我开了专场。他用这个馆的特制放映器给我表演了几十种天文现象和宇宙奇景，并随时和我交流观感。这个天文馆是美国的大型天文馆之一，有300多把座椅，是新近才更换的新型软椅，非常舒适。这里也进行激光表演。

同时，在奥秘影院中正在放映探查冰海沉船泰坦尼克号的故事。还有许多不同的节目任人选择。这个科学馆对残疾人照顾十分周到，专门印有为残疾人的参观指南。

艺术之都

波士顿还有一个世界级的美术博物馆，其中对埃及古文化文物的收藏异常丰富，仅次于开罗博物馆。此外，波士顿又充满了各种各样的古今建筑，令人目不暇接。美术馆因此而设有波士顿建筑旅游的专项活动，引领观光者领略都市建筑艺术之美。当我站在市中心柯普来广场的草坪上，面对古色古香的三一教堂及它旁边的现代化玻璃塔楼（著名华裔建筑大师贝聿铭设计）时，仿佛看到这座名城过去的辉煌和随时代前进的步伐。

美术馆特色建筑旅游专项活动，既别开生面，又给人启迪，值得探讨借鉴。

漫步在哈佛大学

这是一个很不错的规定，加拿大和新西兰Cambridge的情况也与此相似．不过，现已常见”马萨诸塞州的剑桥”这种说法了。

位于剑桥的红楼

我1995年夏天访问波士顿，来到哈佛大学参观。哈佛大学由一座座红楼组成，和老北京大学在北京沙滩的校舍相仿，一般都在5层上下。这真是中美两大学府，遥相辉映。严格说来，哈佛大学并不在波士顿，它位于马萨诸塞州（俗称麻省）的剑桥，与波士顿隔着一条宽阔的查尔斯河，大学在河的北岸。为了不与英国剑桥大学的剑桥混淆，Cambridge这个字在这里应译为坎布里奇。当时因建立了哈佛学院，才在这里设立了坎布里奇镇，后来独立成市，但人们总是习惯地说波士顿的哈佛大学。这个大学没有院墙，没有大门（起码是我没有找到大门）。我后来才知道美国的大学多是这种开放式的校园，它体现了一种自由的文化，这也是中美大学之间的一个不同吧。不知不觉中就进入校园。这里是一派英格兰风光。在各座红楼之间都是绿色的草坪，甚觉舒坦，也没有看见人践踏绿地。红墙绿地相互衬托，更显得优美协调。我们首先遇到的是一座中国式的高大石碑，可能人们常在此摄影留念，所以石碑前的一小块地皮寸草不生。这碑是60多年前哈佛大学的中国留学生于1936年为了庆祝哈佛大学成立300周年所建，内容是哈佛校史，由于多年风化，又无人在此拓片，所以字迹较难辨认。离此不远就是大学创办人约翰·哈佛的铜像，这是在一个高墩上的坐像。墩面上刻着他的名字：JOHN HARVARD。他1631年在英国剑桥大学毕业，

约翰·哈佛的铜像

约翰·哈佛，1607年生于英国伦敦，1638年因肺结核病去世，享年仅31岁。他在遗嘱中向与其居所隔查尔斯河相望的那所成立未久尚未正式命名的学院捐赠书籍和财产。哈佛学院正式命名时。哈佛本人已经去世了半年多。

1637年来到美国新英格兰，当时在一座教堂里任牧师，病逝时留下大约1700英镑，以其一半捐赠建校。1639年为了纪念和感谢他的捐赠，故将学校命名为哈佛学院。

哈佛校园

名人的摇篮

哈佛大学已有360年的历史，是美国最古老的第一流大学，英才汇集，名人辈出。美国有6位总统，还有三十几位诺贝尔奖得主以及世界著名作家爱默生、洛威尔、李普曼等都是毕业于哈佛大学。许多国会议员、政界要人也都曾就读于此，可见哈佛大学是名人的摇篮。因而想出人头地、成名成家者莫不想进入哈佛大学之门。哈佛大学是第一流的学府，学费之昂贵也是第一级的，除非有奖学金，否则要想进哈佛就要考虑自己的经济实力。

紧挨着校园有一个非常热闹的哈佛广场，若想结识或者看看哈佛人，那就请到这个广场来。这里是一个国际舞台，来自世界各国的人们衣着各异，形态多样，各有各的肤色，各说各的语言。他们多半是在这里进行艺术表演。

哈佛学子的课余活动也不少。1995年中秋节，为了庆祝抗日战争胜利50周年，旅美华侨和一些同学曾在哈佛大学内举行了纪念歌咏大会，演唱了抗战歌曲，盛况空前。据说只要是爱国活动，华侨中不分地区派别，大家都团结一致，积极参与。

天文学科研科普中心

对我个人来说，去哈佛大学特别要访问那里的两个天文中心——哈佛大学天文台和哈佛的天文科普中心。哈佛大学天文台是世界著名的天文台，过去在恒星光谱、银河系的研究上都做出了很大贡献。20世纪70年代，该台与史密松学会合并成为史密松天体物理学中心。合并后，研究和探讨的课题比以前更加广泛，涉及更多的现代天文学领域。此外这里的一些学者对天文学史也做了许多研究工作。前任台长门泽尔教授和天文史专家金格里奇教授都曾访问过中国。我国著名天文学家、紫金山天文台的创建人余青松教授和中山大学天文系创始人张云教授都曾在这里工作过。哈佛大学天文台曾将一架著名的折射望远镜赠送给中山大学天文台，那架望远镜现在仍然安装在南京大学天文台里。改革开放以来，北京天文台、上海天文台、紫金山天文台都曾派出访问学者来此进修。来自台湾的实测天文学家邵正元先生在该台工作多年。他热爱祖国，曾多次回国，带去资料、器材和经验，为紫金山天文台的小行星工作贡献颇多。我访问哈佛时，他已退休南迁，但还是函电不断，给我寄来介绍信，关照天文台给予接待。特别值得一提的是邵正元在他发现的小行星中，将2051号小行星以紫金山天文台张钰哲台长的名字命名，以表彰张钰哲在小行星观测研究上的贡献；另一颗2240号小行星以台北天文台蔡章献台长的名字命名，以表彰他在台湾省天文普及教育工作中的贡献。

我国天文界许多长者都知晓此事，但文字依据不详。2015年春，卞毓麟就此请教李元先生，李先生告曰：“*Sky and Telescope* 曾有专文谈及此事，时间约在抗日战争胜利最后的一二年，你可以查查。”然后卞果然在该刊1947年11月2号找到了这篇文章，题为“一件著名的老望远镜前往中国”（*A Famous Old Telescope Goes To China*）。

位于哈佛大学内的史密松天体物理学中心还是世界小行星命名中心和国际天文电报中心。所有小行星的发现和命名都要通过这里注册登记编号，并且将命名正式向全世界宣布。我国紫金山天文台是我国小行星研究中心，因此和该台有很多交往。凡有重要天象发生或发现（如发现彗星、新星等），都由电报中心向世界各天文机构发出电报，通告有关情况和观测数据。

哈佛的天文科普中心指的是诞生在这里的《天空和望远镜》（Sky and Telescope）期刊以及天空出版社。该刊现在已有56年的历史，是全球发行量最大的天文知识普及杂志，对天文学和业余天文学的发展影响很大，也是我几十年来长期阅读和收集的科普外刊之一。此刊内容丰富，印制精美。但是，当我步入它的编辑部及出版社访问时，竟发现他们的办公室非常俭朴，令我感到十分惊讶和感叹——他们就在如此普通的房间里做出了世界第一流的工作！

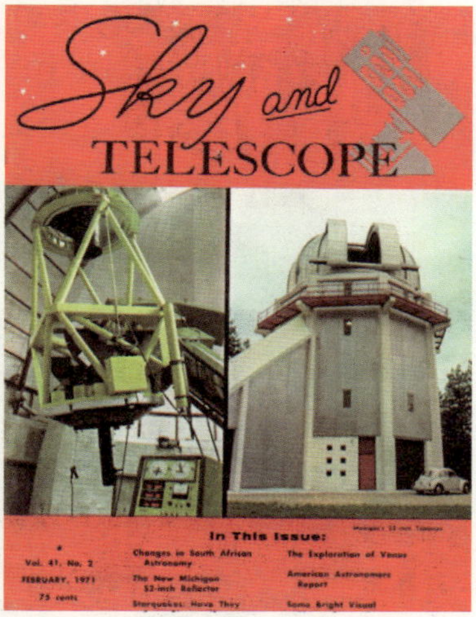

早期的天空和望远镜

一段有趣的往事

我国许多著名学者都曾在哈佛学习或工作过。例如，著名的语言学家赵元任（1892–1982）在哈佛的经历就是众所周知的。不仅语言学，赵元任还精通数理，

评注者读到这里同样也吃了一惊。确实，漂亮的成就未必都出自“豪门”。

多多发掘此类科学文化掌故，是一件非常值得提倡的事情。

对天文也颇有研究，他还是一位著名的作曲家。他谱写的《教我如何不想他》一直到现在还是音乐会上演唱的名曲。大约在1946年，我国著名科学家周培源、张钰哲等来到波士顿，应邀到赵元任家里作客。赵元任当场自弹钢琴伴奏，即席演唱了这首名曲，成为一段佳话。像赵元任这样多才多艺的学者，国内外都不多见。

东西文化研究中心

哈佛大学图书馆是一座古典式建筑，馆门有几根巨大的石柱，仿佛这里是古希腊的殿堂。据说它在美国大学图书馆中也是名列前茅的。它有一个分馆，是在总馆之外的一座独立建筑，名叫哈佛燕京图书馆。该馆是美国一个重要的东西文化研究和交流中心。我曾在“波士顿”一文中略加介绍。1997年，江泽民主席在访问哈佛大学时宣布赠给哈佛大学一套《毛泽东评点二十四史》作为礼物。这是一件名贵的礼物，它是增进中国和美国相互了解的重要史料。《二十四史》是一部涵盖了中国的历史、文化、科技等内容的巨著。它记载了从传说的黄帝时代到明崇祯17年长达4000年的中国历史。全书3200多卷，800多册，约4000万字，是我国最详细、最权威的一部史书。据报道，毛泽东从1952年到1976年，风雨春秋24载，在日理万机之余，竟把这部历史巨著通读了一遍，并且对其中一些重要部分读了多遍，标了标点、做了断句，并写下了大量评语。因此这套《毛泽东评点二十四史》被誉为“名贵版本、历史巨著、伟人评点、今古合璧”。全书影印成大32开特精装本175册，公开发行999套，已于1996年5月出版。江泽民主席在哈佛大学的演讲中阐述了中国的悠久历史文化，并强调要历史地全面地了解中国。因此为了让美国人民更好地了解中国而特别赠送了这套极为珍贵的史书，意义十分重大。

哈佛燕京图书馆

1995年夏天，当我到访哈佛燕京图书馆时，新书介绍壁橱中正在隆重推出毛毛著的《我的父亲邓小平》中文版和英文版。该馆馆员告诉我，馆内现藏东亚图书约 80 万册，其中有 46 万册是中文图书，古今均有，还有不少是重金购买的善本书。中文期刊有 3000 多种，报纸也有 500 多种。这里是除华盛顿的国会图书馆之外中文图书收藏最丰的图书馆。我相信这次江泽民主席对哈佛大学的访问、演讲以及赠书，必将推动这一东西文化研究交流中心的工作登上一个更高的阶梯，促使中心对增进中美之间的了解和合作做出更大的贡献。

哈佛大学贝克图书馆

哈佛校园

汉字石碑中华情

——记在美国的两座著名中国石碑

美国国会大厦是一座白色的有巨大圆顶的古典建筑，它已经成了美国的一个标志。而就在它的对面数千米远外矗立着高耸的华盛顿纪念塔，则是美国的另一标志，而且是美国首都华盛顿特区的最重要旅游景点之一。

华盛顿纪念塔

这座纪念塔从 1848 年奠基，一共用了 36 年之久才建成，美国人称赞它是现代世界七大奇观之一。塔高 555 英尺（167 米），全用白色大理石为原料，共有 898 级台阶，登至顶端可以从窗口俯瞰华府全景。纪念塔是为了纪念美国第一任总统、开国元勋乔治 · 华盛顿而建。塔内墙壁用 190 块纪念石块组成，上刻纪念性文字或图案，它们全是由许多其他国家和美国各州、市、社团和个人捐赠的。

华盛顿纪念塔

纪念塔内的汉字石碑

在华盛顿纪念塔的第 10 层的西壁上嵌着一方十分奇特的花岗岩石碑。碑的周边刻有僧侣、游龙、武士和精致的花纹，碑文用东方特有的方块汉字刻写，全文如下（标点系本文所加，原碑并无）：

“钦命福建巡抚部院大中丞徐继畬所著《瀛环志略》曰，按，华盛顿，异人也。起事勇于胜、广，割据雄于曹、刘。既已提三尺剑，开疆万里，乃不潜位号，不传子孙，而创为推举之法，几于天下为公，骎骎乎三代之遗意。其治国崇让善俗，不尚武功，亦迥与诸国异。余尝见其画像，气貌雄毅绝伦。呜呼，可不谓人杰矣哉！米利坚合众国以为国，幅员万里，不设王侯之号，不循世及之规，公器付之公论，创古今未有之局，一何奇也！泰西古今人物，能不以华盛顿为称首哉！

大清国浙江宁波府镌　耶稣教信辈立石

咸丰三年六月初七日　合众国传教士识”

徐继畬碑文的解释

上面的这篇碑文是一个半世纪前所写，用现代的普通话来说，大意是这样的：“皇帝任命的（中国）福建省省长徐继畬的著作《瀛环志略》（简明世界地理）一书中说：这位华盛顿是一个不平凡的人物。他为国家起事强过（中国的）陈胜和吴广，创建疆土比曹操和刘备还英雄。他虽然拿起武器，开辟了万里江山，但并不自称帝王，也不传给子孙，而是创立选举制度，使天下为公。他治理国家尊重好的风俗，不尚武功，这也和别国不一样。我看到他的画像，气貌的雄伟超过常人。真正是杰出的人物呀！美利坚合众国建国成功，疆土万里，不设立王侯的称号，也不走世俗的道路，大家的事大家来讨论，开创了古今从来没有的新风气。在西洋历史人物中，谁能不认为华盛顿是最值得崇敬的人物呢？

大清国浙江宁波府刻字　耶稣教教友立碑

咸丰三年六月初七日（即公元 1853 年 7 月 12 日）

美利坚合众国传教士记事”

一个半世纪以来，在西半球一些国家的唐人街上，汉字招牌并不少见，但是年代这么久远、占据这么显著位置、具有这么重大意义的汉字载体，大概再没有超过这座石碑的了。

热心引进西方文化的徐继畬

晚清名臣徐继畬在咸丰元年（1851年）至同治二年（1863年）期间仕途严重受挫后，被重新起用，在总理各国事务衙门行走。同治五年（1866年）授太仆寺卿，二品顶戴，未久任总管同文馆事务大臣，同治八年（1869年）获准退休。

李元是山西朔州人，简直同徐继畬是“老乡”啊！

徐继畬（1795–1873）是山西省五台县人，曾担任过福建省巡抚。他在办理开放厦门、福州两口通商的工作中，虚心向西方人学习，于1848年出版了《瀛环志略》。这本书描述了世界地理的简明轮廓和多元世界的进步开放观点。由于徐继畬输入了新的思想，不同于当时传统世俗的观念，因此受到当时统治者的迫害成为中国的伽利略。尽管如此，他的这部著作不仅成为中国而且成为日本现代化的启蒙读物。在这种逆境中，在美国在华传教士的帮助下，浙江宁波府的官员向美国赠送了这样一块花岗岩碑，记述了徐继畬赞美华盛顿的精辟见解，成为中美早期友好关系的里程碑。《瀛环志略》不但在中国而且在日本和其他国家也享有盛誉。近些年来中美两国、海峡两岸都开展了研究和纪念徐继畬的学术活动和民间友好往来，出版了许多专著和文集，对徐继畬的历史功绩给予很高评价。我除了在参观美国华盛顿纪念塔时拜读了徐继畬的碑文，以后也曾去山西忻州专区，在徐继畬学术研究会任复兴秘书长的引导下，前往五台县徐继畬墓前致敬和凭吊。有关徐继畬的事迹在我国目前的高级中学历史教科书中都有记载。

克林顿总统谈汉字碑

1998年6月29日，美国总统克林顿访问我国时正值北京大学百年校庆，他在北京大学发表了演讲，其中有一段谈到汉字碑和徐继畬。他说：“我从在华盛顿特区所住的白宫往窗外眺望，我们首任总统乔治·华盛顿的纪念塔高耸入云。这是一座很高的方尖碑，但就在这个大碑邻近有一个小石碑，上面刻着：米利坚不设王侯之号，不循世及之规，公器付之公论，创古今未有之局，一何奇也。这些话并非出自美国人，而是由福建巡抚徐继畬所写，1853年中国政府将它勒石为碑作为礼物赠送给我国。我十分感谢这份来自中国的礼物。”

现代美国总统在中国最高学府的演讲，明确了徐继畬石碑在中美文化交流史中的分量和意义。

就在这座石碑问世83年之后，另一座更加高大的中国式露天石碑在美国哈佛大学矗立起来。

美国哈佛大学三百年纪念碑

事有凑巧，就在美国著名学府哈佛大学建校360周年过后不久，中国国家主席江泽民访问美国，他于1997年11月1日来到哈佛大学并发表了旨在加强中美两国人民互相了解的演讲。而恰恰就在这讲坛附近，竖有一座中国留学生60年前作为庆祝母校创校300周年礼物的石碑。我在1995年访问哈佛大学时，目睹此碑虽经60年的风雪岁月仍迄立于威德拿图书馆前，成为哈佛大学乃至中美学术交往史中又一令人瞩目的纪念物。石碑所刻汉字全文如下：

中华学者立哈佛300年纪念碑

“美国哈佛大学三百年纪念

文化为国家之命脉。国家之所以兴也系于文化，而文化之所以盛也实系于学。深识远见之士，知立国之本亟以兴学为先。创始也艰，自是光大而扩充之，而其文化之宏往往收效于数百年间而勿替；是说也，征之于美国哈佛大学滋益信之矣！

哈佛约翰先生于三百年前，由英之美讲学于波士顿市，嗣在剑桥设大学，即以哈佛名之；规制崇闳，学科美备，因而人才辈出，为世界有名之学府，与美国之国运争荣。哈佛先生之深识远见，其有造于国家之文化大矣。

我国为东方文化古国，然世运推移，日新月异；志学之士复负笈海外以求深造。近三十年来，就学于哈佛，学成归国服务国家社会者，先后几达千人，可云极盛。今届母校成立三百年纪念之期，同人等感念沾溉启迪之功，不能无所表献；自兹以往，当见两国文化愈益沟通，必更光大扩充之，使国家之兴盛得随学问之进境以增隆。斯则同人等之所馨香以祝而永永纪念不忘者尔！

公历一九三六年九月哈佛

中国留学生全体同学敬立”

在这四五百字的碑文中，字里行间表达出中国留学生对以文化和教育为立国之本的认识；表达出对哈佛和哈佛大学贡献美国和世界教育的赞扬；表达出中国留学生对哈佛大学的深厚友情和永远纪念之意。这块石碑虽然立于哈佛大学，实际上却是立在了中美文化交流的历史之中。经过江泽民主席访问哈佛并发表演讲，更显出此碑对于发展中美友好关系的深远意义。

这两座在美国建立的著名汉字石碑，历经一个半世纪的风风雨雨之后，在两国元首互访中，焕发出了它们更灿烂的光辉。在中美两大国交往的新的历史时期，回顾这一段文化交流史，中美两国人民应该更加强了解，增进友谊，共同走向21世纪。

读者之家
——漫谈美国的书店和图书馆

如果有人问我，美国最值得回忆和留恋的是什么时，我会立刻告诉他，那就是书店和图书馆。这不仅仅是因为我自己爱书成癖，而是因为在那里既可以得到文化知识，还可以体会到宾至如归、读者之家的温馨感受。

物以类聚。李元先生有不少书痴朋友，本书评注者便是其中之一。

漫游在书的世界

初到美国，最早接触的就是开设在硅谷圣荷塞的一家大书店，已有百多年历史，总店在纽约，分店遍布全美。书店很大，图书全部开架任意翻阅，大约有几万册。从分布图上可立刻找到你需要阅览的门类。同时还有期刊和报纸几百种。另外还有少儿部，有书有玩具，是一个少儿乐园。常见父母带着孩子来逛书店，就把孩子放在这里任他们也漫游在色彩绚丽的书海中。书店还陈列有很多图片及贺卡，有美术的、自然风光以及科普图片。科普书刊也很多，专讲恐龙的书就有百种左右，令人惊讶！

读者是上帝 服务极周到

大多数的书店都是设备齐全，不但有地毯，而且还有各种座椅和沙发。人们看书的姿态各有千秋，站着的、坐着的、躺着的，还有趴在地毯上看书入神的，甚至也有看累了在沙发上呼呼入睡的。还有把书放在桌上

读书女——美国最大连锁书店 B&N 招贴画

边看边做笔记的。凡此种种，店员从不干涉，反而有问必答。如果找不到读者需要的图书时，连声抱歉、请求原谅。为了吸引读者，书店还设有廉价部及特价书。有时利用读者俱乐部等吸引你参加，凭证可以得到种种优惠。在职教师购书也予以折扣优待。有一次我买了一本书，店员给我九折，并说明欢迎我参加他们的俱乐部活动。有的大书店中还设有小吃部，因此在书店中泡上一天不足为奇。有时书店营业时间可以晚到夜里十一二点。

不爱美人爱自然

夏末秋初之际，各种年历、月历、日历就陆续上市了。特别在圣诞节之前更达到高潮。印制精美的挂历也反映公民的素质和爱好。据我在几个城市所见，挂历中美人画的很少，最多的是自然风光、美术绘画、动物、花卉等。从而可以看出美国人的兴趣和爱好。由于个人的专业和爱好，我在访问了著名的国会图书馆之后仍感不足，因为有些中世纪的古典星图系珍藏本不提供阅览。谁知道当我走出国会图书馆后，就在华盛顿的一家大书店中，忽然看见一本印制极美的《1996年天图挂历》，是由国会图书馆所藏的古典星图精品中选印的，真使我喜出望外。

如此奇遇。其乐岂能言状。

借书只限9999册

美国的书店多，图书馆也多，在活跃人民文化生活与服务社会方面起着很大的作用。从最大的在首都的国会图书馆到大学图书馆、公立图书馆、社区图书馆都为广大群众服务。任何人都可以出入自由，也不必存包。我在得克萨斯州奥斯汀（Austin）市图书馆，见到每本书上都印有一句话：“用这些图书和信息为奥斯汀服务”。图书外借证只限当地居民，否则要凭身份证件再缴一定数量的押金。借书到期可以续借，只要无人预约，过期要罚款。外借证上写着外借图书只限9999册，美国人的幽默可见一斑。

强烈的社会服务意识。

较小的图书馆，图书、期刊、报纸等都在一个大屋里。较大的图书馆都有少年儿童部。少儿阅览的书刊都用塑料包书皮或用硬书夹夹住，可以耐久。

杂志成套 查阅方便

在一般性图书馆中，一些著名的杂志都装订成套，开架阅览，极其方便。

如《TIME》（时代）、《LIFE》（生活）、《NEWS WEEK》（新闻周刊）、《NATIONAL GEOGRAPHIC》（国家地理）等都有几十年的，甚至是从创刊到现在的。在专业图书馆，如我常去的得克萨斯大学图书馆的数学、物理、天文学图书阅览室中，世界著名的数、理、天文期刊也都整套陈列，查阅十分方便。在这所大学的总馆中，有一个东方期刊阅览室，其中以中文和日文期刊为多。我国的《新华文摘》《新华月报》等也都开架阅览。因此我联想到在我国较大的图书馆中是否也可以把几种综合性的常用的期刊也都成套开架阅览，那将是多好的事情。

是好事，只盼少磨。

读者交流 互通有无

在一些小型图书馆中，常常有一张桌子是为读者交流用的。人们可以把看过的或不用的期刊放在桌上任人免费取用。在这样一个互通有无的场所，你往往能得到在新旧书店中都买不到的杂志。像我这样在美国短期停留的读者也可利用这种机会收集一些资料。

宾至如归 读者之家

这种气氛在小区图书馆中最为浓厚。人们从超级市场采购完商品后，往往提着

小学生们在社区图书馆活动

墙上的标语似乎有点意思：“今日读者，明日领袖。”英语 reader 和 leader 不仅押韵，发音还接近。

纽约天文馆书店

美国国会图书馆出版的古典星图挂历

宾至如归总是令人向往的美妙境界。

大包小包先到图书馆里来休息和看书，有时还带着孩子，图书馆也一样接待，并且亲如一家，还问寒问暖。因为她们多半是这里的常客，彼此非常熟悉。有些放学早的中小学生也常在这里看书和复习功课。有些学生来这里看书也是为了等父母下班后开车来接。有时，教师带着整班的学生到图书馆中度过半天的读书生活。

不论是图书馆或是书店，常常举行各种和读书有关的活动，如和作者见面，讨论会，图书评介等，十分活跃。

出版社也利用书店和图书馆作为与读者沟通的桥梁，提供图书样本、宣传品、订书卡片。至于美国推销书刊的方式更是多种多样。为了争取读者，可以寄书到家，试看再买，免费函购，免费电话咨询，真是想方设法，不厌其烦。

中国和美国国情不同，不应该也不必要生搬硬套。但是把图书馆和书店办成读者们可亲可近的温馨的读者之家总是我们应该学习的方向。

圣诞文化与科普

圣诞佳节

每年 12 月 25 日前后是欧美各国一年中最热闹的时期，也就是欢度圣诞佳节的时期。

美国的一些公众场所如博物馆、科学馆、图书馆、文化娱乐场所等一年四季都每天开放，但只有圣诞节这天是不开放的，每年只此一天，可见对圣诞节的重视。

圣诞节被认为是基督耶稣降生的日子，也是公元纪年的开始，是有着浓厚的宗教色彩的。但是圣诞节过后只有几天就是新年，所以往往把圣诞和新年联系起来庆祝，因此这个节日逐渐成为一个公众的节日。也可以说圣诞节的活动日渐普及，它已不仅仅是一个宗教的节日了。自从改革开放以来，中国的国际交往日益频繁，过圣诞节的人也越来越多，对圣诞节感兴趣的人也越来越多，这也是一种自然的趋势。

美国史密松学会杂志的圣诞节广告

圣诞文化

圣诞节前后的种种活动，内容丰富多采，形式多种多样，总起来讲可以把它称做圣诞文化。在美国，早在圣诞节到来的前一个月左右，就已经在商场店铺中呈现了过节的景象。美丽的雪景、雪撬、圣诞树、圣诞老人等布景，加上精美闪烁的彩灯，评注者曾不止一次收到李元先生寄来的自制贺年卡。记得有一年的画面是爱因斯坦画像，还有一年是《时代》周刊封面刊登的哈勃画像。

渲染成一片节日气氛。大减价、购物优惠等字样到处可见。在一年中，圣诞节也是美国人的一个重要消费季节。不但要选购圣诞礼物，而且也要趁降价的机会，多采购一些便宜货。圣诞卡片也是琳琅满目，美中有美，好上加好。价格也高低不一，任人选购。卡片上印有给朋友的、恋人的、父母的，兄弟姐妹的，各不相同。当然有条件的可以自制圣诞卡更受欢迎。当我收到我的挚友寄来贴有天文照片的贺卡时，我感到特别高兴。

我在逛一家大型商场时，走进一个专营自然与科学有关商品的商店。在一排天文望远镜的上方看到群星闪耀、图案变换，一派星空宇宙的壮丽景象。本来圣诞节的传说就牵涉到天上的星星，因此星空宇宙的布景在这里是十分自然且合情合理的。

每逢圣诞节期间各地都要举行大大小小的音乐会或者圣诞演唱会。1995 年圣诞节前首都华盛顿、纽约等大都市都有高水平的圣诞音乐会，连总统都要出席，而且电视台现场直播。乐曲内容大多是几百年来广为流传的经典圣诞歌曲以及亨德尔的不朽名作《弥赛亚》等。当终曲《平安夜》音乐奏起时，气氛达到高潮，再加上无比辉煌的布景，使全场进入了群情激动却又圣洁安祥、群星灿烂的的欢乐世界。

洛克菲勒中心广场的圣诞树

迪斯尼电视台播出的圣诞晚会，首先放映迪斯尼早期的米老鼠作品，大意是描写贫穷的人们在圣诞节的凄凉景象；后来才是彩色绚丽的圣诞老人的故事，利用生动的动画技巧描述圣诞老人怎样把有趣好玩的圣诞礼物送给许许多多的孩子。

露天的圣诞音乐会莫过于纽约洛克菲勒中心广场的圣诞树演唱会，已成为传统性的活动。

洛克菲勒是石油大王，以他命名的中心广场也可以说是能源广场，是纽约的著名建筑和景点。那里有一个希腊神话中从天宫把火种送给人间的普罗米修斯英雄的镀金塑像，神态活现，光彩夺目。塑像背后是排列整齐的万国旗，前面是一个巨大的广场。每年圣诞节期间，都要从远方运来一株高大的专为这里采伐的巨树，在树上要装饰 3 万盏彩色灯泡，入夜时光华四射，景象壮观。音乐会就在这个可能是世界之最的圣诞树前举行。几百人组成的唱诗班整齐地站立在专搭的站台上，最高处离地有十几米。在乐队伴奏下，和谐的圣诞合唱曲悠扬动听，当他们唱到名曲《听啊天使高声唱》时，人们已经完全沉醉在这些“天使”们的歌声中了。这种场面的确给人一种崇高、庄严、圣洁、欢乐的感受。

评注人也有一次可喜的圣诞购书经历：2003 年圣诞节前半个多月在洛杉矶一家书店买到一厚册非常精美的《神话学百科全书》，打折价仅 14.99 美元。

在欢乐的圣诞之夜亲友团聚，互赠各自心爱的礼物、卡片，接受圣诞老人的来访，大多要唱起《铃儿响叮当》那首轻松愉快的歌曲。

圣诞节之前，也是商业竞卖广告遍地的时候，连文化科学事业也不例外。出版社和商店都要把设计精美的目录、订单广为寄发，吸引人订阅书刊，购置商品。

圣诞科普

虽然在圣诞节期间，电视台节目热闹非凡，圣诞音乐铺天盖地，但也是普及科学的好机会。1995 年圣诞节期间，我在美国看了两个电视科普节目，至今记忆犹新。

“伽利略号”探测器于 1989 年 8 月由“亚特兰蒂斯号”航天飞机送入太空，2003 年 9 月坠毁在木星上，比原定工作寿命延长了 6 年。

《在木星上》是配合美国发射的伽利略行星探测器而播放的。1995 年 12 月 7 日，伽利略号到达木星，所以在 12 月中多次播放《在木星上》这个长达半小时的科普节目。它叙述了伽利略号探测木星的历史使命，说明它不同于以往的先驱者号、旅行者等探测器只是从木星附近掠过，而是要用气球把探测仪器降落到木星大气层去考察。影片还追述了 1994 年 7 月彗木相撞的生动故事。

《圣诞明星》是圣诞节的传统科普节目。根据圣经故事，耶稣降生时，天空中曾有明星出现。例如，在《三博士歌》（1857 年作）中有这样的诗句：“三博士

《国家野生动物》杂志节日增刊

来自东方，携带礼物献给君王，经过田野、荒漠，山川，日夜跟随星光。哦！奇妙明星放光芒，灿烂无比真辉煌。”在《明星灿烂歌》（1934 年作）中有：“明星灿烂夜未央，伯利恒城在睡乡。野外牧人见异象，天上皎然发大光……宣言圣子降下方。”在《晨星歌》（1811 年作）中有：“晨星之中最辉煌，东方晓星永灿烂，天际辉映，引导我人马槽边朝圣婴。”在以上这些诗歌中都反映出圣诞时节出现的明星，也叫做伯利恒星，当然这是有宗教含意的传说。到底这圣诞明星为什么出现？是天意？还是偶合？这要从科学上去探讨论证。

在许多天文学的推论中，圣诞明星不外有下列几种可能：它是金星、木星、彗星、流星或者是新星。

先说彗星，要有众人抬头就能见到的非常明亮的彗星，那是极少见的，而且通常也带有较明亮的彗尾。诗歌中没有这种描述。再说流星，甚至是火流星之类的天空奇象。但这种可能性不大，因为它转瞬即逝，不可能停留在天空，引导人们去接圣婴。是不是明亮的新星呢？这要去查考历史纪录，而且灿烂辉煌的新星也是很少见到的。至于说到木星和金星，它们都是有名的亮行星，比天上的恒星都亮。比较而言，金星比木星更为辉煌。而且诗歌中说它是东方晨星，倒是名实相符的。金星我们经常可以看到，出现在傍晚西方的叫晚星，出现在黎明东方的叫晨星，看来金星很可能是圣诞明星的主角了。

1996 年的圣诞节前后，金星正是晨星，而且非常明亮地出现在东方（但有时又出现在傍晚西方），可见圣诞明星也许就是金星了。

在先进与保守之间
——美国计量制度琐谈

两套标准的烦恼

在中国生活惯了的人们，到了美国都会感到不适应。这并不是因为时差带来的短暂的昏沉，而是长久用惯了公制的计量制度与这里的截然不同。这磅对公斤、英里对千米、英尺对米、加仑对升等之间的换算带给人烦恼真是没完没了。

两套标准的烦恼

中国在计量方面早已和国际接轨，把国际通用的公制计量单位作为法定计量单位，主要的有厘米（cm）、千米（km、千米）、克（g）、千克（kg、公斤）、升（l）等。但是在美国，成天你耳边听到的和眼前看到的却是格格不入的英制，像英里（mi）、英尺（ft）、英寸（in）、磅（lb）、盎司（oz）、加仑（gal）、品脱（pt）等。有些人在美国住了很久直到他们离开美国时也没有弄清这些计量单位和公制之间的准确关系。在商务印书馆出版的《新华字典》和《袖珍英汉辞典》等最常见的字典中都附有这两种制式计量单位的标准名称、符号和换算，举几个最常用的例子：

1 英寸（inch）=2.54 厘米（cm）

1 英尺（feet）=0.3048 米（m）

1 英里（mile）=1.6093 千米或公里（km）

1 盎司（ounce）=28.3495 克（g）

1 英磅（pound）=16 盎司（ounce）=0.4536 公斤或千克（kg）

帕洛玛天文台那架著名的大型反射望远镜口径 200 英寸，换算成公制是 5.08 米。那里的施密特望远镜主镜口径 183 厘米，乃是 72 英寸；改正透镜口径 122 厘米，乃是 48 英寸。最初都是立足于英制设定的尺寸。

英制计量单位的最大缺点是上下两级单位间的关系不是十进制。更有甚者，同为英制，度量衡所用的进制还不相同。比如，长度上 1 英尺 =12 英寸，进制为 12。而到了重量上 1 英磅却等于 16 英两，进制换成了 16。真是唯恐天下不乱。可还有更乱的。因为进制不是十，所以以十进制为基础的小数运算就难派用场而被分数取代。在美国的一家工具店，我看到由粗到细这样排列的一套钻头：5/16，1/4，7/32，13/64，3/16，11/64，5/32，9/64，1/8，单位是英寸。试想如果把顺序打乱，问你 5/16 和 13/64 哪支粗，你能一下答上来吗？此种困境仅仅是冰山一角。所以这麻烦的英制早已被大多数国家弃用了，包括美国北边的加拿大和南边的墨西哥。然而奇怪的是，英制单位在号称处处现代化的美国却仍在大行其道、普遍使用。这种墨守成规的保守做法实在和讲究开放和科学进步的美国形象不成正比。在美国，英制单位无处不在。商场里，超市里，加油站，商品上和书报上放眼便是。奔驰在公路上，所有的标示，如限速、里程等都是以英里（miles）计。

另一个与英制连襟，使人更不习惯的计量单位是气象预报中的温度。美国用的是华氏（°F. Fahrenheit）度，而不是国际公用的摄氏度（℃ .Celsius）。更麻烦的是它们之间的关系不是简单地加几度或减几度。请看：

华氏度 °F =（℃ ×9/5）+32

摄氏度 ℃ =（°F－ 32）×5/9

很有意思的是 -40℃ =-40 °F。

40 ℃ =104 °F

20 ℃ =68 °F

0 ℃ =32 °F

37 ℃ =98.6 °F（正常体温）

我们都知道水在摄氏温度下的状态——0 ℃结冰，100 ℃沸腾。可是在华氏下呢，32 °F结冰，多少度沸腾呢？还得再算算。

真的很难理解。

我十分不理解为什么美国在计量方面将自己孤立于世界之外。目前美国虽然也有用公制的，但局限于科研和进口商品及其配件，在绝大多数情况下仍然是保守的英制计量在统霸天下。

我在美国时曾翻阅到一篇重要的呼吁改用公制的文章：“How Soon Will We Measure in Metric？”（“我们多久才能实行公制呢？”），刊载于著名的美国《国家地理》（National Geographic）1977 年 8 月号上。文章用 8 页的篇幅细谈英制与公制的来源和相互关系并附有换算的详细表格。但 20 年过去了，在这方面的改进甚微。虽然科学教科书中大多已采用公制计量，但是日常生活中仍以英制为主，看得见的改进不过是在商品标示的英制后面加了公制对照。当然，偌大个国家要想改革计量制度谈何容易。那一定是一个庞大的系统工程，会涉及到各个方面，而且需要资金支持。美国的民主制度也制约着政府决策。在已经习惯于这个麻烦且落后的计量制度的美国纳税人中，有多少人愿意支持这项花钱的改革呢？美国究竟什么时候能彻底废除英制计量，让我们翘首以待。

无论如何大势所趋，这是早晚的事儿。

11 种时间的繁琐

在中国，地不分东南西北，季不论春夏秋冬，只有一种时间——北京时间，也就是东经 120° 的标准时间。对于 13 亿人的大国，使用起来方便多了。除了最西部的新疆和西藏局部地方两种时间（北京时间和比北京时间晚两小时的东经 90° 的标准时间）并用外，绝大多数地方和人们都用的是统一的北京时间。但是在美国就不是这样了，美国大陆本土与飞地阿拉斯加以及夏威夷群岛，一共分为 6 个标准时区，而其中的 5 个还有夏时制，也就是说有两种时间——标准时间和夏日时间。

西经 150° 标准时间——夏威夷时间（HST）7 时

西经 135° 标准时间——阿拉斯加时间（AKST）8 时

西经 120° 标准时间——太平洋时间（PST）9 时

西经 105° 标准时间——山地时间（MST）10 时

西经 90° 标准时间——中部时间（CST）11 时

西经 75° 标准时间——东部时间（EST）12 时（中午）

每相邻时区之间相差 1 小时，东边的时区比西边的时区早 1 小时。

美国东部的大都市华盛顿（首都）、纽约、波士顿、费城、匹茨堡、以及南部的亚特兰大和旅游胜地佛罗里达州、肯尼迪太空中心等都在东部时区内。

美国南部最大的得克萨斯州及其名城休斯敦、达拉斯和密西西比州的新奥尔良，北部伊利诺斯州及其名城芝加哥等都在中部时区内，比东部时区晚 1 小时。

美国著名的旅游区犹他州、科罗拉多州、亚利桑那州及大峡谷都在山地时区内，比东部时间晚 2 小时。

美国西部的加利福尼亚州、内华达州、俄勒冈州和华盛顿州及其名城旧金山、

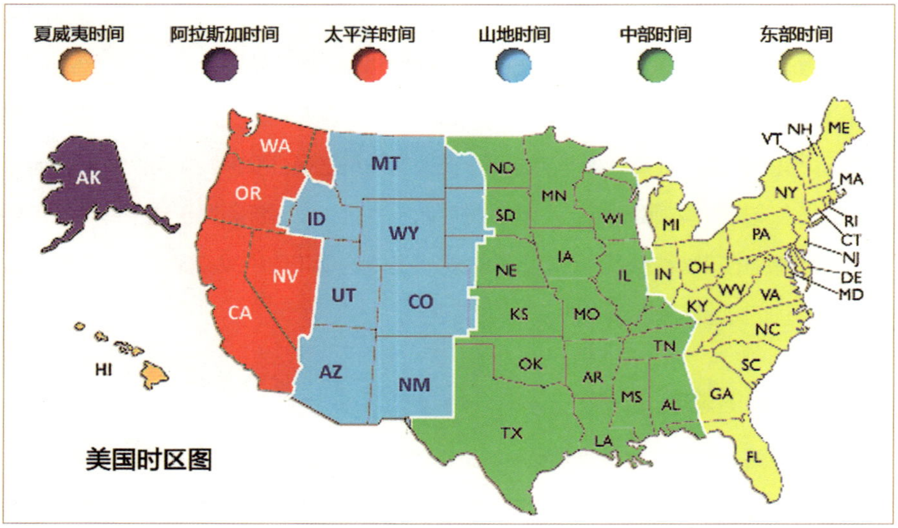

美国时区图

安克雷奇是阿拉斯加最大的城市。

洛杉矶、圣迭戈、西雅图等都在太平洋时区内，比东部时区晚 3 小时。

北美西北角的阿拉斯加州及安克雷奇都在阿拉斯加时区内，比东部时间晚 4 小时。

美国最边远药位于太平洋中的夏威夷州及檀香山则在夏威夷时区内，比东部时间晚 5 小时。

以上就是美国时区的分布概况。

在美国隔州谈及时间时，必须说明时区。乘机飞往他州城市时，在购票通知上除了注明起飞和到达的时间外，还会注明途中飞行的小时数。因为是跨时区飞行，而起飞和到达的时间都是以当地时间为准，若以此计算飞行时数，肯定出错。另外，下飞机后别忘了立刻对表，以免误事。

除此以外，美国每年大约有半年多要实行夏季时间（也称为日光时），从 3 月的第二个星期日凌晨 2 时开始，到 11 月的第一个星期日凌晨 2 时结束。全国除夏威夷和亚利桑那两州之外，每年都要对两次表。日光时开始时，把时间往前拨 1 个小时，而结束时又要往回拨一小时。我就听说过因为周末忘了对表，而在周一提前一小时到了办公室的笑话。因此，在美国要熟悉时区和日光时的使用，马虎不得。六个时区中有五个用两种时间，加起来美国一共用 11 种时间，不可说不繁琐。不过美国东西两海岸相距甚远，而且东西各州都普遍发达，因此使用多种区时也是需要的，也是以人为本吧！像使用英制计量一样，每个人对这种麻烦已经习惯成自然了。只是对使用惯一种时间的中国人来说，很不方便，常常要提醒自己注意不同的地方可能使用不同的区时。

州名加数字的邮编

由度量衡和时区时间联想到了美国的邮政编码（ZIP Code），对不习惯英语的中国人来说也要略加注意。美国的邮政编码的主体是 5 位数字，与南北向州际公路编号的方向相反，是自东而西编起——越往西数越大。在使用时前面须冠以州名缩写，以便一看就知道是哪一州的。美国有 50 个州，州名的缩写是：

亚拉巴马（AL）阿拉斯加（AK）亚利桑那（AZ）阿肯色（AR）加利福尼亚（CA）科罗拉多（CO）康涅狄格（CT）特拉华（DE）佛罗里达（FL）佐治亚（GA）夏威夷（HI）爱达荷（ID）伊利诺伊（I）印第安纳（IN）艾奥瓦（IA）堪萨斯（KS）肯塔基（KY）路易斯安那（LA）马萨诸塞（MA）马里兰（MD）缅因（ME）密歇根（MI）明尼苏达（MN）密苏里（MO）密西西比（MS）蒙大拿（MT）内布拉斯加（NE）新罕布什尔（NH）新泽西（NJ）内华达（NV）新墨西哥（NM）纽约（NY）北卡罗来纳（NC）北达科他（ND）俄亥俄（OH）俄克拉何马（OK）俄勒冈（OR）宾夕法尼亚（PA）罗德岛（RI）南卡罗来纳（SC）南达科他（SD）田纳西（TN）得克萨斯（TX）犹他（UT）佛蒙特（VT）弗吉尼亚（VA）华盛顿（WA）西弗吉尼亚（WV）威斯康星（WI）怀俄明（WY）哥伦比亚特区（D.C.）

例如，TX 78757 就是得克萨斯州首府奥斯汀 Rutland 街的邮编；CA 95051-6606 就是加州圣何塞附近的圣他克拉拉镇的邮编，其后面的 6606 是更细的小区邮编，可以具体到是该镇的 Allen 路。小区邮编一般不写，如写上可使投递更准确、更快。

因为州名的缩写只有两个字母，所以一定要注意准确。有一次我给马里兰州的朋友写信误把 MD 错写成 MA（马萨诸塞），仅一字之差，就延误了投递时间，多走了几天。但丢失一般是不会的，因为一个邮编对应一个邮局，只是会慢。你的邮件若是赶时间，就更要注意别写错。我经美国友人提醒后，就牢牢记住了此事。

另外，美国的邮编不仅限于邮政。因为每个邮编也代表一个投递区，相对较小又相对稳定，所以许多商业服务和行政管理都以邮编为基本单位。比如，你在申请某项政府服务时，往往会先被问到你所在住址的邮编，以此决定你由哪个基层办公室管辖。这给管理带来了很大方便。这种利用和发掘现有资源，并扩展其用途的做法，也是我们可以借鉴的。

事在人为也。

漫谈美国音乐

欧文·伯林诞生 111 年

在美国，有一首家喻户晓，无人不知的歌曲，它就是《上帝保佑美利坚》(God Bless America)。它好比是美国的第二国歌，美国人不但都爱唱它，而且是怀着庄严和崇敬的感情来唱它。这使我回想起几年前我在美国亲身经历的一幕事情。

1995 年的春天，我和家人来到美国东南半岛的佛罗里达州的奥兰多。当我们进入著名的环球影城时，首先遇到一座环幕影院。海报上有两个节目: ① 锦绣中华; ② 美国风光，轮换放映。我们正巧看到的是《美国风光》，这对刚来美国不久的人来说，是一次很好的美国导游。从影院出来后我感到，此片之好远远超过我的预想。从加勒比海的迈阿密海滨到冰雪覆盖的阿拉斯加冰川，从夏威夷的椰林到尼亚加拉的大瀑布，从大峡谷到优胜美地(均为美国著名的国家公园，前者在亚利桑那州，后者在加州)，从大西洋的海涛到太平洋的巨浪……画面清晰，色彩鲜明，情节动人，虽说是一部纪录片，但说明生动，使你仿佛身临风光优美的大自然中。影片末尾在惊涛拍岸的巨浪中响起了深情无限的歌声:“上帝保佑美国，我所爱的国家……从高山到平原，直至滚滚的海洋。上帝保佑美国，我可爱的家乡。”在场的观众都感动了，特别是美国人，甚至有人眼眶里闪烁着晶莹的泪花。这就是歌曲的力量，是音乐的魅力。这首歌曲的作者就是欧文·伯林 (Irving Berlin 1888–1989)。今年 5 月 11 日是他的 111 岁诞辰。1988 年当他百岁华诞之际，在纽约著名的卡内基音乐厅为他举行了隆重的庆祝音乐会。在众多的纪念祝贺文章中，有一篇的题目是“他就是‘美国音乐’”。可能这有点夸张，但他所创作的 1500 多首乐曲对美国人的影响可谓巨大，所以他也是当之无愧的。他还有一首风靡世界的歌曲《白色的圣诞节》，已经进入了经典圣诞歌曲的行列。

李元先生有很高的音乐修养。他既爱古典，亦擅歌唱，曾在众多的会议或聚会上主动献技，刘半农词、赵元任曲的《叫我如何不想他》是他演唱的传统节目。2003 年火星大冲时，李元先生曾将意大利民歌《桑塔露琪亚》的歌词改为“看火星多明亮，闪耀着红光……”，热情地为大家演唱。

史蒂芬 . 福斯特

格什温《蓝色狂想曲》原双钢琴版乐谱封面

福斯特只活了 38 岁，其职业生涯受挫后一蹶不振，嗜酒如命，在贫穷中死去，在他破烂的套装里只留下了 38 美分和一张写着一首新歌歌名的纸，歌名是《亲密的朋友与温柔的心》。如此际遇，真是令人心碎。

他也是“美国音乐”

说到美国音乐，如果不提史蒂芬·福斯特(Stephen Foster 1826–1864) 是不可能的。他的许多歌曲如《故乡的亲人》(Old Folks At Home)《我的肯塔基故乡》(My Old Kentucky Home)《美丽的梦神》(Beautiful Dreamer)，100 多年来，不但风靡美国而且传遍全球。这些歌曲的旋律简单，优美动人，充满亲情爱意，还略带伤感。福斯特的歌曲成为美国文化的一部分，他本人也被列入纽约大学的名人传。经过时间考验，他的乐曲是不朽的。我在美国的书店中多次发现《福斯特歌曲集》。你只要是会唱福斯特的歌曲，就会和美国人民有理解和共鸣。改革开放初期，有一个美国老年人的旅游团来到北京，和我相遇在天坛公园。当我应邀唱了一首福斯特的著名歌曲《老黑奴》(Old Black Joe) 后，全场立刻活跃起来，他们说没有想到在这座东方古建筑群中居然能听到中国人唱美国歌曲，于是纷纷和我合影留念。在美国，我也遇到过类似的情况。由于福斯特曾经与黑人搬运工一起工作过，所以他对黑人音乐非常熟悉，在他的不少歌曲中运用了黑人音乐的旋律，描述黑人的生活场景。可以说，福斯特也是美国音乐的化身。

格什温的《蓝色狂想曲》

1984 年在美国洛杉矶举行的 23 届奥运会上，出现了 80 多架钢琴同奏一首乐曲的盛况，那首乐曲就是美国著名作曲家乔治·格什温 (George Gershwin 1898–1937) 创作的名曲《蓝色狂想曲》。格什温曾创作过大量乐曲，《蓝色狂想曲》是世界乐坛中的不朽之作。把古典音乐和现代音乐揉合在一起，是《蓝色狂想曲》的最大特色，因而它成为美国音乐的代表作。

从草原到夏威夷

美国幅员辽阔，人种复杂，文化和音乐的构成也具有世界色彩，这表现在许多流传广泛的民歌民谣和乡村音乐中。可惜我对此十分陌生，知之甚少。

我们从旧金山开车前往洛杉矶和圣迭戈，途中常常看到大片大片牛羊成群的牧场。如今美丽富饶的加利福尼亚州，正是当年大量移民涌入的西部地区。从许多影片和绘画中人们还能看到当年那种移民的大篷车、草原上的牛群，以及在未开发的原始大地上奔跑的成群野牛……《草原上的家园》（Home On The Range）是广泛流传的一首民歌，创作于 1873 年，歌曲描写了在白人赶走当地的游牧民族之前的草原牧民的生活，成为美洲大地上游牧时代的代表性歌曲。它的曲调低沉而流畅，极为抒情。在中美建交后的国家领导人互访的纪录影片中，经常以这首乐曲作为背景音乐："我草原上的家园，那儿野牛游荡，还有可爱的小鹿和羚羊。那儿从未听到过沮丧的话语，天空也显得美丽晴朗。夜晚来临，群星闪闪发亮，天空壮丽而灿烂明亮。我凝神远望，心中默默思量，难道天上比人间辉煌？啊，牧场上的家，那儿牛羊自由游荡，那儿从未听到沮丧的话语，天空也变得美丽晴朗。"

另一首《把我带回弗吉尼亚故乡》（Carry Me Back to Old Virginia）也是流传极广的怀旧歌曲。歌中深情地唱道："把我带回我的故乡，那里的棉花、五谷、白薯堆满仓，春日里小鸟儿婉转地歌唱，老黑人心中时刻在向往。我终日辛勤劳动

格什温又译格什文。他只活了 39 岁，创作《蓝色狂想曲》（1924 年）时才 26 岁，人们称这首狂想曲开启了把"粗暴的"爵士引进严肃音乐的先河。

此处的歌词译配者是竹漪，早在 1961 年人民音乐出版社出版的《外国名歌 200 首续编》中已收录。

注意图中文字 ole 是美国口语，意即 Old；virgrnny 的拼写罕见，但显然是指弗吉尼亚。

《把我带回维吉尼亚故乡》乐谱封面

马萨 (massa) 是 19 世纪美国南部黑人用语。意即主人，相当于 master。

侍候马萨，在麦地上工作沉重又繁忙。我已走遍无数城市和村庄，只爱弗吉尼亚我生长的地方。”这是黑人作曲家 J. 勃兰德（J. Bland 1854–1911）所创作的歌曲中最著名的一首。

曲调轻快活泼的歌曲中，《铃儿响叮当》（Jingle Bells）已成为全世界在圣诞节时必唱的歌曲之一。《告别夏威夷》（Hawaiian Farewell Song）是具有海岛风味的抒情歌曲，它描述了人们对太平洋中的明珠——夏威夷的明媚风光的眷恋之情，在吉它的伴奏下，在海浪拍击沙滩声中，更显风情万种。

好莱坞的音乐之声

这一系列片名之旧译，经受了时间的考验，令人拍案叫绝。

美国虽然没有出过像贝多芬、柴可夫斯基那样的伟大的作曲家，但是在影城好莱坞却成功地塑造了世界上许多大音乐家的形象，制作了许多音乐片，产生了许多流传世界的电影歌曲。好莱坞不但对普及古典音乐做出了贡献，而且对丰富世界音乐宝库也做出了贡献。就我个人记忆所及，已经有若干音乐片值得称赞。

至今还在放映的《一曲难忘》（A Song To Remember）是钢琴诗人肖邦的传记片，其中插入肖邦和法国女作家乔治·桑的爱情故事。《葡萄春满》（New Wine）是描述舒伯特的音乐生活的一部影片，他的“圣母颂”和“未完成的交响乐”等是本片的背景音乐。《六宫粉黛》（Scheherazade）又名《一千零一夜》是俄国作曲家里姆斯基·科萨科夫的名曲，乐曲描述了著名的阿拉伯民间传说故事。《乐府千秋》这部影片借纽约著名音乐厅之名回顾了当年柴可夫斯基等人的名曲在此演奏的盛况。《翠堤春晓》（Great Waltz）是圆舞曲之王小约翰·施特劳斯的传记片，其中穿插了《维也纳森林的故事》和《蓝色多瑙河》两部名曲的创作故事，此片至今还在放映。《春江花月》（Swanee River）是美国作曲家史蒂芬·福斯特的传记片，在片中可以听到他创作的流行全美国，甚至全世界的著名歌曲。《胜利之歌》讲述了美国作曲家乔治·可亨为美国士兵创作的名曲《冲过去》（Over There）的故事，影片是配合二战鼓舞士气之作。20 世纪 40 年代还有两部迪斯尼的音乐动画片《幻想曲》（Fantasia）和《彩虹曲》（Make Mine Music）。前者是古典音乐的集粹，包括贝多芬的田园交响乐，柴可夫斯基的花之圆舞曲，舒伯特的圣母颂等。后者为现代乐曲，包括了交响童话彼得与狼等。这两部影片的画面和色彩特别优美，是音乐和美术结合的空前创作。迪斯尼影片中音乐的成功之作也不少，如《狮子王》就

1965 年首映，1966 年一举荣获第 38 届奥斯卡奖 10 项提名，其中五项得奖。

早期的《音乐之声》海报

是颇有名气的。我在访美时从电视上还看到过多部描述贝多芬、莫扎特等大作曲家的传记片。

《音乐之声》（The Sound of Music）是美国最成功的音乐影片之一，是美国音乐剧作曲家罗杰斯·理查德（Rodgers Richard，1902–1979）的杰作。影片上演后，引起全球轰动，其中的《雪绒花》等歌曲更为人们所喜爱。

美国音乐是美国文化的重要组成部分，美国还有许多世界级的交响乐团（波士顿、费城交响乐团等），曾多次访华演出，为促进中美人民友谊做出了积极贡献。

音乐之声

难忘的得克萨斯

得克萨斯（Texas）州，缩写为TX，是美国本土最大的州，位于美国南部，西南与墨西哥接壤，东南临大西洋的墨西哥湾，是美国相当重要的一个州。我在美国访问时的大部分时光都在得州度过，在那里的许许多多个日日夜夜令我难忘。

驾车搬家七千里

李兆星，本书的编辑整理者之一。

到达得州州府奥斯汀（Austin）时，我儿子兆星驾车来接，不一会儿便到了家里，甚感在美国出门开车的方便。但是我还没有体会到开汽车也有艰苦的一面。当我听了兆星一家7000里“长征”的搬家故事后，才知道中国学生在美国的奋斗精神。1994年他在美国西北部的爱达荷大学毕业后，不久得到南部奥斯汀得州政府某单位的聘请。可是南北两地相距7000多里，三口之家怎么去？况且还有那么多行李、书籍，飞机是坐不起的，坐汽车也不省事，出于无奈，只能硬着头皮自己开车搬家。他们去租了一辆UHAUL（意思是“你自己拉”）的搬家汽车。这个汽车公司遍布全美，可以异地还车，就是把车开到千里以外的目的地后在当地把车交还，这可真是异常方便。但是兆星驾车历史不长，这是远征，还是辆载货箱型卡车，加上一路情况复杂，又从未走过，无疑要些勇气和胆量。他们一连走了4天，有时是山路崎岖，有时又平沙无垠，有时天黑尚在旷野，而且又百里无人烟。走出爱达荷州就是地貌奇特、野山遍地的犹他州，时逢初夏，却是酷热无比。载货爬山，加上开着空调，引擎竟被“热昏”了，只能暂停在路边待其冷却。路过著名的大盐湖，又穿过美丽的科罗拉多州，来到辽阔的新墨西哥州。为了赶行程，他们无暇观赏沿途风景，还要走夜路。当到达一个荒野小镇时夜色已深，看看地图，下一个可落脚地要在120千米之外，他们只得敲开了路边唯一一家小旅馆的店门，那时已精疲力尽。小店很老旧，像是西部片里那种，睡在床上难以入眠。出发第四天后他们终于进入了得克萨斯州。当他们到达奥斯汀时，车虽完整但人已经疲惫不堪！接着又是找房又是安家，其辛苦与忙碌可想而知。这就是留美中国学生经历的一段小故事。不能吃苦，没有奋斗精神在美国是无法立足的。

大学城奥斯汀

奥斯汀是一个中等城市，因为是州府，所以在得州占有重要位置。市中心区有州政府机关外，再就是得克萨斯大学奥斯汀分校。这所大学在美国颇为著名，学生数万，中国学生也在千人左右。在学校里还有几路公共汽车，可见校园之大。市中心的两个大标志就是州议会大厦（其圆顶之大仅次于华盛顿的国会大厦）和得州大学的钟楼。

奥斯汀的得州大学除正规的教学系统外，附设的成人教育大学的科目也很广泛，包括六大部分：艺术、人类学、商业、理工、信息、健康医学，共有近 60 门学科。

大学内约有 150 多幢建筑，有 15 所图书馆，印有全校建筑物微缩图形，并附有所有建筑物名称的检索的地图对初来者特别有用。大学的任何图书馆都向公众开放，我常去的是总图书馆和天文、数学、物理图书馆。馆内图书、期刊全部开架阅览非常方便。在总图书馆中东方部分有大量中文图书和报刊，我国的出版物较东方他国为多，坐在阅

得州州府奥斯汀市刊

得州议会大厦

览室中就如在国内一样，周围全是我们熟悉的报刊，倍感亲切。

天文系和天文台

得州大学的天文学系和麦克唐纳天文台在全美颇有影响，是世界著名的天文中心之一。我到奥斯汀不久，便去德大天文系拜访，当时北京师范大学天文系系主任李宗伟教授正在那里进行超新星的研究，他和几位我国的访问学者亲切地接待了我，并安排我与系、台的负责人会见交谈。从此我就经常去天文系查阅资料，去系图书馆看书。天文系和物理系、数学系共用一座楼，是很新的一幢建筑，设备极好，还有自动扶梯通往教室，这在别处还不多见。我在图书馆查阅到很多在国内不易看到的天文书刊，颇有收获。图书馆还为我从馆外书库调来19世纪末的天文期刊，并把通知卡片寄到家中，对一个来访学者如此周到，盛情可感。

或许多年以后，我国的大学图书馆也能做到吧？事在人为。

威廉·约翰逊·麦克唐纳（William Johnson Mc Donald，1844-1926）是得克萨斯的银行家。

著名的麦克唐纳天文台位于奥斯汀以西500多千米，是得州大学天文系的一部分。1932年用W.J.麦克唐纳捐赠的近百万美元的巨款开始建立天文台，1939年建成2.1米的反射望远镜，镜面之大居美国第三位。当时和芝加哥大学的叶凯士天文台密切合作，颇有名声，我国著名天文学家张钰哲1946年就曾利用此镜进行双星的观测研究，并发现了一颗食变星。因此，我每到得大天文系时就感到是踏着天文前辈的脚印在前进。该天文台后来又建造了一架更大的2.7米望远镜，从1968年来进行了大量天文观测。该系、台的主要支柱之一——法国著名天文学家德伏古勒在此工作多年。他的名著《天文学简史》中译本（李珩译）在祖国大陆和台港流传甚广，他的科普巨著《拉鲁斯天文百科》也驰名世界。本来我想去拜访他以表敬仰之情，谁知他正住院治疗，后于1995年10月在奥斯汀病逝，令我遗憾不已。

实际上，这架2.1米望远镜，当时曾名列世界第二，仅次于威尔逊山的2.54米反射望远镜。多年后，它被冠名为奥托·斯特鲁维望远镜。

得州大学奥斯汀分校钟楼

休斯顿太空中心的火箭展区

航天城休斯敦

休斯敦是得州最大的城市，它仅次于纽约、芝加哥、洛杉矶，是美国第四大都市。市中心高楼林立，远远望去好像是纽约的曼哈顿。

休斯敦有 NASA 的一个太空中心，为纪念得州籍前总统约翰逊而命名为约翰逊太空中心。它和东海岸的肯尼迪太空中心相配合，宇宙飞船、火箭都在东海岸发射，而这里是一切航天器的指挥中心，所以掌管着重要职能。

太空中心有三大任务（或部分）：

1. 航天指挥：在总指挥室中遥控所有美国发射的航天器。当年人类的登月飞行也都是这里指挥的。大型屏幕上显示各种航天器的轨道、距离、速度等。何时、何地在月面降落以及何时从月面起飞和指令舱对接返回地球等，都有极精确的控制。这里虽然是极重要的机构，但有时也准许有组织的青少年进入旁观，以便激发他们的科学热情。

2. 训练基地：这个中心也是美国宇航员的培训中心，是宇航员之家。从这里踏上太空征途的宇航员和地球的唯一联系就是休斯敦，所以他们在太空中呼喊最多的名字就是“休斯敦”。

3. 科普乐园：除了圣诞节以外，这里每天都向广大群众开放。有火箭陈列、航天实物和图片展览、太空影片放映，还有太空飞行的摄影，花上几美元就可以穿上宇航服得到在太空单独飞行的照片，不知者还信以为真。

顺便一提，姚明在 NBA 服役的那支球队的名字就是“休斯敦火箭队”。

航天中心离休斯敦市区仅仅 40 千米，因而，“航天城休斯敦”就成为该市的荣誉称号。

作者夫妇在渡轮上

墨西哥湾的风光

据说大西洋的墨西哥湾是几千万年前天地碰撞的产物。当年的天灾早已消逝，如今这里是海湾美景，风光无限。有一次和我们住在休斯敦的亲友同去海湾钓海蟹，驱车前往加尔维斯顿——一个离休斯敦不足 100 千米的小岛。去那，人车都要由轮渡运送过去。谁知在轮渡开行后群鸟飞临，在我们头上盘旋，原来是想找点吃的，只要你扔点面包，海鸟们便低飞抢食，一时人被鸟儿包围，好不热闹。

到达小岛，令我惊讶的是这里可称得上是建筑艺术博物馆。有一片很大的墓地，充满了精美的石雕，又有鲜花绿草，比一般公园还要高雅。在居民区也有很多古典城堡式的杰作，据说在全美享有盛誉。

旅游城圣安东尼奥

在奥斯汀之南约 130 千米处是得州有名的旅游城市圣安东尼奥（San Antonio），名字虽然是西班牙式的，但我却在市中心看到很多英国式的房屋和小石块拼接的马路。城中最为有名的景点之一是“水边漫步”。穿城而过的圣安东尼奥河在城里绕了一小圈。河面比街道低约一层楼，水面约 20 米宽，两边有林荫道

圣安东尼奥“水边漫步”

和临河的餐饮店、商店、大饭店。人们可沿河漫步，也可以选一家饭馆坐下来边吃边聊边欣赏四周风景，墨西哥音乐随着欢歌笑语不断地随风飘来，十分惬意。河中有游船慢慢驶过，岸上河中人们互相致意欢笑，构成一幅优美的图画。每到夜晚，彩灯辉煌，游船上可以演奏音乐，可以饮酒唱歌，岸上的欢笑声更是此伏彼起，景色美不胜收。圣诞节期间更是小河旅游的高潮，听说从美国别处专门慕名而来的游客大有人在，就是当地人也要携妻带子来此漫步一圈，吃上一顿，沾点节日喜气。

航空港达拉斯

得州的第二大城市当推达拉斯，当年肯尼迪总统就是在此遇刺身亡。实际上这是一座双子城市，由西边的沃斯堡和东边的达拉斯组成，从飞机上往下望，它们好像是被群湖环绕的两个相邻的大岛。这里是商业发达的现代化都市。

达拉斯还以它的机场闻名，这里是南来北往、东奔西走的枢纽性航空港，机场之大令人惊讶。在候机厅里可以坐电瓶车穿梭，登机门有好几十个，各航空公司都有自己的门，据说每天有数千架飞机升降。

物资回收与互通有无

据我目睹，在美国没有废品收购制度，只有物资回收一说，而且也很注意再生利用。美国可能是纸张浪费的冠军，对于我们来说简直是“目不忍睹”。但是美国也十分注意再生纸的利用，常常在很漂亮的书刊或纸制品上明显印有“利用再生纸产品”的字样，这种字眼在我国却很少看见，其实我国再生纸的利用率也是很高的。对于多余的物资和生活用品都要放在门前指定地点由公车拉走，公寓的可回收物可以集中在垃圾站。有些社区每年还定期回收大型物品，到时家家户户都大清理。有些家庭，更新了家具、家用电器，那些替换下来的但仍然可以使用的床、桌、沙发、家电等就被整齐地放在路边，谁拿走都可以。还有一个美国最为普遍的各家各户互通有无的办法就是每个周末的门前摆摊，称为 Yard Sale （庭院拍卖）或 Garage Sale （车房拍卖），卖主往往要事先登报（极小的广告），到时还要做好醒目的路标，以方便顾客并招来生意。所卖的东西五花八门、无所不有，你既可以买到尚未拆封的新货，也可以遇到尘封多年的古董，它们价格极低也可还价，有的小物件卖主甚至白送。很多卖主的宗旨就是物尽其用，并非为了赚钱。这已经成了美国文化的一部分。我们每周几乎都要驾车前往各处巡视一番，有时会满载而归。这不仅是可以买到便宜货，更可从这些小摊上看到美国的文化历史和民俗民风，因为很多售品出自不同时代，来自各个国家，在商店里绝对没有，何况还有人情味十足的友谊交往。谁说这不是认识美国的一个重要窗口呢？

冰雪归程
——跨越阿拉斯加和西伯利亚的归途

为了赶得上 1996 年 2 月上旬在北京举行的全国科普工作会议，我们决定提前回国了。

从奥斯汀到旧金山

回程和来时一样，途经达拉斯飞往旧金山。住了半年多的奥斯汀一旦离去总觉依依不舍。走前，我又重访了许多地方：得州大学、大小图书馆和书店等。当飞机起飞、那熟悉的城市将要消失在眼前时，我心中不由感念到，再见了，奥斯汀！这是暂离还是永别？只有让未来做出回答。从达拉斯换机后直飞旧金山，沿途又有不少令人难忘的景观，特别像大峡谷等处，从空中望去像在沙漠中蜿蜒曲折的巨蟒一样，令人叹为观止。

1996 年 2 月 1 日下午我们在旧金山国际机场登上中国民航班机回国。进入我国的飞机后，仿佛已经回到祖国，机内几乎全是中国同胞，感到无比亲切。起飞前空姐宣布此次航线是朝西飞行，经过日本，大约在下午可以看见富士山……

飞越阿拉斯加上空

起飞后，旧金山很快就从视线中消失了，除了几片白云，下面是辽阔的湛蓝的太平洋，我再一次跨洋飞行。我一直坐在窗口边注视着飞行中的一切变化。我们在当地时间下午 2 时起飞，太阳还在西南半空照耀。过了一个多小时我发现太阳的位置有些变化，这是因为飞机飞行方向有了变化，它并不是朝西而是在朝北飞行。又过了快一小时，我发现海中出现了大大小小的冰块，其实那是浮冰或冰山，这分明是沿着海岸飞越加拿大，飞向阿拉斯加。我立刻找空姐问她今天的实际航线，一会儿她从驾驶室问明情况后说，今天因为气象情况改飞北线，也就是说要飞越阿拉斯加，跨越白令海转向西伯利亚再往南飞到中国，我心中一阵欢喜，因为这些地区正是我多年来想要亲眼看看的冰雪世界。

下面的浮冰渐渐看不见了，取而代之的是冰天雪地的阿拉斯加大地。现在正是立春之前的大寒季节，北寒带的日照极少，太阳很低，天空昏暗，但冰雪的反射很强，所以地面的情况仍能看到。茫茫雪原，处于冬眠状态，除了冰雪还是冰雪，偶尔看到的几处亮光打破了这寂寞的气氛。

从姓俄变为姓美

阿拉斯加面积有 150 万平方千米，当初探险家白令和他的船员们穿过刚发现的白令海，发现了这片冰雪大陆，从此这片原始大陆就姓了俄，称它为“俄罗斯美洲”。本来阿拉斯加给俄国带来不少财富，但是到了 19 世纪中叶，在俄土战争中俄国遇到财政困难，沙皇亚历山大二世在 1867 年仅仅以 720 万美元的价格将其卖给了美国，一公顷土地只合 5 美分。自从阿拉斯加成为美国的第 49 州之后，给美国带来了金、银、煤、石油和天然气的大量资源和财富。美国还在安克雷奇建立了很大的空军基地，使阿拉斯加成为战略要地。近些年来，阿拉斯加又大力发展旅游业，前途可观。这些生动的历史其实可以由空姐通过广播向旅客们谈谈，以慰漫长的旅途寂寞，但可惜并未如此。

国际日期变更线

理论上讲，东经和西经均为 180° 的经线为国际日期变更线。但是在实际应用中这条线并不是锁定在 180° 经线上的一条直线。为了避免日期在同一个国家不同，它绕道通过白令海峡后向南又一折再折 。在飞机上，我们也不知道什么时候通过日期变更线的（应该从广播中告诉大家），飞越阿拉斯加，穿过白令海中部之后就是日期变更线了。这时我们日期突然从 2 月 1 日变成了 2 月 2 日。国际规定由东向西经过变更线时，日期就要加一天；而由西向东跨越变更线时，日期就要重复一天。

这使我想起凡尔纳著名的科幻小说《八十天环游地球》中的主人公从伦敦出发向西旅行，日记上写明第 81 天才回到伦敦。本以为这场赌注已经输了，但是在最后时刻突然想起了他是从西向东跨过日期变更线的，日期重复一天，所以他仍然是用 80 天完成了环球旅行。于是他快马加鞭奔向出发时的俱乐部，在中午时分、伦敦大本钟敲响 12 下时正点达到，赢得了一片欢呼！

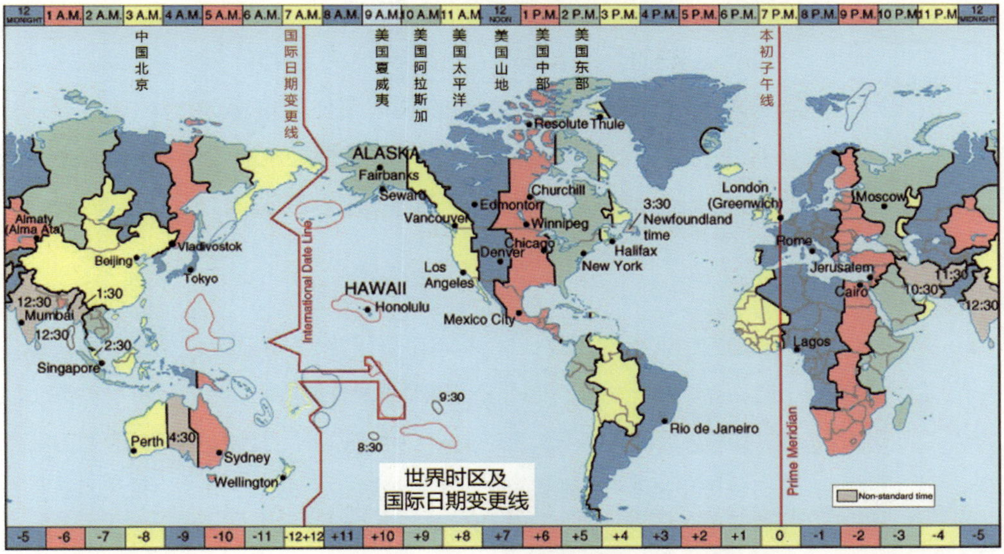

世界时区及国际日期变更线

今天的太阳明天落

一路上目睹自然界的变化，自然不会忘记太阳的行踪。当我们进入亚洲大陆时，已是白茫茫的西伯利亚，大地一片洁白。我们向南飞去，地面的颜色也在慢慢地变化。先是洁白，慢慢成为灰白、灰色、深灰，说明地面温度越来越高。当我们从佳木斯附近进入祖国领空时，大地迅速变深以致于成为黑色，这就是东北的黑土地，它是祖国富足的粮仓。这时我才注意到一直徘徊在天边的太阳陪同我们一路，现在才缓缓西沉。要知道这还是我们 2 月 1 日看到的太阳，在 2 月 2 日才没入西方天际。这一方面是因为我们从东向西高速飞行，一路在追赶向西运行（应该说是地球向东自转）的太阳，所以太阳迟迟不落。至于今天的太阳明天才下落的“奇事”还是国际日期变更线玩的把戏。

地球上和地图上的最短航线

我原以为从旧金山飞往中国，只要在地图上把两地画一条直线就必然是最短的航线，其实我错了。地球是一个略扁的球体。要把一个球面转换到平面上不可能没有误差。我们平常看到的有方格经纬线的世界地图，实际上是不符合实际的地图，它呈现了假相，在某些地段有严重的歪曲。例如，靠北的格陵兰岛几乎和非洲一样大小，这显然是错误的。只有地球仪上的地图比较符合实际。在地球上两点之间最短的路线是通过它们的大圆弧线，也就是说这些大圆的圆心也是地球中心。如赤道大圆、经度圈大圆都是这样，而赤道以外的纬度圈都是小圆。因此在航海图上最短的航线不是直线而是曲线。这次由美返国的航线正说明了这点。

国际航线上的科普工作

我们的航空线已经是四通八达，每年国内外的旅客有千百万，如果在漫长的国际航线上向旅客播送一些科普知识，不但能活跃枯燥的旅行生活，而且可增加知识，增加乐趣，提高人们的修养和素质。过去坐海船航行时，还要举行跨越赤道的化装表演，现在在飞行中这一切都没有了。但是谈谈有关的地理、天文、现代通信等的知识还是非常有趣的。例如，北极、南极、极圈区域、南北回归线、赤道、国际本初子午圈（国际标准时间）、国际日期变更线等。至于众多的自然风光、奇特地貌、著名纪念性建筑更是会有无穷的话题。虽然飞机上有可选听音乐的耳机、讲解影片的声道，如再开辟或穿插一些“谈天说地”的节目，无疑是很有意义的。这次的法轮功事件更说明，科学知识和科普宣传是何等的重要和必要。我们应该提倡时时处处讲科学、行科普。科普工作的普遍性标志着一个现代国家的文明程度。

告别的话

从 1996 年 5 月号《知识就是力量》刊登未编号的“从帕洛玛到洛杉矶——访问美国天文台的科学游记”到本期是刊出“访美见闻”40 篇，历时 3 年半。我在访美期间和回国之后从未敢想占用《知识就是力量》这么多的珍贵篇幅来刊登我的这些访美报道。对本刊主编的盛情邀请，慷慨拨出版面，甚至许多彩色插页，我在此表示衷心感谢！特别是靠了读者们的支持和鼓励才使我能勉力完成任务。虽然我在每篇写作之时都要查阅原始记录，参考中外书刊，力求准确而有趣，但限于当初未有充分预见，资料不足，更限于自己的水平，所以不尽人意处甚多。还有若干值得报道的见闻来不及写出，以后如有机会成书出版时，我当力求充实和改进，也欢迎提出各种意见。

增进中美人民之间的相互了解，他山之石可以攻玉，取长补短地把我们的现代化祖国建设得更好，这实在是我写这几十篇见闻的主要目的。

黄石公园之旅

张大欣

黄石公园是美国第一个也是最著名的国家公园。我们虽然参观过形式多样、引人入胜的迪斯尼世界、环球影城、太空中心等处，但是它们都是人造的景点，而黄石公园却完全是雄伟壮丽的自然景观，感受自然不同。1996年的春末夏初之际，经过细致的准备之后，我们举家北飞，终于踏上去黄石的旅途。我们是先飞到爱达荷，然后在当地租车前往。

叩开黄石的大门

虽然已是5月中旬，可是在美国西北部还是早春季节，大地发出嫩芽，鲜艳的花朵到处可见。红、黄、绿的各色树叶层层叠叠，布满起伏的山丘，万物都散发出春天的清香。沿路风光美不胜收，让人感觉到世界的美好，体会到旅游真是人生的一大快事。连同中途休息野餐，前后在公路上跑了10多个小时，晚8时到达黄石公园西门，就在附近的汽车旅馆住下。次日早饭后，我们终于购票进入黄石公园。驾车游览每人20美元，限一周有效。

大火遗迹依存

黄石国家公园（Yellowstone National Park）位于美国西北部怀俄明、蒙大拿和爱达荷3州的交界处，而主要部分是在怀俄明州境内。黄石公园是世界上第一座以保护自然生态和自然景观为目的而建立的国家公园，面积约8900万公亩，不仅拥有各种森林、草原、湖泊、峡谷和瀑布等自然景观，这里大量的热泉、间歇泉、泥泉和地热气孔，更成为享誉世界的地热奇观。这里还是森林的王国，野生动物的天堂。不幸的是1988年的一场森林大火几乎烧毁了近一半的树木丛林，许多动物也葬身大海，成为世界旅游胜地——美国国家公园历史中最惨痛的一页。我过去只是在《国家地理》杂志中看到一些现场拍摄的大火照片，而当我们在火灾发生8年之后到达这里时，仍可看到火灾遗留下的痕迹。劫后余生的大自然仿佛喘息未定，渴望着康复的新生！

一进公园大门首先看到的是被大火烧过的山林，一棵棵没有树叶和树枝的光秃秃的树干，立着或倒在那里，从树干林立的密度可以看出这里曾经是茂密的山林。没走多久我们看到了一群美洲野牛，个儿比一般牛大得多，长着浓密的长胡子和长毛发，像是山林中的老者，逍遥自在地在路边散步，不时成群结队大摇大摆地穿过公路，过往车辆不得不停下来给它们让路。再往前开是一片大草原，有许多白尾鹿在那里吃草，每只鹿的尾部都是白色的，远远望去，一个个的小白点在那儿晃动，别有一番情趣。

老忠实泉喷发

看喷泉壮景

我们的第一个目标是那些号称天下第一的喷泉——间歇喷泉。它们是一种定时或不定时向上喷射热水柱或蒸汽的天然喷泉。黄石公园大约有200个大大小小的间歇喷泉，长年冒着热气，远处看去如在云雾之中。其中最著名的要数老忠实喷泉（Old Faithful）。顾名思义，它好比是一位很守信用的忠实老人，遵守着它的喷射时间。它通常每隔一小时左右就喷射一次，水柱高达几十米，水温高达百度，喷射的景象非常壮观。我们看到它两次喷射，第一次因站的位置不太好，所以决定再等第2次喷射。没想到它的时间表也不是一成不变的，有时仅间隔30分钟就骤然喷射，有时又会长达一个半小时。这回让我们碰上了，等了大约90分钟正急不可耐时，突然从泉口传来奇怪的声音，紧接着泉口冒出水花，突然水柱带着蒸汽冲天而起，最高点约有50米上下，持续喷射约2分钟，真是壮观极了，让人感到自然界蕴藏着无穷无尽的力量。

我们还看了许多小的喷泉，其中有一个非常小的，泉口只有碗口那么大，冒着很小的水花。我们几个人走过去，围着它说笑，谁知猛然间从泉口冒出两米多高的水柱和蒸汽，吓得我们四处逃窜。后来我们给它起了个名字叫对话泉，因为它就好像要出来和我们对话似的。

喷泉区很大，所以分成许多小区，当然要以老忠实泉区最为著名。在喷泉区建有环形木板小路，还设有一些长凳，游人漫步在这条木径上眺望整个喷泉区，水雾迷漫，热气蒸腾，真不知是在人间还是天上。由于在喷泉区还寄生着大量的藻类微生物，在不同角度的阳光照耀下，使泉口里的水从湛蓝到墨绿，再加上外缘的金黄色和微生物的多种形态，把整个泉区打扮得绚丽多彩。

间歇喷泉的秘密

为什么泉水会猛然喷射？为什么老忠实泉会那么守时？为什么泉水又那么滚烫？这些都是游览黄石公园的人们经常产生的问题。

在间歇喷泉的泉口下，是一个狭长的管状裂缝，受热的地下水上升后进入裂缝。可是原来就存在于裂缝中的水的重量给后来的水施加压力，因而形成了一个巨大的“压力锅炉”，“锅”里的水经熔岩不断地加热，当水温超过了临界温度便沸腾成水蒸气，蒸气的力量把裂缝中的水一下子全喷出去，就形成了一次喷泉。然后地下水会再补充到“锅炉”里，周而复始地进行着一次次地喷发。这种周期性的喷发就形成了间歇喷泉，人们把黄石公园看作展现地球热力的宝库。

活雕塑——黄石梯田

由于经常受硫黄的熏染，这里的石头大多是黄颜色的，所以叫做黄石公园。

在黄石公园的西北部有一个历史悠久、变化最大的间歇泉盆地和由碳酸钙沉淀形成的石灰岩梯田。热喷泉不但使碳酸钙沉淀，同时因为它的流动，也创造出梯田的奇特造型。喷泉不停地喷发，水和汽四处漫溢，沉淀物自由流动，因而使得黄石

黄石梯田

梯田的色彩和形状变化不定，所以才有活雕塑的美称。

黄石梯田多式多样，当然基本上都是由于碳酸钙沉淀而形成的。有的地区因为有藻类微生物的寄生，使梯田披上了一层彩色外衣。由于地热活动的变化很频繁，梯田的形状也不由自主地在变化。

目睹这些不断喷发的间歇喷泉以及和它们共生共长的色彩斑斓形状多变的黄石梯田，你会觉得这里仿佛就是一个大自然的工厂。它们的动力是地热，它们的车间在地下，它们的产品就是地面上的壮丽景观。

从大峡谷到大瀑布

黄石公园也有一个大峡谷，当然比不上亚利桑那州的那个世界级的大峡谷了。但是它在黄石地区构成了独特的风格，简直是天作之合，是黄石不可缺少的部分。峡谷很宽很深，一条大河流经谷底。站在观景台上往下看，宽大的河流变成了一条银白色的细带。我们想象这里曾经是一片平地，一条溪流穿行而过，历经千百万年的冲刷，形成了这幅壮丽的景观，不由得使人感叹历史的悠久和渊远流长。峡谷的一端是一个壮丽的大瀑布，奔腾飞溅，倾泻而下，激起的水雾弥漫空中，好像是永不停歇的毛毛细雨。时值冰雪融化的丰水季节，山上的积雪融化后汇流到这里，其水势之大，奔流之急，犹如势不可挡的千军万马，使人想起“飞流直下三千尺，疑是银河落九天”诗句的绝妙。峡谷两边的岩石看上去千姿百态，颜色随着阳光的照耀而变化无穷，真是千古奇观。

走出峡谷，我们驱车驶向黄石湖，这是黄石公园的又一景观。湖面宽阔，平展如镜，可惜我们去的时节早了些，湖面还没有完全开化，但湖边化开的水面上倒映着周围的雪山、绿树、蓝天、白云，由此能想出夏天的湖区将会是怎样的风景如画、美丽动人。

黄石瀑布

观山顶雪景　看动物家庭

沿着湖边，开车跑了很长一段路，天近黄昏，我们驶出黄石南门。第二三天我们都在附近的旅游区游转，这里不再一一细谈。

我们曾到了一个高山国家公园，那里有连绵起伏的高山，山上堆满积雪，山前是清澈平静的河水，山后是晴朗湛蓝的天空。山顶上白云缭绕，山脚下绿树环抱，好一幅如画的风景，让人流连忘返。冬天这里是滑雪的好地方，夏天是避暑的好去处。

记得在一部电视片上看到过有一群年轻人来此滑雪，把带来的行李物品堆积成几米高的一堆，然后把厚厚的雪堆在上面拍打成一座半球形的雪宫，从底下开一个小门，取出东西后居然建成了一座可以住人的冰雪帐篷，真是有趣。

当我们再度奔向黄石公园时，沿途玩了许多地方，深感黄石地区大小瀑布遍布山谷，奇山怪石连绵起伏，到处都有新奇的自然景观，真不愧是世界级的旅游胜地。

到了第四天，我们的目标是看动物，于是驱车向公园的东北面驶去。那里有茂密的山林和辽阔的草原，一群群的美洲野牛和鹿群各自占据着一方草地，互不打扰，悠闲自得地吃草。

“熊爸爸”上班去了

多彩的地热奇观

告别黄石公园

当我们的车开到山边的公路上时，一只大黑熊从山里窜出，它渴了，是到山下来找水喝的。它走到路旁的水滩边饮水，离我们的车也就十几米远。它喝完水以后来到公路上抬起两只前爪扒在前边一辆车上往里看，还敲敲车窗，然后大摇大摆地沿着路边走去。当一辆车在它后面发动时，它噌地一下窜回了山林。当时只顾专心看熊，由于过分紧张，竟忘记拍下照片，真是遗憾。

我们继续前行，不远处又看见一群人在路边架着望远镜观看远处。我们下车想看个究竟，只见一只大黑熊带着3只小熊崽正在山腰上玩耍，3只小熊相互追逐着，滚打着，甚是可爱。有位画家用半米多长的单筒望远镜，在那里边看边画，她已画了半本各种姿态的熊，并且让我们从镜里观看，连熊身上的皮毛都看得一清二楚，真是有趣。隔了一会儿，大熊带着孩子们到山下喝水，和我们只隔一片水滩。大熊边喝边抬头看看对面的人群，小熊却旁若无人似的。喝完水，大熊转过身去，小熊们就蹦蹦跳跳地在前面往山里跑去，大熊在后面寸步不离地护着它们。那位美国画家对我们说："This is a bear family. Papa bear might have gone to work."（这是个熊家庭，可能爸爸上班去了。）

冰火两重天
——美国阿拉斯加、夏威夷之旅

李星燕

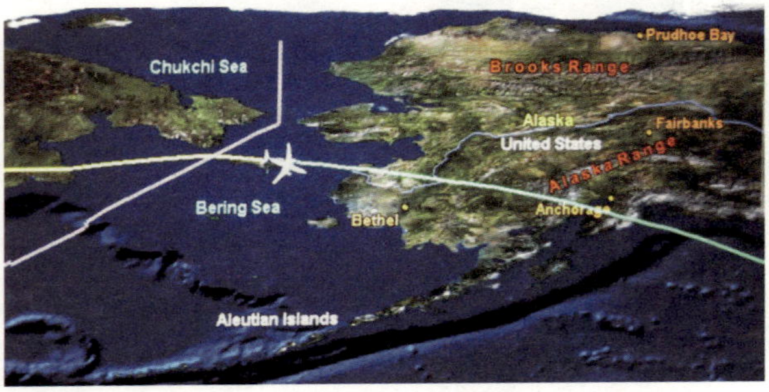

飞越白令海峡

冰雪阿拉斯加

美国第 49 个州——阿拉斯加（Alaska），位于北美洲的最西北角，是美国面积最大的一个州，距离美国大陆很遥远。最北面的巴罗角（Pt. Barrow）北至北纬 71 度跨越北极圈，地近北极，人称阿拉斯加是“最后的边疆”“人间最后一片净土”。

阿拉斯加原本是俄国的土地，由于在同英法等国的克里米亚战争中失利，俄国最终在 1876 年以 720 万美元的价格将这片土地卖给了美国。之后，经过淘金热、军事基地建设、油田开发以及众多的国家公园和野生动物自然保护区的建立，阿拉斯加的重要地位越来越突出。北美最高峰麦金利山巍峨耸立，阿拉斯加越发吸引着全世界人的目光。

2013 年 9 月初，我很荣幸地踏上了这片土地，全身心与这里的大自然热情拥抱。我们一行游人没有乘豪华游轮，而是直飞阿拉斯加第一大城市安克雷奇（Anchorage），随即登上了金星号观光火车（也是当地的客运火车）向北挺进，我们的目的地是麦金利山所在地的迪纳利国家公园。阿拉斯加的观光火车十分舒适漂亮，通体透亮的大玻璃窗，让人可以一览无遗地欣赏窗外的自然风光。原以为阿拉斯加多是冰川和荒野，可车窗外掠过的风景，一路竟是绿色的树海，连绵不断，且伴有溪流浅滩；偶尔能感受到一丝秋色，偶尔也能发现林中动物的踪影或是池中的一对天鹅……列车驰骋在阿拉斯加的南部疆土上，一路向北，翻山过桥，开往费尔班克斯（Fairbanks）及至更远的北方。我们到迪纳利车站就下车了，没有机会亲临感受阿拉斯加更北方的地理和风光了。

穿行在山林间的金星号观光火车

迪纳利国家公园（Denali N.P.）是阿拉斯加州的第一个国家公园，成立于1917年。因为北美最高峰麦金利山（Mt. Mckinley）在此，这里的交通又相对方便，所以此国家公园的知名度很高。所有与我们一样第一次踏勘阿拉斯加土地的游客，都要来拜访这个国家公园，这也是豪华游轮登陆活动中的必有节目。

迪纳利国家公园处于高纬度（约北纬63度）副极地气候区内，距离北极圈仅320千米，其冰雪覆盖期长达9个月之久。我们来时已属秋季，公园内的景色与我们一路乘火车北上时所见自然景观大不相同。我们参加的是“冻原野外导览路线”，所到之处，放眼漫山遍野的红色苔原映衬于起伏重叠的阿拉斯加山脉之中，期间散落着一片片身形秀美的云杉树，高高低低、时隐时现，景色真是如诗如画，苍凉中方显壮阔。国家公园管理处派出的导游交通车很方便，它带我们进入了国家公园的心脏地带。

运气真好，刚进入公园不久，我们就看到3只美丽的麋鹿，安静地在山野中的矮树下觅食。尽管路边已有很多游人对它们举起了“长枪短炮”，可它们毫不理会，表现的是那样的泰然自若、悠然自得。我们守在车窗旁，当机立断拍下它们骄魅的倩影。我想，它们之所以不慌不忙、如此安详，是因为它们知道这里是它们的领地、它们的家

美丽的麋鹿

园。在管理得相当到位的美国国家公园中，野生动物受到极大的尊重和保护，我们在原始自然荒野中所见到的这些动物不就是大自然中的神灵吗？随着游览车继续前行，我们还见到了棕熊、阿拉斯加州鸟和站立在山巅上的多尔大角羊。

迪纳利国家公园内的风景真是太美了，美在它的原始与纯朴，美在它的辽阔无边。尤其是秋天，大地被渲染成一派五颜六色、姹紫嫣红，不同岩层的地貌用不同的颜色叙述着这块古老土地的地质变迁。我们穿过了一片片红黄相间似花色地毯般的原野，又翻越了一座座白雪阻隔的山峦，我们从心底深深感谢造物主赐予我们的这仙境般的天堂美景，我们也虔诚地感受到壮丽自然对我们心灵的征服和震撼！

那天美中不足的是午后天气转阴，我们行走于绵长的阿拉斯加山脉时，麦金利山峰只在云间快快地闪现了一下，就再也不肯以真面目示人了，此为遗憾之一。又因为我们参加的这条旅行路线，使我们没有机会身临美丽的旺德湖边，也不能不说是另一个遗憾。不过，我以前从书本和电视节目中多次见到的在旺德湖畔拍摄的麦金利山美丽风光的照片，都早已深深印在我的脑海中。旅途之中，观望着四周的美景，不禁想起了一位旅人的名言："迪纳利公园不同寻常的独特的风景，希望每个人去自己发现，享受自然。"

阿拉斯加最有名的三大自然景观是：极光、冰川和火山，按照科学家的归纳，它们分别属于大气圈、水圈和岩石圈。世界上集所有这些地球大构造圈之罕见自然景观于一地的地方并不多见，阿拉斯加便是比较突出的例子。

2013 年 8 月底，在我们还没有启程之时，我已见到别人当时拍到的阿拉斯加北极光照片，美丽壮观，令人向往。可当我们 9 月初来此时，天开始下雨，看极光最首要的条件"晴天"不具备，所以我们只得与极光失之交臂了。如果说观看极光的条件苛刻，那么观看冰川应该容易多了。然而，我们此行观看阿拉斯加冰川的经历也不是一帆风顺。虽然行走于安克雷奇南下到苏厄

迪纳利国家公园之秋色

德的沿海公路两旁的风景是如此美丽，沿途也见到不少蛰伏于高山幽谷中的大小冰川和“出口冰川”，但这些冰川已是今非昔比了，随着地球气候变暖等热效应，冰川的面积日渐缩小。除此而外，我们的游船还遭遇了大风雨。

阿拉斯加的冰川

这一天，我们从苏厄德(Seward)港口乘船去游览基耐峡湾国家公园（Kenai Fjords N.P.），此行主要是去峡湾内观赏冰川。可出船不久，原本的小雨却越下越大，船伴随着大风越发颠簸，海浪汹涌而来，我的几个同伴已开始晕船呕吐了。船长终于发出了返航的通告：因为风浪太大，我们的船不能转过阿拉斯加湾，即到达不了观看冰川的目的地，为安全行船，只能返航。好遗憾呀！这就是大自然的“随心所欲”，不可强求，可以理解，我们只能随遇而安，算是亲历一回阿拉斯加的狂风骤雨。

第二天，为了弥补昨日的遗憾，导游又带我们来到了苏厄德以北的惠蒂尔（Whittier）港。虽然天仍在下雨，但从这里乘船去威廉王子湾内看同样赫赫有名的学院冰川系列，还是容易许多的。一路上，我们见到了海豹、海狮和美国的国鸟白头海雕，他们经受着大自然的风风雨雨，生命力如此顽强。我们的游船劈波斩浪径直向前，峡湾内散布着大大小小的冰川和瀑布，最后船停在一长排巨大的冰川前，名曰：哈佛冰川。天是灰蒙蒙的，雨还在下，可冰川却是白里透蓝，纵横交错，给人一种纯净之美，不禁让我想起前几年我们在南美州阿根廷西南安第斯山脉中看到的举世闻名的莫雷诺大冰川的壮丽景象。

望着近在咫尺的哈佛冰川，船上的人们沸腾起来，大家争先恐后的与冰川合影，这也是唯一能与冰川融为一体的方法。远处冰川坍塌，不时传来阵阵巨响，我的心也随之震颤，因为它告诉我们：地球在升温，冰川在融化……地球——我们人类唯一的绿色家园，我们应该如何热爱、尊重并保护它？风雨冥思中，我手中的伞竟随风飘然而去。本想就让它归附冰川吧，可游船的底层面积较宽，有人顺手把伞接在手中，引得大家哄堂大笑。也好，免得又给冰川增添人类的污染。

哈佛冰川

这天，我们终于带着尽兴的欢笑胜利返航了。

阿拉斯加——纯净又美丽的人间天堂，不舍说再见，希望将来会有机会再次拥入你的怀抱，享受你天地造化的壮美自然！

火山夏威夷

美国第50个州——夏威夷（Hawaii），地处太平洋中部，距美国本土3770千米，是美国地理位置最南的州，由132个火山岛组成，其中最主要的岛有8个。因为它紧挨着国际日期变更线，所以又是全世界最晚结束每一天的地方。夏威夷群岛是世人皆知的旅游度假胜地，也是美国重要的军事基地。由于其独特的地理位置及地质构造，它又是世界科学界研究现代火山学及观测星空、探索宇宙奥秘的重要基地。

2014年春末夏初，我和几个朋友结伴来这里旅游观光。我们共去了3个岛，领略了其各自不同的海岛风情。

夏威夷群岛

瓦胡岛（Oahu）是夏威夷群岛人口最多的岛——州府火奴鲁鲁（Honolulu）（檀香山）的所在地。来到瓦胡岛，首先要去参观的必定是著名的美国海军基地珍珠港，那个在第二次世界大战中带给美国人无限悲痛和耻辱的地方。

珍珠港虽是军港，风景却很美丽。港湾中横跨着一座跨海湾大桥，大桥旁有一艘供参观的潜水艇；这里有纪念馆、电影

亚利桑那号沉船纪念馆

馆，还有一艘很大的军事补给舰；最吸引人的当然是海中的亚利桑那号沉船纪念馆和停泊于岸边的密苏里号战舰（当年日本在此舰上签署投降书）。亚利桑那号和密苏里号战舰对于美国来说标志着“二战”的开始与结束，它也让我们每一个参观者更深刻地理解战争的残酷与和平的美好！

瓦胡岛有名的景点很多，我们依次去了州政府、老皇宫、钻石山、喷泉口和阿努帕里大风口等地。瓦胡岛有名的海滩更是比比皆是，日落海滩、凯卢阿海滩、白沙滩海湾、恐龙湾等。恐龙湾不仅风景优美独特，还是浮潜的好地方，我们也尝试了一把。而最有名的威基基海滩，那平缓细致的人造沙滩，海边鳞次栉比的商店、餐馆，每天吸引着成千上万来自世界各地的旅行者在此流连忘返。

伴随着众多的海洋游览项目，我选择了乘坐亚特兰蒂斯（Atlantis）潜艇，这是夏威夷最具深度的生态之旅，开始于1988年。潜艇分48人座与64人座（世界最大载客潜艇）两种，核定潜水深度为45.7米。亚特兰蒂斯潜艇公司积极参与对海洋环境的恢复与保护，引进了数个人造礁石，使得鱼类、珊瑚和其他海洋生物的数量大为增加，威基基沿海的海洋环境也恢复了生机。大约在海底30多米处，我们看到了两架中太平洋航空坠机残骸和两艘海军战舰残骸，还看到了夏威夷大学建造的“金字塔”人造礁石和日本设计的珊瑚礁。这些人造礁石不仅为鱼类提供了安

瓦胡岛的海湾

全的栖身之地，也为夏威夷海底生态状况的研究提供了珍贵的数据资料。夏威夷大岛和毛伊岛也都有此项活动。

瓦胡岛还有一项文化景观——参观波利尼西亚文化村，这是杨百翰大学夏威夷分校为弘扬太平洋岛国波利尼西亚文化而设立的一个非营利机构，也是全世界公认的了解波利尼西亚文化的最佳主题公园。因为它座落于瓦胡岛的东北部，比较遥远，所以一路上，我们又顺便看到了张学良将军的墓地、美丽的古兰尼牧场和草帽岛海滩。

潜航

毛伊岛（Maui）——夏威夷第二大岛，在那我们只有不到一天的行程，紧张而有序，主要游览的仅是西部近似“葫芦头”的一小圈。从著名的古战场伊奥山谷到美丽的热带植物园，从观看卡帕鲁亚湾别墅区亭亭玉立的“来洋杉”，到拜见十八世纪捕鲸小镇拉海纳（Lahaina）镇中心的那棵有着12个旁枝的大菩提树。这一切让我深深感受到了毛伊岛的山清水秀。看来这个岛是夏威夷群岛最宜居的地方，植被丰富、温润舒适。当然，我们没有机会去领略它粗犷壮美的一面——登上世界最大的休眠火山哈雷阿卡拉（Haleakala）山脉，不免有些遗憾。但是，接下来在大岛看到的活火山却又弥补了我们的失落。

你好，毛伊岛！

只有来到夏威夷岛（Hawaii）——火山大岛，才让我更深切地享受到融入自然的快乐。这里有被评为世界自然遗产的“夏威夷火山国家公园”（Hawaii Volcanoes N.P.），它可以让我们很好地感受火山环境。而整个夏威夷群岛不都是发源于火山、建立在火山喷发的基础之上吗？火山大岛又是整个群岛中最年轻的陆地。

大岛的天气瞬息万变，早上还在下大雨，上午天空便放晴。我们先来到了位于大岛最东南端的卡拉帕纳岩浆地，顾名思义，就是火山熔岩流淌之地。走在广阔无边、黑漆漆的熔岩石上，感受“新大陆”的诞生，这里是基拉维厄火山（Kilauea）在1983年喷发填海而形成的新生土地。来到海边，脚下是一片黑色的沙滩，沿岸有嶙峋的

大岛基拉维厄火山脚下的熔岩海滩

大岛基拉维厄火山喷发

峭壁。火山喷发造就的海岸竟是如此壮观，远处有几个冲浪者，点缀着这美丽的景色。之后，我们又去参观了岩浆树州立公园，观看因火山熔岩流过而被烧毁的树木。虽然树木已经漆黑，但形态依在，宛若一座座石雕屹立在大地上。我想，能经得起火山熔岩冲击的大树，原本该是多么粗壮而茂盛！

在卡拉帕纳海水温泉池中，我们享受着由海水和地下热泉混合而成的独特海水温泉的沐浴。仰望蓝天，放松身心，展开双臂，劈波向前。

土著人对火山的崇拜

晚上的活动尤其令人激动，我们要去火山公园参加“火山口夜游”。天近黑了，我们乘车出发，开车的司机师傅兼导游告诉我们起码要有一个多小时的路程。因为基拉维厄火山海拔 1243 米，所以还要爬山。我贪婪的双眼时刻盯着车窗外，发现天又下起了雨，而且越下越大，老天爷真不给面子吗？车开始缓缓爬坡了，突然，奇迹发生了，雨骤然而停，漆黑的夜空出现了闪亮的星星；在遥远的侧前方，我看到了红白相间的火光，我激动的心差点跳出嗓子眼儿，我们的目的地到了。大家疾奔火山观景台，争先一睹这壮观的景象，真是震撼！想起去年在美国拉斯维加斯看到的人造景观“火山喷发”，那就是一个小景，而眼前这壮美的景象可是真的呀！

美国夏威夷火山的最大特点，是流动的玄武熔岩，而不是爆炸式的火山喷发，所以它的危险性很小，适于人们观赏。即便如此，这里的观景台距离火山口也有约

2千米之远，好在这里安装了望远镜，可以让游客看得更清晰。但也正因为是火山熔岩流动，而非喷发，所以我们从远处只能看到熔岩反射的红光而不可能看到在火山坑内流动的岩浆。尽管如此，这也已经让我非常激动和自豪了。在这个难忘的夜晚，我真实地感受到地球的脉动，聆听到来自地球内心的呼唤。当今世界上能有如此感受的地方是否只此一地？仰望夜空，繁星布满天穹，左前方最美丽的天蝎星座刚刚升起，右前方的星座怎么那么像南十字？在夏威夷这种纬度，能否见到南十字，我不敢肯定。总之，能在这种明亮壮丽的星空陪伴下，观赏夏威夷基拉维厄火山熔岩流动的胜景，这是我此生的荣幸！导游说，这种机会不是很多。山顶寒风嗖嗖，我实在不愿离开这人与自然相拥的一刻。

第二天，当我们冒雨再次来到火山公园，情形与昨晚截然不同，冒红光的火山口只有缕缕白烟依稀可见。我突然想到，如今是否因为火山喷发的力度小了，岩浆没那么多，所以看不到熔岩入海的景象了？在火山公园里，我们认识了火山树、火山花，看到了地热喷井、体验了岩浆隧道，还参观了博物馆。

古朴、原始的火山大岛留给我太多的憧憬：据说这里农历十七、十八（满月后两天）海边的月亮最美丽；据说在海边能遇见白海龟是你的福气；还有那“雪山顶落日与星空交汇”的时刻——在海拔4000米以上的莫纳克亚山（Mauna Kea）天文台观晚霞、落日与星空——那该是怎样的一种享受？那一定是进入了一座人间的天堂！

海岛晚霞

李元先生手迹

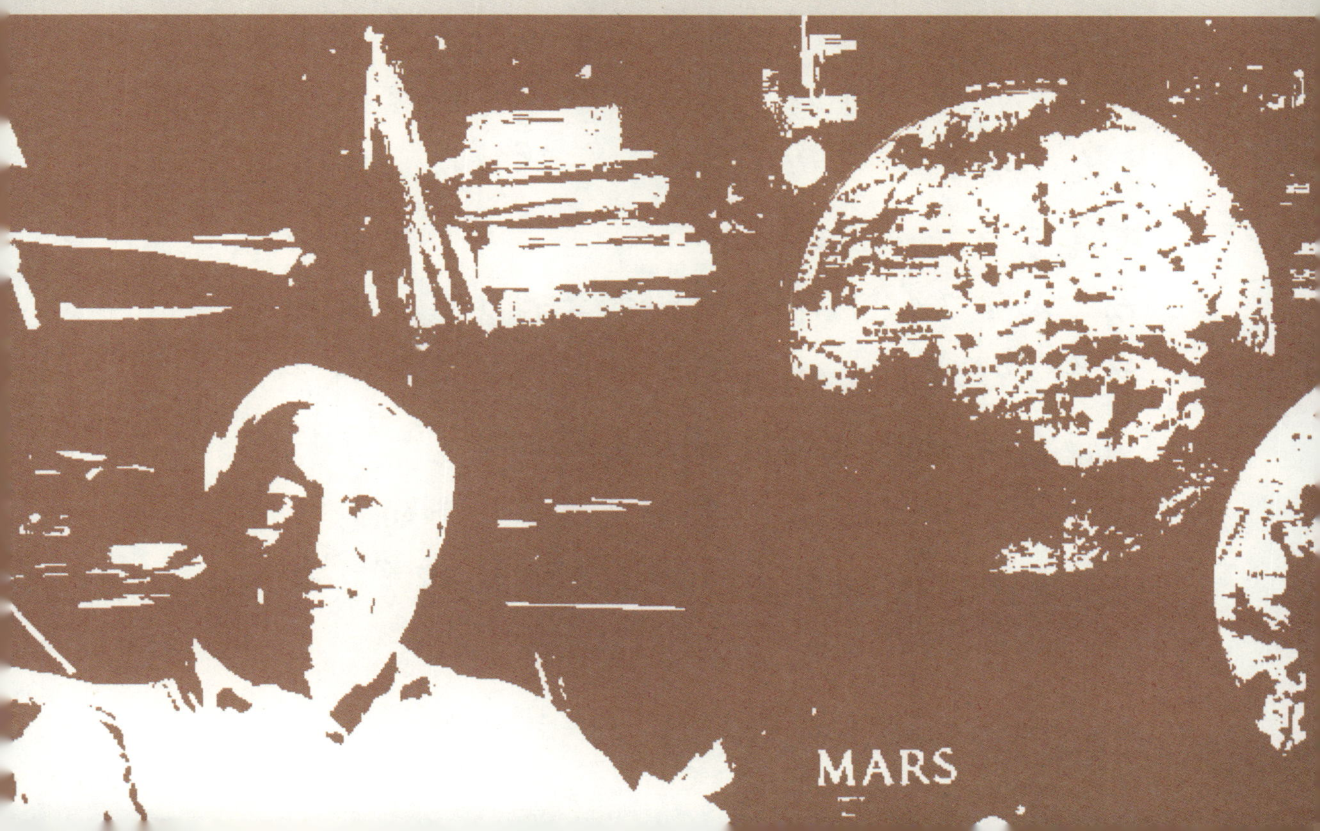

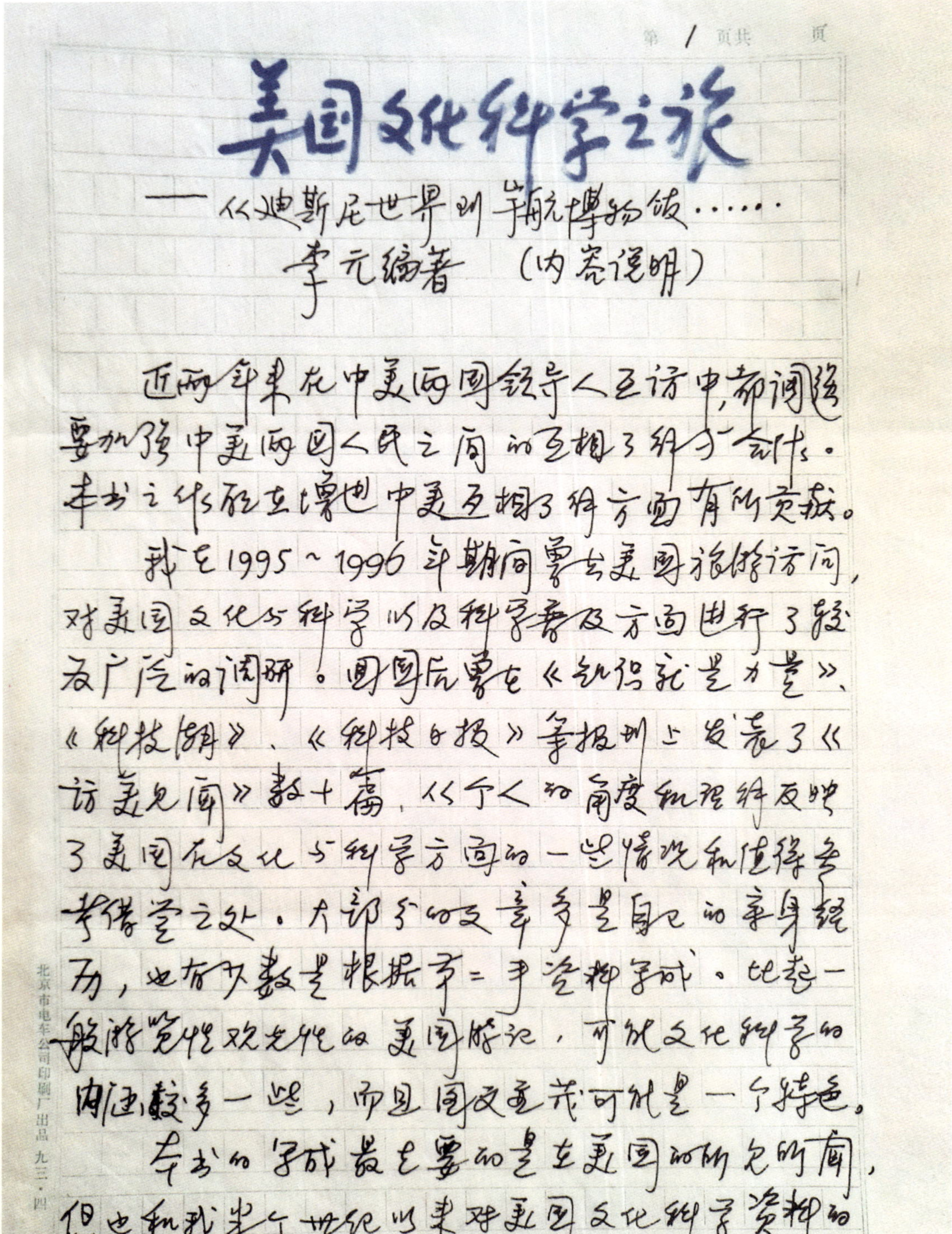
第 1 页共 页

美国文化科学之旅

——从迪斯尼世界到宇航博物馆……

李元编著 （内容说明）

近两年来在中美两国领导人互访中，都强调要加强中美两国人民之间的互相了解和合作。本书之作旨在增进中美互相了解方面有所贡献。

我在1995～1996年期间曾去美国旅游访问，对美国文化与科学以及科学普及方面进行了较为广泛的调研。回国后曾在《知识就是力量》、《科技潮》、《科技日报》等报刊上发表了《访美见闻》数十篇，从个人的角度和理解反映了美国在文化与科学方面的一些情况和值得参考借鉴之处。大部分的文章多是自己的亲身经历，也有少数是根据第二手资料写成。比起一般游览性观光性的美国游记，有关文化科学的内容较多一些，而且图文并茂可能是一个特色。

本书的写成最主要的是在美国的所见所闻，但也和我半个世纪以来对美国文化科学资料的

北京市电车公司印刷厂出品 九三·四

李元先生写作本书的手稿

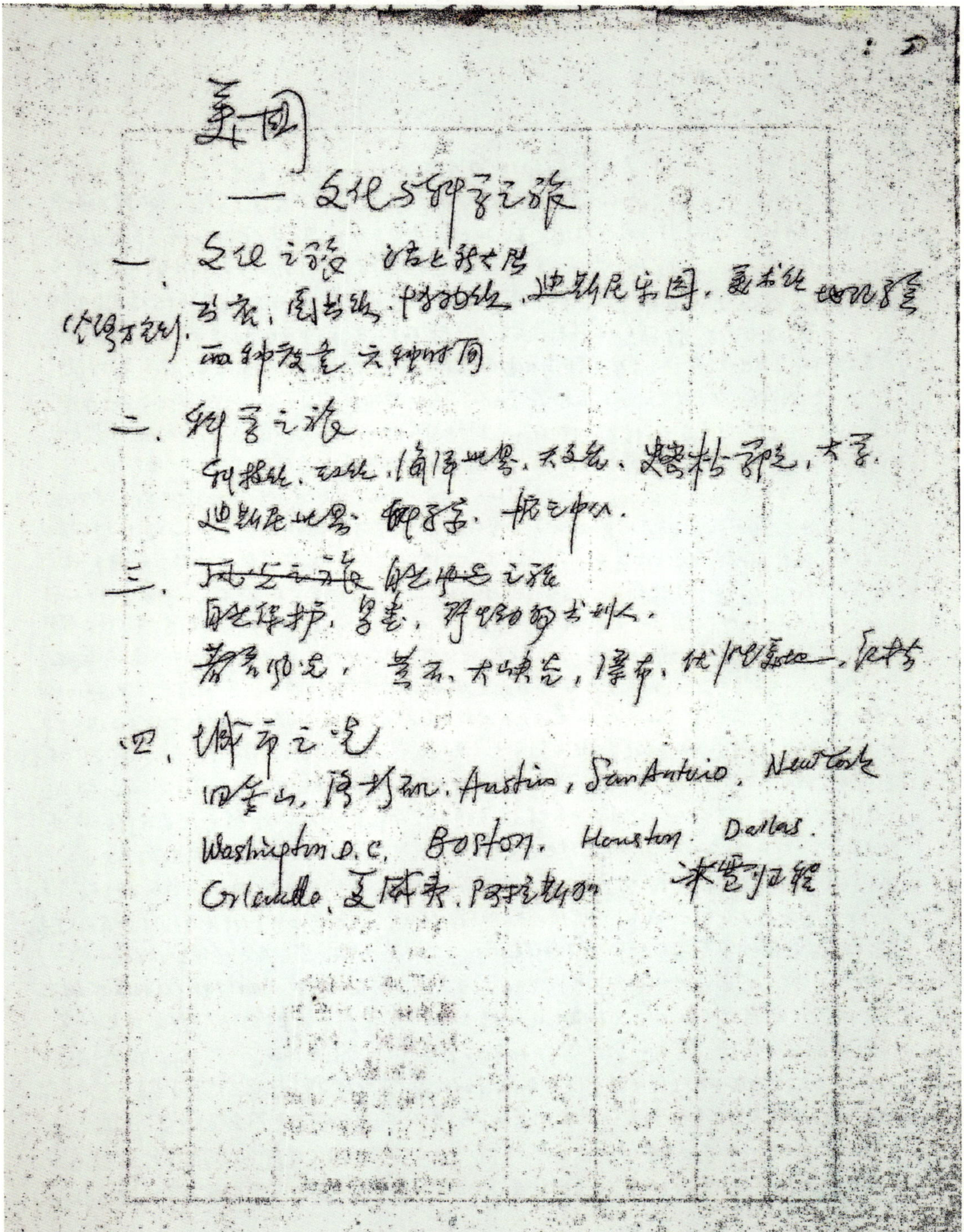
美国
——文化与科学之旅
一、文化之旅
二、科学之旅
四、城市之光
Austin, San Antonio, New York
Washington D.C. Boston. Houston. Dallas.

李元先生写作本书的手稿

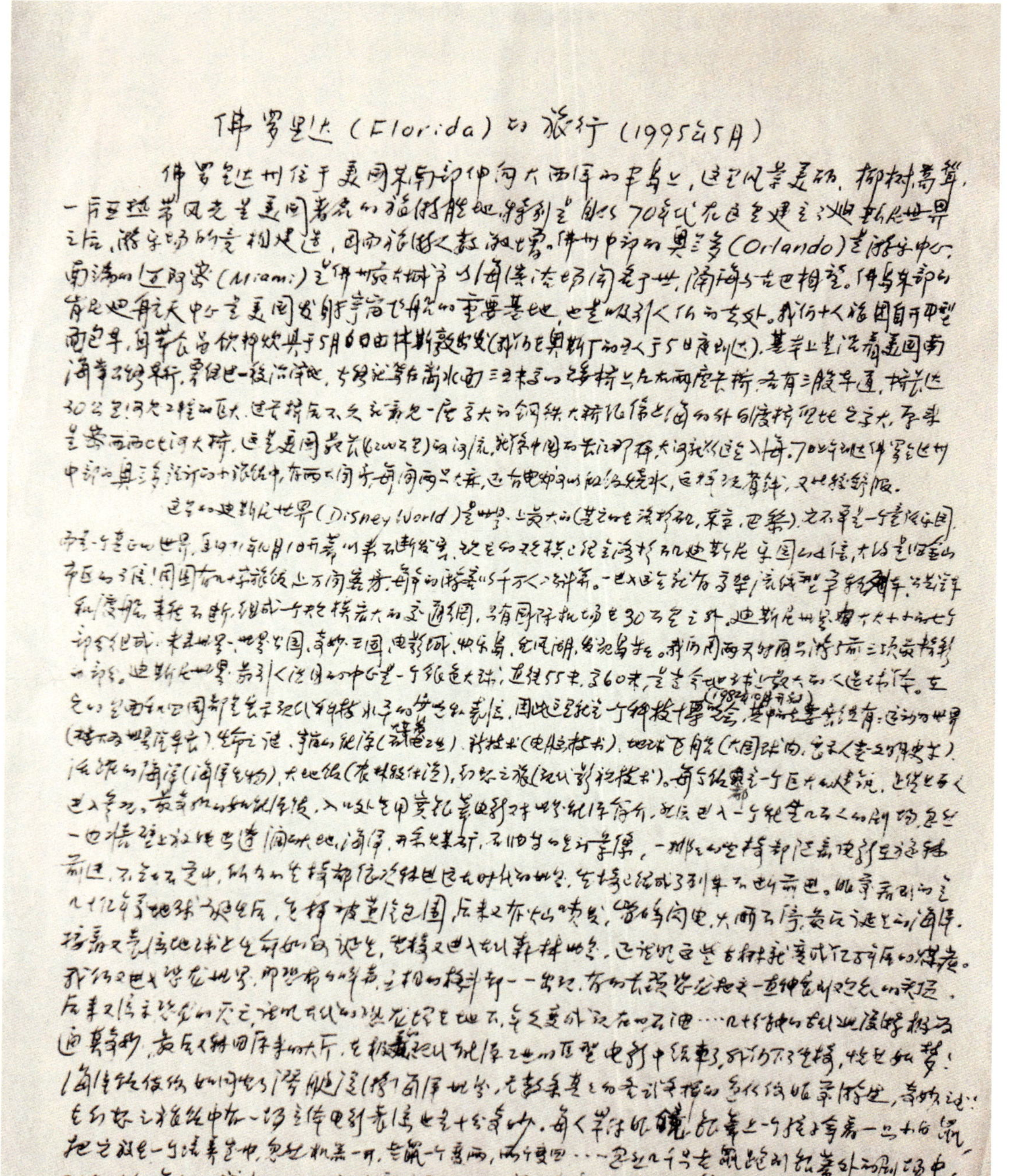
佛罗里达（Florida）的旅行（1995年5月）

佛罗里达州位于美国东南部伸向大西洋的半岛上，这里风景美丽，椰树高耸，一片亚热带风光，是美国著名的旅游胜地。特别是自从70年代在此建立了迪斯尼世界之后，游乐场所竞相建造，因而旅游人数激增。佛州中部的奥兰多（Orlando）是游乐中心，南端的迈阿密（Miami）是佛州最大城市，与海滨浴场闻名于世，隔海与古巴相望。佛州东部的肯尼迪航天中心是美国发射宇宙飞船的重要基地，也是吸引人们的去处。

李元先生写作本书的手稿

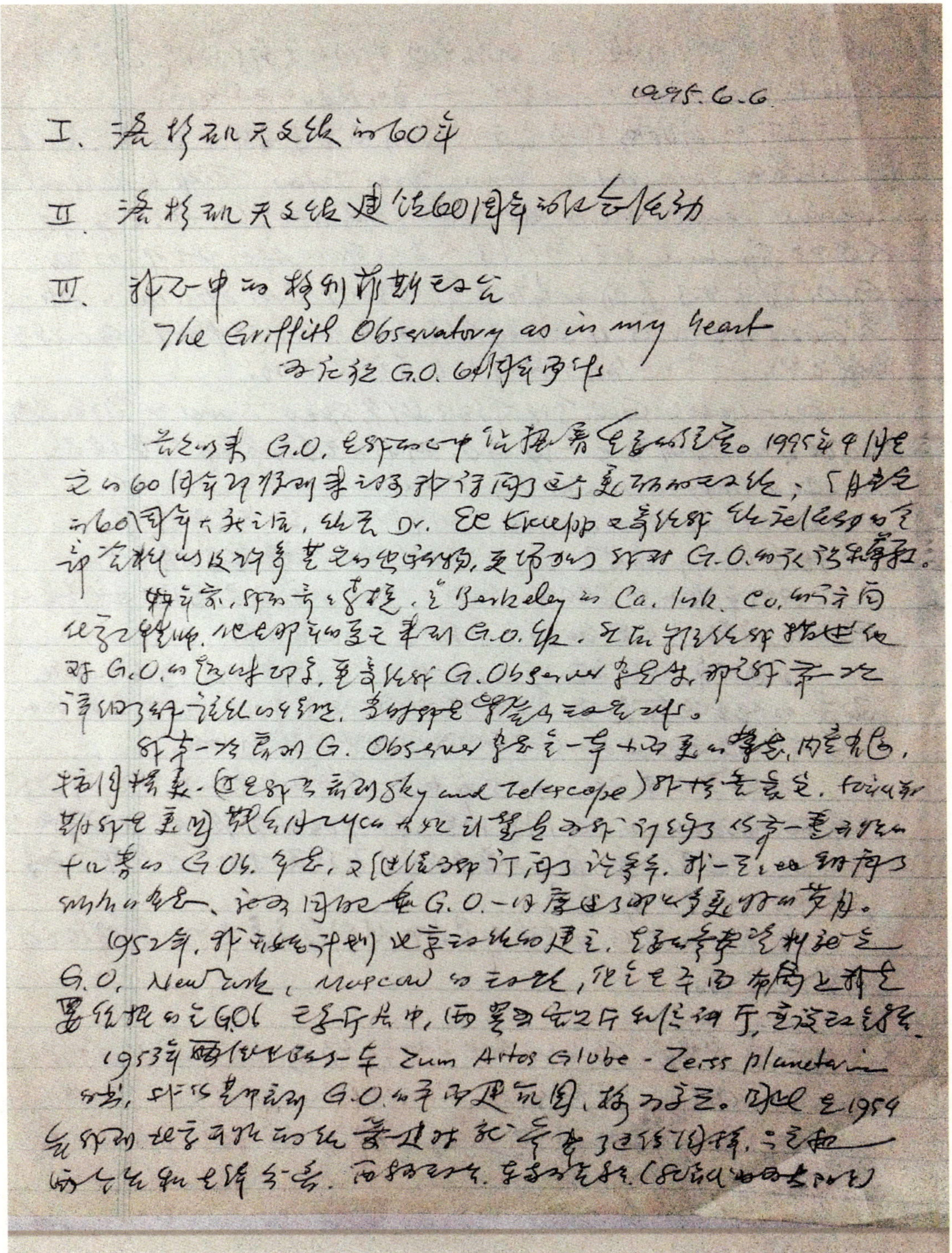
1995.6.6

I、洛杉矶天文馆的60年

II、洛杉矶天文馆建馆60周年的纪念活动

III、我心中的格利菲斯天文台

The Griffith Observatory as in my heart

李元先生写作本书的手稿

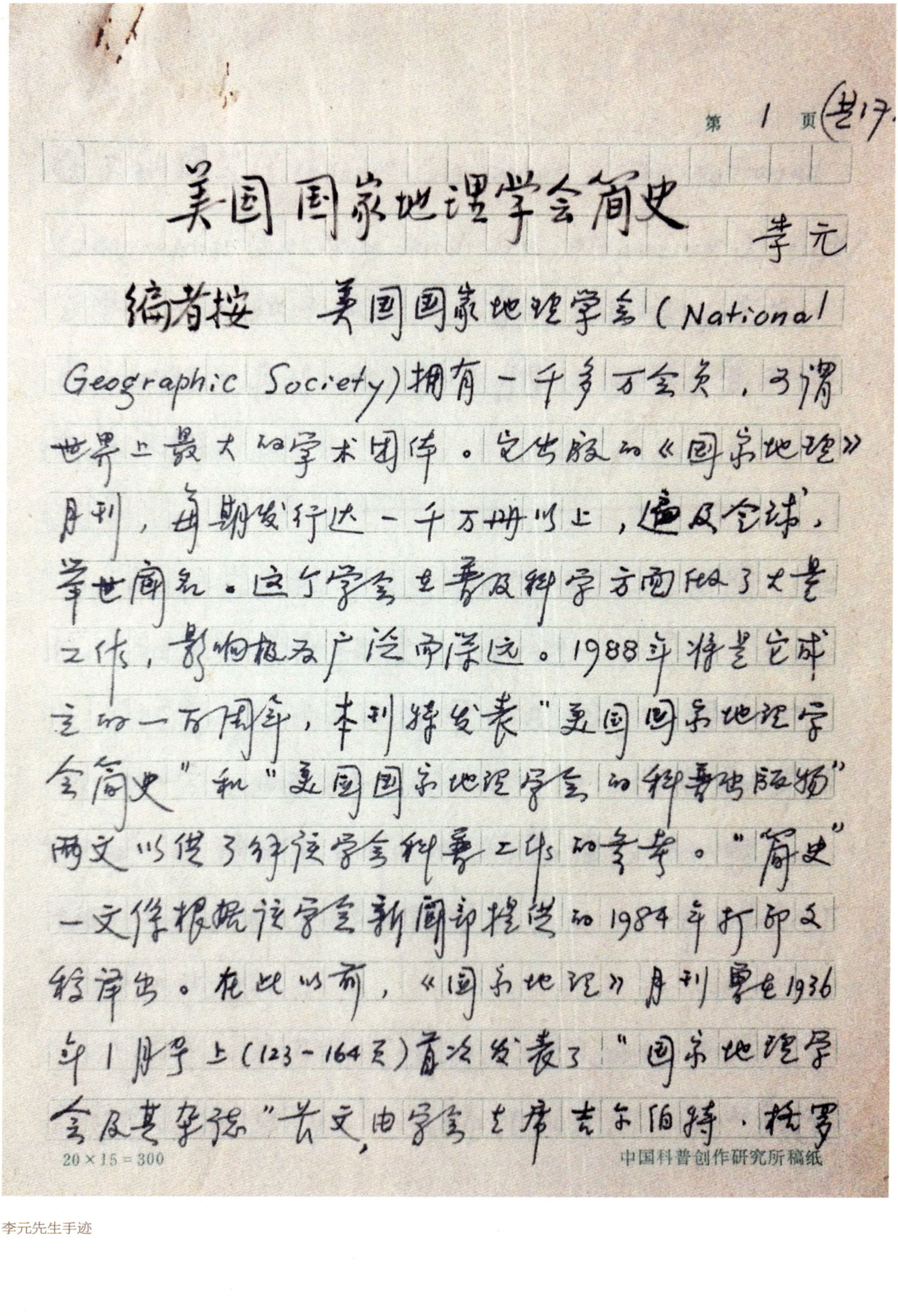
第 1 页 （共17

美国国家地理学会简史

李元

编者按　美国国家地理学会（National Geographic Society）拥有一千多万会员，可谓世界上最大的学术团体。它出版的《国家地理》月刊，每期发行达一千万册以上，遍及全球，举世闻名。这个学会在普及科学方面做了大量工作，影响极为广泛而深远。1988年将是它成立的一百周年，本刊特发表"美国国家地理学会简史"和"美国国家地理学会的科普出版物"两文以供了解该学会科普工作的参考。"简史"一文系根据该学会新闻部提供的1984年打印文稿译出。在此以前，《国家地理》月刊曾在1936年1月号上（123－164页）首次发表了"国家地理学会及其杂志"长文，由学会主席吉尔伯特·格罗

20×15＝300　　中国科普创作研究所稿纸

李元先生手迹

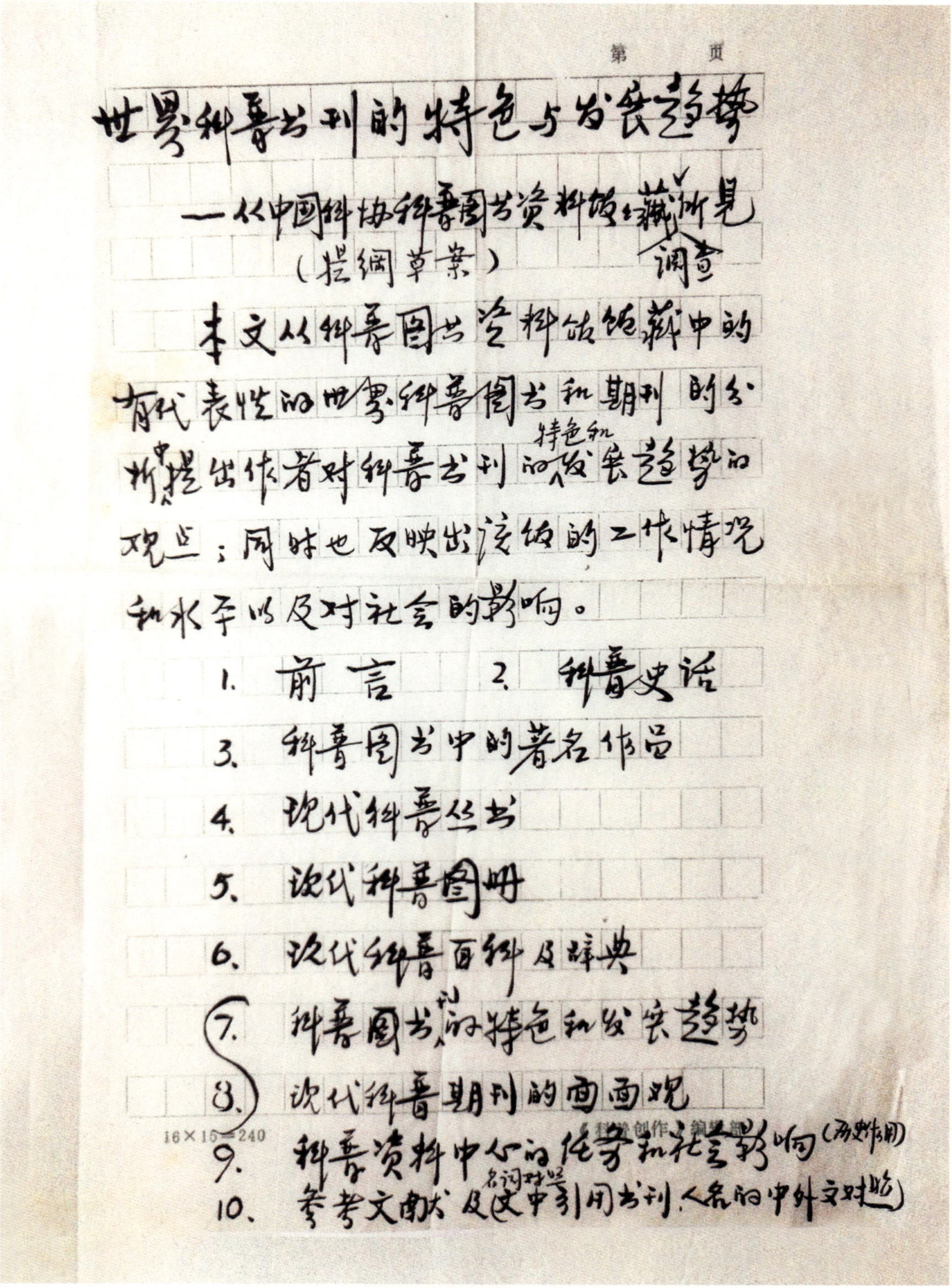
第　页

世界科普书刊的特色与发展趋势

——从中国科协科普图书资料馆馆藏调查所见

（提纲草案）

本文从科普图书资料馆馆藏中的有代表性的世界科普图书和期刊的分析中提出作者对科普书刊的特色和发展趋势的观点；同时也反映出该馆的工作情况和水平以及对社会的影响。

1. 前言　2. 科普史话

3. 科普图书中的著名作品

4. 现代科普丛书

5. 现代科普图册

6. 现代科普百科及辞典

7. 科普图书刊的特色和发展趋势

8. 现代科普期刊的面面观

9. 科普资料中心的任务和社会影响（历史作用）

10. 参考文献及名词对照、文中引用书刊、人名的中外文对照

16×15=240

李元先生手迹